하모니카

안은순 소설집

하모니카

도화

차례

작가의 말

독자와 공감할 수 있기를 기대한다

소설 쓰기는 매번 쉽지 않았다. 한편의 소설이 완성되기까지 오직 소설 쓰기에 올인하여 집중해야 하기 때문이다. 여러 이유가 있지만, 92년 신춘문예를 통한 소설등단 후에도 어려운 소설 쓰기보다 쉬운 것을 찾아 많은 시간을 허비했다. 서예를 하고, 시를 쓰고 수필을 배운다고 십여 년 이상 외도를 했다. 새로운 것을 배운다는 것은 행복하다. 소설 쓰기에 보탬이 될 수도 있겠다. 그러나 소설 쓰기에 올인하는 데는 방해가 되었다. 2012년 첫 소설집을 낸 후 수필집 한 권과 함께 세 번째 소설집을 낸다. 등단 이십 년이 넘건만 작품집이 열 권도 안 되는 이유이다. 어차피 늦었으니 질적으로 승부하겠다는 명분을 내세워 보지만 허세일 뿐이리라. 이번 소설집은 깜냥, 신중에 신중을 기했다. 분량을 채우기 위해 완성도가 낮은 소설까지 끼워 넣는 일이 없어야 했기 때문이다.

소설은 아무리 고치고 수정을 해도 미흡하다. 주목받는 소설로 독자와 만나고 싶은 것은 모든 소설가의 꿈일 것이다. 열정적으로 쓰다가도 벽에 부딪힐 때마다 포기하고 싶은 것 또한 욕심 탓일 것이다. 문예지에 발표한 소설들을 모아보니 열 한 편이다. 작금의 사회성과 문화정서를 담은 소설인지라 많이 부족함에도 불구하고 때 지난 소설이 되지 않도록 아홉 편을 골라 창작집 발간을 결심한다. 마지막까지 불합리한 내용은 과감하게 메스를 가하고 대수술을 해보지만 여전히 완성도 면에서 맘에 안 든다. 철이 안든 딸을 시집 보내는 어머니처럼 잠을 설친다. 미흡하지만 독자와 공감대를 같이 할 수 있기를 기대할 뿐이다. 그동안 졸작을 성원해 주신 모든 분들께 고개 숙여 감사한다.

관악산 아랫마을 서울원에서

백향 안 은 순

하모니카

마당을 꽉 채운 포클레인은 측면에서부터 집을 헐려나 보다. 흙벽을 툭툭 내려치더니 한 움큼씩 벽을 쥐어뜯듯이 지붕에서부터 토방까지 수직으로 긁어내린다. 포클레인 모터 돌아가는 소리는 온 동네를 흔들어 대고 있다. 지축을 흔드는 소음의 근원지를 찾으려는지 사람 구경하기 힘든 동네인데 여기저기서 목을 늘여 뺀 구부정한 노인들이 모여든다. 거대한 주먹과도 같은 포클레인이 오르내릴 때마다 50년 넘게 긴 세월을 견디었던 흙벽이 와르르 무너지고 있다. 흙집의 속살 같은 노란 장판과 꽃벽지가 드러났다. 반세기를 버티었던 대들보가 내려앉고 몸채를 받치고 있던 기둥이 자빠지고 있다. 안방 윗방 뒷방 하며 방 세 개에서 여섯 식구가 포개듯이 잠자던 그 옛날이 스친다. 할머니의 마른오징어와

알사탕을 넣어 두던 벽장도 아가리를 벌리고 은밀한 속살을 치부처럼 드러낸다. 벽장천정에 매달린 바가지가 쏟아져 나온다. 박 넝쿨에서 딴 박을 반으로 쪼개어 만든 바가지로 물도 푸고 쌀 씻는 그릇으로 사용하기도 했으니 당시는 바가지도 살림 밑천이었다. 어머니는 플라스틱 바가지가 나온 뒤로 쓸모가 없어지자 벽장 속 깊숙이 넣어두었던가 보다. 흙집은 포클레인질 십여 번에 완전히 주저앉았다. 마루 밑에서 나온 듯 검정 코고무신이 흙더미 위로 고개를 뾰족이 내밀고 있다.

할아버지 살아생전에 지었다는 이 집은 어머니가 시집오기 전에 지어졌다니 칠십오 세인 어머니가 십구 세에 시집을 왔다고 하니까 대충 오십오 년 쯤 된 셈이다. 부모님은 작년 겨울까지만 해도 이 집에서 살았다. 아버지의 병이 악화되지만 않았어도 이 집은 아직도 옛 모습을 간직한 채로 헐리지 않았을 것이다. 50년 넘게 지내는 동안 아버지의 집은 몇 번쯤 손질이 필요했다. 새마을 운동이 한창이던 70년도에 초가지붕을 슬레이트로 개량했던 것이 첫 번째였고 지붕이 샌다고 하여 수리를 하면서 슬레이트지붕을 양철지붕으로 개량한 것이 두 번째였다. 지붕만 두 번 바꾸었을 뿐 흙벽이며 창호지로 바른 여닫이문도 예전 초가집 때 그대로였다. 부엌에 싱크대를 넣고 가스레인지를 설치한 것은 시골에 올 때마다 불편하다고 노래하는 딸과 며느리의 성화에 할 수 없이 새 단장을 한 것이다. 시골집을 부순다니까 어머니가 제일 아까워 한 것은 설치한 지 10년도 안 되는 싱크대와 가스레인지였다. 싱크대와 가스레인지는 다시 개비해 쓰려고 뜯어 놓았다고 해서야 안심할 정도였으니까. 부엌이 무너질 때 낡은 찬장과 함께 옛 사기그릇이 가차 없이 쏟아져 내렸다. 어머니가 이 자리에 있지 않길 잘했다. 이 자리에 있었다면 구닥다리 사기그릇을 꺼내라고 소리쳤을 것이 분명했다. 포클레인이 주발과 대접 등 사기그릇을 툭툭 치고 뭉개었다. 마지막으로 뒷담과 함께 높지 않은 굴뚝이 내려앉는다. 아버지가 겨울마다 엮었던 멍석과 아궁이의 재를 퍼내던 재소쿠리며 지게 따위가 뒷벽과 같이 쏟아져 내린다. 한 세대를 지켰던 구태한 문명들이 패잔병마냥 엎드려지고 죽어버린 듯 허무해진다. 의식 없이 병원에 계신 아버지나 아직도 입이 거센 어머니가 쓰던 집기와 도구가 주인을 잃고 쓸모가 없게 된 것도 허무하다.

생각보다 아버지의 집터는 작고 좁았다. 내려앉은 흙무더

기도 많지 않았다. 새삼 우리 가족이 부대끼며 살았던 이 작은 집이 얼마나 큰 역할을 했는지를 깨닫는다. 백령산을 바라볼 수만 있다면 부수지 않고 새 단장을 하여 헛간으로라도 쓰고 싶은 맘도 없지 않았지만 설계한 새집과 어긋나게 서 있어서 백령산을 가리고 있으니 전체적으로 모양새가 나지 않는다 하여 헐게 되었다. 집을 완전히 주저앉힌 포클레인은 집터를 남새밭까지 넓혀야 하므로 남새밭의 탱자나무 담을 파내고 있다. 군데군데 노란 탱자가 붙어 있는 탱자나무는 포클레인이 위로 아래로 찍어 누를 때마다 나자빠지고 패여 나갔다.

괴력의 힘으로 잠깐 만에 탱자나무를 모두 찍어 낸 포클레인은 마당과 탱자나무의 경계쯤에 있는 목련을 향해 포클레인의 팔을 치켜든다.

"아, 그 목련은 그대로 두세요. 어머니가 아끼는 나무라 놔두고 싶네요."

탱자나무를 밀어서 확 넓어진 땅을 감격스럽게 바라보던 나는 황급히 포클레인을 향해 만류했다. 집을 헐기로 했을 때 가장 아까운 것은 목련이었다. 골목에 면하여 남새밭 쪽에 서 있는 목련은 가지를 이리저리 쫙쫙 벌리고 위풍당당한 모습으로 서 있다. 아버지가 첫아들이자 외동아들인 나를 낳은 기념으로 심었다니 52년을 그 자리에 서 있었다. 봄이면 하얀 목련꽃이 동네를 밝히듯 환하게 피어서 우리 가족만 즐겨 본 것이 아니고 온 동네가 반겨 바라본 나무였다. 어머니는 목련이 무럭무럭 잘 자라는 것을 볼 때마다 아들인 나를 바라보듯 흐뭇해 하곤 했다. 튼튼한 목련이 나의 건강과 일맥상통한다고 믿는 것 같았다. 어머니의 그런 터무니없는 믿음은 어느 해인가 내가 폐렴으로 거반 죽어 가던 때에 목련도 시름시름 말라 죽어간 적이 있었다는 데서 기인했다. 눈에 넣어도 안 아플 생떼 같은 아들이 구사일생으로 원기를 회복하며 살아났을 땐 목련도 병충해를 이겨낸 듯 장마에 물오른 오이처럼 새잎을 돋우며 파랗게 살아났다는 것이 어머니의 믿음을 뒷받침했다. 그 뒤로 목련은 병에 대한 면역력이 생겼는지 해마다 하늘 높이 가지를 뻗치며 쑥쑥 잘 자랐다. 몸 둘레도 굵어져 동네의 귀물이 되었다. 어머니는 내가 매년마다 일등을 놓치지 않고 반장만 하는 것도 목련의 기를 받은 때문이라고 말할 정도였으니까. 그때마다 나는 예수를 믿는 어머니의 믿음을 의심했다. 하나님이 도와서 공부를 잘한다고 하면서 목련을 믿다니. 어머니는 예수를 믿어요 목련을 믿어요? 도대체 무엇을 믿어요? 어느 날 나는 어머니한테 물었다. 무슨 소리냐? 내가 목련을 믿다니. 나는 예수를 믿지야. 그러면 왜 나를 두고 목련만 바라보세요. 목련이 잘 자라는 것이 나하고 무슨 상관이라고 자꾸 목련을 보며 나를 점치세요? 점을 치다니. 너 낳았을 때 심은 나무다 보니 너를 사랑한 만큼 목련도 잘 자라기를 바랬을 뿐이다. 그런 내 마음을 하나님이 아시고 너와 목련을 쌍둥이처럼 자라게 하는지 너가 아프면 목련도 아프고 너가 잘 되면 목련도 늠름하니 활기차게 잘 자라는 것 같더라야. 그것이 왜 미신이라고 그러냐? 언젠가 텔레비전에 나온 나무 박사가 그러는데 나무도 사랑해주면 더 잘 자란다더라. 내가 목련을 사랑하니까 목련도 우람하게 잘 자라는 이유를 그때 깨달았다야. 어머니의 말을 듣고 보니 일리가 전혀 없는 것도 아니라는 생각이 들었다. 그래서인지 언제부턴가 목련을 바라보는 내 마음도 달라졌다. 봄이면 동네를 환히 밝히는 목련꽃처럼 나도 이 동네를 환히 밝힐 수 있도록 성공하리라 하는 마음 다짐을 목련꽃이 필 때마다 했던 것 같다. 이렇게 목련은 나와 어머니에겐 특별했으니 새집을 짓더라도 보존해서 나를 지키듯 바라보고 싶었다.

그러나 이런 것보다 더 은밀한 추억이 목련에 얽혀 있다는 것을 나는 아직 누구에게도 말한 적이 없다. 사실 나는 목련을 볼 때마다 용숙이가 떠오른다. 용숙이는 남새밭 너머 윗집에 살았다. 나보다 두 살 어린 용숙이는 중학교에 다니는 오빠가 위로 하나 있었는데 나이 차이가 많이 나서 언제나 혼자서 놀았다. 나에게 여동생 명주가 있지만 나이 차이가 많아서 같이 놀지 못하는 것과 같았다. 용숙이 부모는 혼자서 노는 딸이 심심할까 봐 나하고 같이 놀라고 데리고 와서 나에게 센베이 과자도 주고 눈깔사탕도 주었다. 처음에 나는 용숙이가 내 동화책을 보거나 내가 가지고 노는 팽이나 공을 만지는 것이 싫어서 자주 울리곤 했지만 용숙이가 안 오면 더 심심한 것을 깨달은 뒤로는 용숙이를 동생처럼 데리고 놀아주었다. 누가 용숙이를 때리거나 울리면 때려주기도 했으니까. 용숙이는 그런 나를 친오빠 이상으로 따랐다. 깡마르고 새까맣던 용숙이는 중학생이 되자 살결도 뽀얘지고 몸매도 통통하니 예뻐졌다. 나는 그런 용숙이가 오빠, 하고 따르는 것이 좋았다. 용숙이도 나를 친오빠 이상으로 따르며 좋아했다. 어느 날 용숙이가 생일선물로 시집을 주었다. 릴케의 시집이었다. 나는 시집을 읽은 적이 없었는데 용숙이 때문에 처음으로 시집 한 권을 다 읽었다. 시라는 것이 얼마나 아름다운지를 그때 깨달았다. 나는 용숙이에게도 생일선물을 하고 싶었다. 나는 분홍색 스카프를 포장해서 주었다. 그때 용숙이 손이 내 손을 스치었는데 이상한 전율에 깜짝 놀랐다. 아 하고 소리를 칠 뻔했다. 마치 전기에 합선된 듯 찌릿한 전율이었는데 머리에서부터 발끝까지 아니 정확히 말해서 양다리 사이의 생식기까지 긴장되는 전율이었다. 가슴이 뛰고 숨이 찬 것이 이상야릇했다. 순간 용숙일 마주 바라볼 수가 없었다. 잘 가! 나는 무뚝뚝하게 말하고는 도망치듯이 집으로 돌아왔다. 오빠! 오빠 부르는 용숙이 소리를 못 들은 척 걸음을 빨리했다. 그 뒤로 나는 용숙이가 두려웠다. 멀리서 용숙이를 바라보는 것도 용숙이를 생각하는 것도 가슴 설레고 겁이 났다. 용숙이가 가까이 다가오면 심장이 뛰고 얼굴이 붉어지는 것 같아 용숙이를 외면했다. 나의 이런 태도가 불쾌했는지 용숙이도 전같이 오빠, 오빠, 하며 부르는 일이 없게 됐다. 용숙이를 다시 만나기 시작한 것은 고등학교 삼학년이 끝나는 겨울이었다. 용숙이는 중학교를 졸업하고 보건소에서 일하고 있었다. 내가 할머니의 건강문제를 상의하러 갔다가 용숙이한테 커피를 한 잔 얻어 마신 것이 계기가 되어 다시 오빠, 동생을 하기로 했다. 우리는 목련 아래서 만나곤 했다. 해가 진 저녁에 남새밭 안쪽으로 들어오면 무성한 목련가지가 시야를 막고 있어서 그보다 은밀한 데이트 장소가 없었다. 용숙이는 나올 때면 고구마나 옥수수를 가지고 나왔다. 우리는 밤늦도록 나무에 기대어 서서 이야기를 하며 백령산 위로 떠오르는 달과 별을 보았다. 내가 공무원이 되고자 서울로 갈 때까지 우리는 목련 아래서 만나 이런저런 이야기를 많이 했다. 나는 언제나 설레는 마음으로 용숙이를 만났지만 키스는커녕 손 한 번 잡는 일이 없었다.

포클레인이 돌을 깨고 땅을 다지는 동안 나는 대전으로 나가 고등학교 다닐 때 단짝친구였던 심동우를 만났다. 심동우는 아버지의 자동차 수리 가게를 인계받았다며 기름밥으로 사는 것을 신세 한탄하였는데 언제 냈는지 시내 번화가에서 자동차 판매상을 하고 있었다. 자동차가 전시된 아래층을 지나 위층에 가자 사장 심동우라는 명패가 놓인 책상이 제일 먼저 눈에 들어왔다. 검은 동판에 새겨져서 번쩍거리는 마호가니 책상 위에 놓여 있었다.

"우리 언제 만나고 이제 보는가? 우린 결혼식도 서로 안

갔더라구."

반가이 악수를 나누고 권하는 대로 응접용 소파에 앉자 심동우가 먼저 입을 열었다.

"서울과 대전이 먼 것도 아니건만 그랬네. 서로가 바쁜 탓이었겠지."

내가 애매한 대답으로 멈칫멈칫하며 웅얼거리듯 작게 말한 데는 그만한 이유가 있었다. 나는 심동우의 청첩장을 받았건만 가지 않았다. 절친이고 단짝이던 동우의 결혼식을 외면한 것은 동우가 뜻밖에도 용숙이와 결혼한다는 것을 알았기 때문이다. 시골집으로 놀러 온 동우한테 동생이라며 용숙이를 소개한 것을 얼마나 후회했는지 모른다. 매사에 적극적이고 실행적인 동우가 용숙이의 고운 모습에 빠질 줄이야 누가 예상이나 했겠는가. 용숙이는 적극적으로 사랑을 고백하는 동우한테 마음을 바꾸어 시집을 가버린 것이다. 물에 술 탄 듯, 술에 물 탄 듯 흐리멍덩한 나보다 흑백이 뚜렷한 동우를 배우자로 택한 것이다. 공무원 시험에 목을 매는 나하고는 비교가 안 될 만큼 부자가 아닌가. 돈푼깨나 만지는 사람이 아니면 생각할 수도 없는 것이 자동차 수리점이 아니던가. 시골보건소에서 사환 정도의 일을 해봤자 희망이 없던 차에 심동우의 적극적인 구애는 바라던 바였을 것이다.

“집을 짓는다고? 퇴직하면 고향으로 내려올 건가?”

“글쎄. 퇴직이 몇 년 안 남았으니 그럴 생각도 좀 있고, 아직은 어머님이 고향에서 살고 싶어 해서. 집이 낡았던지 몇 달간 사람이 안 살자 천정이 내려앉았더라고. 아버지가 돌아가시면 어머닌 시골로 내려가 산다고 날마다 노래하니 어머님 생전에 깨끗한 집에서 살게 하려고.”

나는 아내와 어머니의 갈등은 이야기할 필요가 없었다.

“요즘 귀농을 많이 하던데 나도 시골에 집 하나 있으면 휴양처 삼아 드나들 텐데. 용숙이도 이제는 농촌으로 가서 고추 심고 밭 매며 살고 싶다네.”

“그래, 네 처는 잘 지내겠지? 네가 많이 사랑할 테니 말야. 허허허.”

동우가 먼저 용숙이에 대해 말하였으니 용숙이 안부를 묻기가 편했다. 세월이 약이라더니 이제는 용숙이 이야길 들어도 태평하다.

“요즘 몸이 안 좋으네. 유방암 치료를 받았거든. 한 이 년 되네. 내가 시골에 집 하나 장만하려는 것도 그때문이야. 용숙이 좋은 공기 마시며 살고 싶어 해서. 자네가 고향에서 집을 짓는다고 하니까 나도 그쪽에 집을 짓고 싶네. 그래서 자네를 보자고 한 거야. 한때 단짝이었던 우리가 늙어서까지 외면하고 살아 서야 쓰겠나? 이제야 말하네만 용숙이 건은 미안하네. 그러나 자네처럼 행동하면 나 아니라도 다른 놈이 채 갈 수도 있었어. 공부한다고 서울에 간 뒤로 편지 한 번 안 했담서. 합격을 하여 뭔가를 보여 주려는 네 맘을 난 잘 알지만 여자는 이해하지 않아. 자기를 사랑하지 않는다고 생각하지. 이젠 다 지나간 이야기고 추억이 되었네. 안 그런가? 허허."

심동우한테 점심을 잘 대접받고 돌아오면서 나는 생각했다. 나는 지금도 용숙이를 사랑하는가? 고개가 절레절레 흔들어진다. 당신밖에 없어요. 당신은 최고야. 내 생애 당신을 만난 것이야말로 인생의 최고의 선물이야. 아내는 노래방에 가면 그런 가사의 노래만 부른다. 아내가 있는 한 나는 부족함이 없다. 그런데도 나는 가끔 추억을 그리워하는 것이다. 그만한 나이에 꼭 있어야 할 감정이 베인 추억은 내 삶의 소중한 유산이다. 내 안에는 수많은 사연이 있다. 기쁜 일 좋은 일 슬픈 일 등 내가 나 되기 위한 추억이고 개인사이다. 그것이 있기에 지금의 내가 되었고 내 향기를 만들게 된 것이다.

석양을 등지고 시골집으로 돌아오니 고르게 다져놓은 이백여 평의 집터가 기다리고 있다. 나는 새집에 대한 구상으로 마음이 바빠진다. 백령산 쪽을 향해 앉을 새집을 짓고 남은 터에는 남새밭도 만들고 정원수와 유실수를 심을 계획이다. 먼지를 가라앉힐 겸 잘 다져지라고 물을 촉촉하게 뿌려놓은 집터를 한 바퀴 돌아보던 나는 한쪽에 던져놓은 듯한 작은 쇠붙이를 발견하고는 짐작되는 바가 있어서 달려가 집어 들었다. 아니나 다를까 하모니카였다. 그토록 아버지가 찾았던 하모니카가 나타난 것이다. 하모니카는 군데군데 녹이 슬었지만 상태가 아주 나쁘지는 않았다. 물에 씻어서 입에 물고 부니 소리도 제법 났다. 하모니카를 신문지에 싸서 비닐봉투에 넣어 가방에 간직했다. 그것은 어머니의 부탁이기도 했다. 어머니는 내가 시골집이 헐리는 것을 보러 간다고 하자 은밀하게 말했다. 명수야 집 헐면 굴뚝 속에 던져버린 아버지의 하모니카가 아직도 있는지 찾아 보거라. 그럼 어머니가 아버지 하모니카를 버린 거예요? 나는 놀라서 물었다. 그러자 어머니는 대답대신 입을 다물었다. 정말 못 말리겠네. 왜 그랬어요? 넌 알 것 없다. 어머니의 대답은 간단

했다. 더 이상은 입을 다문 채 텔레비전만 보았다. 내 다시 부탁하는데 굴뚝 속을 잘 살펴서 하모니카가 있는지 찾아봐라. 어머니는 현관을 나서는 뒤에다 대고 재차 당부를 하였다. 벌써 삭아서 없어졌는지 모르지만 그려도 쇠로 만들었으니 있을지도 몰라서 그런다. 다 썩었지 그대로 있겠어요? 그때가 언젠데요. 나는 귀찮다는 듯 퉁명하게 말했다. 이십 년밖에 안 된다. 어머니의 대답은 매몰찼다. 아버지가 불지도 못할 텐데 찾아서 뭐하게요? 어이가 없다. 느 아버지 죽으면 줄 거다. 어머니의 대답은 고집스러웠다. 나는 웃었다. 나이가 드니 드세고 건강하던 어머니도 점점 노망이 난다고 생각했다. 아내가 힘들어하는 것도 어머니의 유난스런 고집 때문이다. 나는 어머니의 부탁을 노인네의 망령이라며 무시했다. 그래서인지 집이 헐릴 때도 굴뚝이 넘어갈 때도 전혀 하모니카 생각을 안 했다. 그런데 이렇게 나 여기 있어요 하듯 제 스스로 나타나 준 것이 신기했다.

서울에 도착했을 때는 늦은 저녁이었다. 집에는 대학생인 막내딸 윤희만 있었다. 소파에 앉아 발톱에 매니큐어를 바르고 있다가 내가 들어서자 할아버지가 위독하여 할머니와 엄마는 병원에 갔다고 했다. 아내한테 전화를 하니 아버지는 위기를 넘기었다며 고부가 돌아오는 중이라고 한다. 컴퓨터 앞에 앉아 오늘 찍어 온 고향집의 옛 모습을 옮긴다. 아홉시쯤 어머니를 앞세우고 아내가 들어온다.

"아버지의 죽음을 대비해야겠어요. 이삼일이 고비래요."

현관에 들어서자마자 아내는 보고했다. 어머니는 기가 죽은 모습으로 나를 바라보더니 말없이 방으로 들어가 버린다. 병원에 가고 오면서 아내와 티격태격했다는 증거였다. 요즘 들어 아내는 어머니한테 맞서며 한 마디도 지지 않으려 한다. 내 나이가 몇인데 아직도 시집살이시키려느냐는 것이다. 며느리 집에 왔으면 며느리 살림에 감 놔라 대추 놔라 관여하지 말라는 것이 아내의 주장이다.

"그만 집으로 데려오면 좀 좋냐? 거기 두니까 죽지도 않고 돈 없애지 사람 고생하지 여러모로 너한테 폐 끼치는 거다."

말없이 방으로 들어가는 어머니를 따라 들어가자 어머니는 겉옷을 벗어 걸며 상한 속내를 드러냈다. 보나 마나 아버지 코에 씌우고 있는 산소마스크를 벗기고 퇴원시키자는 걸 아내가 거부하였다고 삐진 것이다. 진즉에 나한테도 여러 번 권유한 바가 있었다. 어머니는 하루빨리 숨이 멎는 것이 아버지의 고통을 덜어주는 것이라고 생각했다. 그것은 어머니를 아버지 옆에 있게 할 수 없는 이유이기도 했다.

"아버지 하모니카 찾았어요!"

나는 어머니의 심기를 모른 척하고 신문지에 싼 하모니카를 내놓았다. 신문지를 펼쳐 한쪽 끝이 일그러지고 군데군데 녹이 슨 하모니카를 바라보던 어머니의 눈에 이슬이 맺히었다. 망할 것, 아직도 안 썩었네. 어머니는 하모니카를 쓰레기처럼 도로 신문지에 말아서 싸더니 들고 나가 신발장 밑에 넣어 둔다. 아버지한테 드린다고 했잖아요. 내가 어머니를 따라다니며 하모니카에 관심을 갖자 어머니는 화를 냈다. 지금은 줄 것 없다. 느 아버지 죽으면 무덤 속에 넣어줘라. 어머니는 손을 털었다. 마치 더러운 것이라도 만진 듯 진저리까지 친다. 아버지에 대한 미움을 아직도 떨치지 못하는 것 같았다.

어머니는 평생 아버지를 미워했다. 개와 고양이 같은 사이였다. 아버지가 방에 있으면 어머니는 부엌에 있고 어머니가 방에 있으면 아버지는 툇마루에 앉아서 시름을 달래듯 하모니카를 불었다. 아버지의 하모니카 실력은 남달랐다. 나는 아주 어릴 때부터 아버지의 하모니카 소리를 들으며 컸던 것 같다. 아버지와 어머니는 같이 앉아 다정하게 이야기하는 일이 없었다. 어쩌다 같이 방에 앉아 있어도 어머니는 늘 아버지를 외면하고 앉았다. 이럴 때마다 아버지는 무료함을 달래려는지 하모니카를 불었다. 눈을 지그시 감고 하모니카에 심취하는 아버지를 종종 보는데 하모니카 소리가 참 구슬펐다. 어머니는 무엇이 못마땅한지 입술을 쭉 빼물고 아버지를 흘겨보곤 했다. 지금 한가하게 하모니카나 불고 있을 시간여요? 어머니의 첫 시비는 늘 이렇게 시작됐다. 그러거나 말거나 아버지는 하모니카 부는 것을 그치지 않았다. 내 음악책에 나온 노래를 하모니카로 불기도 했다. 메기의 추억을 불 때는 아버지의 표정이 너무 진지하여 아버지에게 어떤 사연이 있는 것만 같았다. 아버지 언제부터 하모니카 불었어요? 한 번은 궁금한 마음에 물었다. 열일곱 살 때부터 불었지야. 아버지가 산 거예요? 사기는, 선물 받은 거지. 누가요? 누가 줬냐고요? 흐흐흐 궁금해하긴. 오래돼서 생각도 안 난다. 아버지의 대답은 늘 시원하지 않았지만 표정만은 꿈꾸듯 행복해 보였다. 보나 마나 옛날 애인이 줬겠지. 그러면 방에서 미싱을 돌리던 어머니가 불쑥 김밥 배 터지는 소리를 하곤 했다. 아버지에게 관심이 전혀 없는 것 같으면서도 이럴 때는 꼭꼭 반응하는 어머니였다. 아버지는 화내는 법도 없이 싱글벙글했다. 어머니가 어떤 말을 해도 불쾌해하지 않았다. 오히려 화가 나서 씩씩대며 숨소리가 거칠어지는 것은 어머니였다. 한번은 화가 치민 어머니가 하모니카를 불고 있는 아버지 입에서 하모니카를 뺏어 벽에다 패대기를 치고도 화가 안 풀리는지 발로 짓밟기도 했다. 왜 이래! 미쳤어! 그때 아버지는 처음으로 입에 거품을 물고 하모니카를 뺏어갔다. 하모니카가 납작하게 눌리었다며 며칠 동안 입을 꾹 다문 채 말을 하지 않았다. 그런 일이 있은 후로 아버지는 어머니가 있는 데서는 하모니카 부는 일을 자제했다. 그렇다고 해서 어머니의 하모니카에 대한 미움이 사라진 것은 아니었다. 며칠 후 하모니카가 없어졌으니까.

그날은 주일이었다. 늘 주머니에 지니고 다니던 하모니카가 없어졌다며 아버지는 예배당에도 가지 않고 온 방을 뒤지고 다녔다. 나의 조그만 앉은뱅이책상에 붙은 서랍을 열 번도 더 열어보고 벽장 속의 물건을 다 꺼내 놓고 퀴퀴하니 낸내가 나는 깔개 밑까지 들춰보는 아버지의 표정은 비극배우의 표정처럼 어두웠다. 명수야 너 하모니카 못 봤어? 너도 찾아 봐라. 어제 세수한다고 마루에 놓았는데 잊고 논에 갔다가 이제야 생각나서 찾으니 안 보인다. 아무래도 느 어매가 버린 것 같은데 시침을 떼고 있다. 고개를 절레절레 흔드는 나를 붙잡고 아버지는 식은땀을 흘렸다. 순간 내 뇌리에 스치는 것은 어머니의 행동이었다. 책가방을 마루에 놓는데 아버지의 하모니카가 마루에 있었다. 아버지가 하모니카를 불 때 외에는 거의 보이지 않을 만큼 소중하게 간직하는 하모니카인데 마루에 그냥 놓여 있는 것이 생소했지만 별생각 없이 방으로 들어갔다. 아버지는 어디에도 안 계셨고 어머니는 부엌에서 저녁밥을 짓는 것 같았다. 교복을 벗고 토방으로 내려서는데 문득 아버지의 하모니카를 불어보고 싶다는 생각이 나서 하모니카가 놓였던 자리를 바라보니 아까까지 있던 하모니카가 안 보였다. 어라, 하모니카가 없네? 나는 아버지가 언제 들어와 하모니카를 가져갔나 하며 실망했을 뿐 부엌에 있는 어머니한테 물어볼 생각도 못 했다. 다만 아버지가 부엌에 계시나 하고 들여다보았을 뿐이다. 부엌에는 어머니가 아궁이 앞에 앉아 있었는데 불을 때는 것 같지는 않았다. 어머니는 아궁이 안을 부지깽이로 뒤적이다가 내가 들여다보자 얼른 부지깽이를 놓으며 밥 묵자! 했다. 그 말씨가 전에 없이 딱딱하고 경직돼 있었다는 것을 나는 뒤늦게야 깨달았다. 엄마가 왜 하모니카를 버려요? 나는 말도 안 된다는 듯이 아버지한테 되물었지만 어젯밤의 어머니 행동에 의문이 생겼다. 어머니 모르게 부엌으로 가서 아궁이 속을 뒤적였다. 잿더미 속에 아버지의 자그마한 하모니카가 있었다. 아버지가 저리도 아끼는데 어머니는 잿더미 속에 버리다니. 나는 하모니카를 꺼내야 할지 말아야 할지 몰라 잿더미 속에 그대로 둔 채 예배당에 갔다. 나보다 먼저 예배당에 온 어머니의 표정은 아무것도 모른다는 듯 설교에 집중했다. 그날 끝내 아버지는 예배에 불참했다. 엄니, 아버지 하모니카 못 봤어요? 아버지가 찾던데요. 엄니가 버린 것 같다던데요. 집으로 돌아오면서 나는 모른 척 어머니한테 물었다. 그렸어? 내가 버린 거 알긴 아네. 그러니께 그놈의 귀신 붙은 하모니카를 왜 마루에 놓고 나가. 내가 다시는 못 불게 불구덩이 속에 처 넣었다. 이참엔 죽었다 깨나도 못 찾을 거다. 목사님 설교에 은혜를 받았는지 평온한 표정으로 걸어가던 어머니는 하모니카 이야기에 금방 흥분했다. 그러고 보니 하모니카를 어머니가 감춘 것이 그때가 처음은 아닌 것 같았다. 엄니, 왜 그러세요. 하모니카가 무슨 죄가 있다고 그러세요? 아버지가 취미로 부는 것을 그리 구박하세요? 나는 어머니를 이해할 수 없어서 아버지 대신 따졌다. 넌 모른다.

이 어미 맘을. 느 아버지는 하모니카하고 결혼했다. 너들이나 나는 똥만도 못하게 본다. 그게 다 하모니카 때문이다. 거기에 귀신이 붙어서 느 아버지를 조종하는 거다. 그런 게 어디 있어요. 모르면 관둬라. 말도 안 되는 어머니의 말에 불만하면서 집에 돌아오니 아버지는 하모니카를 찾을 때와는 다르게 차분해져서 집안 청소까지 해놓고 하모니카로 찬송가를 부르고 있었다. 우리가 들어가자 부는 것을 멈추었다. 아버지 어떻게 찾았어요? 나는 알고서도 찾아 주지 않은 것이 미안했다. 귀신같네. 어머니는 아버지를 흘겨보더니 옷을 갈아입고 부엌으로 내려갔다. 난 못 말리지. 느 어머니가 하모니카를 우물 속에 던져도 찾아냈느니라. 아버지는 내 귀에 말하고는 활짝 웃었다. 그 웃는 모습이 얼마나 천진스러운지 지금도 눈에 선하다.

아버지와 어머니는 하모니카를 두고 끊임없이 싸우더니 어느 날부턴가 싸움에 종지부를 찍듯 하모니카가 사라졌다. 어머니는 난 모르는 일이라며 시치미를 뚝 떼었고 아버지는 온 집안을 뒤져가며 하모니카를 찾았지만 끝내 찾지를 못했다. 그때가 부모님 밑에서 잠시 동안 농사일을 도울 때였으니 이십여 년쯤 된 것 같다. 하모니카를 잃어버린 아버지는 표정이 없는 사람으로 바뀌었다. 좋은 일이 있어도 웃지 않고 나쁜 일이 생겨도 무표정했다. 어머니는 그런 아버지를 전에 없이 공대하며 챙겨주었지만 원래의 천진한 아버지로 되돌리지는 못했다. 아버지는 하모니카를 버린 장본인은 어머니라는 심증을 갖은 듯 어머니가 하는 일이라면 무엇이든 어깃장을 놓았다. 가장 대표적인 것은 어머니를 따라가던 교회를 가지 않았다. 끊었던 술과 담배를 시작했다. 그동안 못 먹은 술을 다 채워 먹으려는지 폭음에 줄담배여서 아버지가 들어오면 집안엔 술 냄새와 담배 냄새가 진동했다. 박씨 집안 어른들 중 단명한 사람은 다 술 때문이었다. 어머니는 아버지가 술 먹고 들어 올 때마다 아버지 들으라고 말했다. 아버지는 아랑곳하지 않았다. 짧고 굵게 사는 것이 복이라고만 했다. 하모니카를 잃었다고 이토록 상심할 수 있는지 아무리 생각해도 이해할 수 없었다. 나는 하모니카를 잃은 아버지를 보며 사람은 저마다 가치기준이 있음을 깨달았다. 어머니에게도 그것을 알게 하려고 노력했다. 어머니, 아버지의 취미를 무시하는 것은 사랑이 아니어요. 아버지한테 새 하모니카를 다시 사다 주세요. 내가 왜 사주냐? 느 아버지가 사야지. 귀신 붙은 하모니카는 잘 잃어버렸으니 새로 사라고 내가 몇 번 말 했지야. 어머니는 여전히 아버지의 하모니카엔 귀신이 붙었다는 식이었다.

어머니의 걱정에도 불구하고 술과 담배를 끊기는커녕 오히려 즐기던 아버지는 마침내 대장암에 걸려 병원에 입원하고야 말았다. 짧고 굵게 살겠다고 호언한 자신의 말대로 되고 싶은지 처음에는 깨끗하게 죽고 싶다며 치료를 거부하였지만 결국 대학병원에 입원을 했다. 대장암수술을 잘 이겨낸 아버지는 병상에 누운 지 육 개월 만에 퇴원했고 빠르게 회복이 되어갔다. 일 년이 지나자 정상적인 활동을 시작했다. 모두가 하나님의 은혜니라. 독실한 신자인 어머니는 하나님께 감사했다. 그때마다 아버지는 그런 미신 같은 소리는 하지 말라며 의료기술이 발달해서 죽을 사람까지 살리는 과학시대가 온 거라고 반박했다. 어찌 됐든 아버지는 건강이 회복되자 두 번 사는 거라며 새로운 인생을 꿈꾸었다. 어머니는 암을 이겨 낸 기념이라며 아버지한테 하모니카를 새로 사다 주었다. 그러나 나는 아버지가 새 하모니카를 부는 것을 보지 못했다. 어머니도 들어 본 적이 없다고 했다.

아버지는 하모니카 대신 허구한 날 낚싯대를 고물차에 싣고 바다낚시를 다녔다. 언제 암에 걸렸으랴 할 만큼 건강해진 아버지는 전국 해안의 유명한 낚시터라면 안가 본데가 없을 정도였다. 때문에 아버지가 중풍을 맞을 줄은 아무도 예상하지 못했다. 아버지는 배를 타고 바다낚시를 갔다가 뇌출혈로 쓰러졌다. 아버지가 암을 이겨낸 지 팔년 정도 되었을 때였다. 소식을 듣고 울산의 모 병원으로 달려갔을 땐 말도 못 하고 물도 못 넘겼다. 어머니는 그런 아버지를 보며 끔벅끔벅 울었다. 내가 잘못해서 아버지가 이렇게 되었다며 자책했다. 나를 용서해요. 내가 잘못했어요. 지난날은 다 잊어버리고 마음을 평안히 가지세요. 다 우리 집안과 당신 잘 되길 바라서 막은 거지 귀례가 싫어서 그런 것은 아니어요. 당신이 그토록 귀례를 못 잊어 할 줄은 몰랐어요. 아버지 간병을 하러 왔던 나는 본의 아니게 어머니의 넋두리를 들었다. 아무도 없는 병실이어서 환자인 아버지 들으라고 큰 소리로 말했기 때문이다. 식물인간이 된 아버지 눈에 눈물이 고여 있었다. 어머니, 아버지가 울어요. 아버지가 다 듣고 있는 것 같아요. 난 너무 신기해서 소리쳤다.

"그런데 귀례라는 여자가 누구예요? 하모니카하고도 관계가 있는 거예요?"

집에 모셔다드리며 어머니한테 물었다. 어머니는 입을 다

물었다. 입을 열면 액운이라도 닥칠 것인 양 말을 삼갔다.

중풍은 삼 년이 고비라는데 아버지는 세 삼 년을 누운 채 살았다. 얼마 안 되지만 농사일도 있는지라 어머니가 간병하며 모신 것이다. 어머니는 그동안 미워한 아버지한테 미안했는지 최고로 대접을 했다. 물침대에 누워있는 아버지를 조석으로 닦아주고 마사지를 해 주었다. 아버지는 구 년이란 긴 간병 중에도 욕창 하나 나지 않았다. 상태가 갑자기 나빠져서 서울 병원으로 옮겨 온 지도 칠 개월이 됐다. 어둔하지만 밥이나 물 같이 필요한 말을 하던 아버지는 얼마 전부터 간단한 말도 다 잊었다. 의사 선생님은 보낼 준비를 하라고 했다. 그런 지가 몇 달 되었다.

"애비야, 오늘 느 아버지한테 가냐? 갈 땐 나도 데려가거라."

조반을 먹던 어머니가 묻는다.

"예. 직장에 가기 전에 병원부터 들러 갈까 하는데요. 그럼 바로 출발할 거니까 준비하세요."

"어머님, 어제 갔다 왔는데 뭐 하러 또 가요? 아버님 밥도 못 주게 할라면서 뭐 하러 간다는 거예요? 애비도 바빠요."

아내는 외출 준비하러 방으로 들어가는 어머니를 따라가

며 짜증을 낸다. 그러거나 말거나 어머니는 신발장 밑에 밀어 둔 봉지를 들고 앞서 현관을 나선다. 나보다 먼저 자동차에 올라가 앉는다.

"아버지한테 그 하모니카 주려고요?"

자동차를 타고 가면서 나는 물었다.

"내가 곰곰이 생각해 봤는데 느 아버지가 저리 눈을 못 감는 것은 귀례가 준 하모니카 때문에 안 죽는 것 같아서."

"아버지가 지금까지도 하모니카를 찾는다고요? 그건 어머니 생각이에요. 이젠 하모니카에 대해선 신경 끄세요. 아버지보다 어머니가 더 예민한 것 같아요. 그런데 귀례라는 여자 죽었어요? 도대체 어떻게 된 거예요? 이젠 속 시원히 말 좀 해주세요. 그러니까 하모니카를 선물한 여자가 귀례라는 여자군요. 아버지가 그 여자와 바람피웠어요?"

"느 아버지 첫사랑 여자 지야. 느 할머니가 무당 딸이라고 애까지 뱄는데 결혼을 반대하자 농약 먹고 죽었단다. 하도 흉하고 남새스러워 입 밖에도 못 냈는데 이젠 너도 아는 것이 좋을 것 같구나. 애까지 밴 줄은 나중에 안 일이지야. 느 할머닌 귀례가 죽자 평생 편히 못 살았다. 오죽하면 하모니카를 버리라고 나한테 유언하고 돌아가셨을까."

"아아— 그런 사연이 있었군요. 우리 집의 비화네요."

나는 모든 것이 한꺼번에 이해되었다.

그날 아버지는 운명했다. 어머니의 예상대로 하모니카를 찾아 주자 돌아가신 것 같았다. 아버지가 돌아가신 시간은 정오가 되기 전이라고 했다. 내가 어머니와 같이 병원에 간 시간이 여덟 시 오십 분쯤 되었으니 세 시간 후에 돌아가신 것이다. 장례절차를 맡은 남자는 아버지의 손에 꼭 쥐어진 하모니카를 어떻게 해야 할지 모르겠다고 했다. 아무리 떼려고 해도 놓아주지 않는다는 것이었다. 나는 어머니의 뜻을 아는지라 그냥 고인이 갖게 하라고 했다.

허물은 집터 위에 남향으로 새로 지은 집은 육 개월 만에 완성됐다. 황토와 소나무로 지은 일층짜리 나지막한 집이었다. 때는 사월이어서 목련꽃이 만개했다. 자동차에서 내린 어머니는 집보다 목련나무를 바라보며 감탄을 한다.

"좋다! 올해도 좋은 일이 일어날 것 같구나. 어머니는 활짝 웃으며 나를 바라본다. 나는 사무관 진급을 기다리고 있는 중이었다. 진급이 되면 몇 년간 직장에 더 다닐 수 있다.

"어머니, 어서 들어가 보세요. 기름보일러에 최신식 싱크대를 넣었고 난방된 화장실에 방마다 문턱도 없앴어요."

나는 새집에 대한 설명을 흥분해서 했다.

"고맙다. 집이 좋구나. 그런데 말이다 부탁 하나 먼저 하련다. 나 죽으면 화장해서 목련나무 밑에 뿌려라."

"무슨 그런 말씀을 하세요? 아버지를 모신 옆에 어머니 자리 마련했어요."

"아녀! 죽어서까지 싸우기 싫다. 목련나무가 더 좋다. 난 예나 지금이나 너 잘 되는 게 소원일 뿐이다."

어머니가 진지한 눈빛으로 나를 바라보고 목련나무를 바라본다. 괜히 해보는 소리가 아니라는 것을 알 것 같았다. 나는 어머니의 팔을 잡았다. 소처럼 들일 밭일을 하던 어머니의 팔도 이젠 얄팍하니 뼈만 만져진다.

"어머니 새집에서 오래오래 사세요. 제가 어머니한테 잘할게요."

나는 왜 그런지 목이 메었다.

섬의 노래

정신요양원은 야산언덕에 있었다. 측면과 후면에 공동묘지가 층을 이루며 꼭대기까지 뻗어 있고 우측으로 날개처럼 펼쳐진 넓은 우듬지에 중세의 성 같은 칙칙한 건물이 요양원이었다. 너무 일찍 왔는지 요양원의 검은 철대문은 굳게 닫혀있고 인적은 찾을 수 없었다. 조석으로 이는 꽃샘추위가 옷깃으로 파고든다. 우리는 어깨를 움츠린 채 정문 앞에서 삼십 분 이상 떨고 있어야 했다. 요양원 측 출입허용이 바로 안 떨어져서다. 우리는 요양원 정문을 뒤로하고 산 아래쪽을 향해 서 있었다. 비탈진 언덕을 따라 묘지가 모닥모닥 앉아 있는 것이 을씨년스럽다. 묘지 앞에는 군데군데 꽃다발이 놓여 있거나 제사 음식이 놓여 있다. 우리는 몸을 움츠리며 되도록 묘지 너머의 밭이랑으로 눈길을 돌리었다. 밭이랑은 주변에 마을이 있다는 것을 느끼게 하는 풍경이어서 그나마 삭막함을 떨치게 한다. 우리가 달려온 길은 묘지 좌측으로 고불고불 실뱀처럼 늘어져 있었는데 밭 가운데를 통과하고 있었다. 도로를 보자 아직 창희를 만나지도 않았는데 돌아가고 싶어진다. 이렇게 으스스한 곳에서 창희가 산다는 것이 기가 막히었다. 헐벗은 나무들 위로 햇살이 따스하게 올라올 즈음에야 요양원의 철대문은 삐익하며 힘들게 열렸다. 우리 일행은 꽃샘추위를 피하듯 철대문 안으로 몰려 들어갔다.

무뚝뚝한 안내자를 따라 컴컴한 요양원복도를 걸어간다. 단발머리 여자가 우리를 안내하며 앞서 걸어간다. 낮이건만 복도는 형광등이 희미하게 켜 있다. 여자는 중간쯤에서 기역자로 꺾어지며 계속하여 복도를 걸어간다. 우리 일행은 걸을 때마다 귀밑에서 풀썩대는 단발머리 여자의 뒷모습을 놓칠세라 종종걸음으로 따라간다. 적막한 공간에 우리의 구둣발 소리만이 요란하다. 걸을 때마다 쿵쿵거리는 발소리를 작게 내려고 몸을 도사리면서 벽을 따라 걸어간다. 복도에는 소독약 냄새 같기도 하고 화장실 냄새 같기도 한 야릇한 냄새가 배어있었지만 천장 쪽으로 붙어 있는 작은 창문은 냉기를 막으려는 듯 모두 닫혀 있다. 우리가 복도를 통과하는 내내 안내하는 단발머리 외엔 개미새끼 한 마리 구경할 수가 없었다. 우리 일행은 긴장해서 서로의 얼굴만 바라봤다. 표정들은 두려움마저 감돌았다. 과연 우리가 만나고자 하는 창희가 이곳에 있기나 한 것인지 모르겠다. 실내는 냉냉한 공기만 떠돌 뿐 그 흔한 화분 하나 보이지 않는다.

신 적 없던 창희 소식을 들은 것은 사 년 전이었다. 고향에서 목사로 있는 동창생 수찬이한테서 전화가 왔다. 창희를 만났단다. 제일 먼저 내 소식을 물었단다. 전화번호를 알려달라고 해서, 유숙이가 원하는지 물어본 다음 알려 주려고. 알려 줘도 되어? 당연히 알려 줘야지. 나도 창희 소식이 얼마나 궁금한데. 나는 무슨 가당찮은 소리냐는 듯 수찬이를 나무랬다. 정상인이 아니거든. 수찬이의 목소리는 심각했다. 그동안 정신요양원에 있었대. 십구 년째라는 거야. 동생이 땅을 팔아 달라고 해서 처분해 주려고 같이 왔다가 우리 교회를 보고 찾아온 거래. 전화번호를 알려줄 테니 전화 한 번 해줘. 수찬이의 말은 뜻밖이었다. 세상에! 세상에! 십구 년간이나 정신 요양원에 있었다니, 창희가 미쳤었어? 언제부터 그런 거야? 어디에 있었는지는 몰랐지만 미친 것은 알고 있었다고? 그런데 왜 나만 몰랐지? 어쨌든 창희 있는 곳을 알았으니 요양원에 가봐야 하는 거 아냐? 나는 너무나 안타까워 수찬이한테 병문안 가자고 매달렸다. 이혼을 하여 연락을 끊은 줄 알았는데 의외의 소식이었다. 정신요양원에 있을 줄은 꿈에도 몰랐다. 나는 창희가 있는 요양원에 같이 갈 사람을 찾았다. 창희와 가깝게 지냈던 친구들이 같이 가겠다고 했다. 나는 본격적으로 병문안을 추진했다. 먼저 요양원으로 전화를 하여 허락을 받은 다음 방문날짜를 정했다. 정한 날짜에 창희를 보러 나온 여자 친구는 구미에서 올라온 순옥이까지 여섯이고 남자는 수찬이 외에 둘이었다. 준비한 물건까지 해서 수찬이네 교회 차인 9인승 승합차가 꽉 찼다.

"저기 있는 의자에 앉아 기다리세요."

건물의 중앙을 향해 상당히 깊숙이 들어간다 싶었을 때 단발머리가 몸을 돌려 우리 일행한테 말한다. 전등불이 환하게 켜 있는 홀이 갑자기 우리 앞에 나타났다. 기다란 탁자와 의자가 군데군데 놓여 있다. 음료수를 파는지 오렌지와 두유를 비롯해 여러 종류의 캔 따위가 진열된 가판대가 한쪽에 설치되어 있다. 가판대 안에는 목이 짧은 여자가 앉아 있다. 이 건물 안에서 두 번째로 만난 사람이다. 이 여자도 우리를 안내한 단발처럼 무표정했다. 물건은 팔아도 좋고 안 팔아도 상관없다는 표정이다. 심리적으로 긴장해 있던 우리는 단발머리가 가리키는 쪽으로 우르르 몰려가 탁자를 점령하듯이 의자에 앉았다. 단발머리 여자는 또 다른 복도로 걸어가더니 대기하고 있었는지 붉은색 운동복을 입은 여자를 데리고 나온다. 우리는 일제히 의자에서 일어났다. 회색머리에 처진 눈이 늙수구레하였지만 덧니가 드러나게 환하게 웃으며 나오는 여자가 창희라는 것을 금방 알아봤기 때문이다. 수갑에 묶이거나 거동이 불안정한 모습으로 철창 안에 갇힌 창희를 상상하던 나는 단정한 창희의 모습에 크게 안도했다. 창희는 짧게 커트한 것을 빼면 예전의 모습 그대로였다. 창희의 표정은 이곳에서 일하는 딱딱한 관리자들보다 밝았다. 우리는 창희가 환하게 반기는 것을 보며 여기까지 몰려온 것에 보람을 느꼈다.

"어마나— 내가 사랑하는 친구들이 오다니 정말 반갑다. 꿈만 같다."

창희는 우리 일행을 보자 감격하여 두 손을 벌리며 활기차게 말한다. 한 사람 한 사람 끌어안고 격렬한 해후를 한다. 그간의 불안감과 긴장감은 창희를 보는 순간 가뿐하게 달아나 버렸다. 저렇게 멀쩡한데 창희가 왜 이런 곳에서 십구 년이나 살아야 했는지 이해가 안 됐다. 사람의 운명은 아무도 모른다더니 창희 같은 경우를 두고 하는 말인 것 같았다. 창희가 인생 최고로 중요한 시기인 사오십 중반대를 정신요양원에서 썩힐 줄을 누가 예상이나 했겠는가. 초등학교 시절 창희는 얼마나 깜찍하고 예뻤던가. 창희의 책 읽는 낭랑한 목소리를 지금도 기억하고 있다. 책만 잘 읽는 게 아니고 노래도 잘했다. 창희의 노랫소리는 크고 높고 거침이 없었다. 소나무야 소나무야 변함이 없는 내 빛, 을 특히 잘 불렀다. 선생님은 공부하다가 심심하면 창희한테 노래를 시키곤 했으니까. 그 시절 창희는 우리에겐 선망의 대상이었다. 세줄 하얀 선이 있는 까만 세라 복에 주름치마를 단정하게 입고 무궁화 꽃이 그려진 가방을 메고 아무도 신지 않는 운동화를 신고 학교에 다녔다. 비 오는 날이면 흙으로 진창이 된 길에 자꾸 빠지는 고무신이어서 아예 들고 맨발로 걸어야 하는 우리들과는 다르게 창희는 노란 장화를 신고도 아버지 등에 업혀서 학교에 오곤 했다. 우리는 연못에서 진흙 발을 씻어야 교실에 들어갈 수 있었는데 장화를 신은 창희는 모래가 깔린 운동장에 와서야 아버지 등에서 내려 진흙 한 점 묻히지 않고 교실로 갔다.

창희와 친해진 것은 고등학교를 졸업한 후였다. 대학 진학을 하지 않은 창희는 공무원학원에 다닌다면서 틈만 나면 우리 동네로 놀러 왔다. 갓 핀 꽃처럼 예쁜 창희의 출현은 앞뒤 동네를 싱숭생숭하게 만들었다. 젊은 청년들은 방앗간 주변을 어슬렁거렸고 우리 여자들은 순옥이네 미장원으로 모여들었다. 순옥이는 방앗간 옆에서 아버지가 이발관을 하였는데 이발관 옆에 미용실을 내고 있어서 자연스럽게 모임의 장소가 됐다. 나중에 공무원이 되어 서울로 떠나고 나서도 창희는 순옥이네를 거점 삼아 자주 내려와 며칠씩 머물다 가곤 했다. 창희는 가끔 우리 집에 머물기도 했다. 내가 밥을 하는 동안 최신식 후레아 원피스 자락이 습기 찬 흙바닥에 닿거나 말거나 개의치 않고 소탈하게 부엌문에 걸터앉아서 혹은 아궁이 앞에 쭈그리고 앉아서 이야기하기를 좋아했다. 준영이는 Y대를 수석으로 졸업하고 미국으로 유학 갔대. 준영이는 동창생 중에 제일 잘 나가는 애였다. 모두의 관심의 대상이었으니 준영이 소식으로 관심을 집중시키려는 창희 나름의 이야기기술이었을 것이다. 준영이 이야기 하나

만으로도 우리가 펼칠 이야기는 무궁무진해질 것을 알기 때문이다. 어떻게 그렇게 잘 알아? 서울에선 남자들끼리 자주 모이거든. 걔들이 오라고 해서 몇 번 가봤어. 거기 가면 여기 소식 다 듣는다. 호호. 나는 서울에 대한 선망으로 늘 갈급해서인지 창희가 오는 것이 싫지 않았다. 종달새처럼 말 잘하는 창희가 오면 밤이 늘 짧았다. 이야기를 하다 보면 밤을 꼴깍 새곤 했다. 창희는 우리 동네서 유일하게 서울의 대학에 간 민태 이야기도 했다. 처음엔 동창생인 줄도 몰랐단다. 그만큼 민태는 학교 다닐 땐 눈에 띄지 않았다고 봐야겠다. 존재감으로 꽉 찬 창희와 대비되는 애였다. 나조차 같은 동네에 살면서도 민태가 우리 동창이라는 것을 잊어버리곤 했으니까. 그런 민태와 창희가 결혼했다는 것은 빅 뉴스거리여야 했다. 그러나 두 사람의 결혼은 은밀하게 치러져서 친구인 나조차 몰랐다. 이유가 무엇인지는 아무도 모른다. 다만 예쁘고 인기 많은 창희의 친구라고 자부했는데 청첩장을 못 받은 나는 배신감을 느껴야 했다. 수년 동안 창희에 대해 알려 하지 않은 것도 그때문인지도 모르겠다. 십구 년 동안이나 창희가 정신요양원에 있었다는 소식은 정말 충격이었다. 나 혼자만 몰랐다는 자괴감까지 겹쳐 마음이 불편하기도 했다. 얼마나 깔끔하고 단정한 애인가. 인정도 많고 배려심도 깊은 애였다. 결혼 청첩장을 안 보낸 것만 빼면 창희에 대한 추억은 그립고 고마운 것이 더 많다.

친구들이 다 결혼한 뒤에도 미혼이던 창희는 우리의 단칸 신혼집을 자주 들락거렸다. 창희는 우리 아들이 먹는 시중 분유가 비싸다며 자기 직장에서 면세로 싸게 구입할 수 있는 분유와 생필품을 대신 사다 주곤 했다. 무거운 분유통을 들고 불광동 언덕길을 오르내리는 일을 기꺼이 했다. 그런 창희가 고마워서 나는 밑반찬을 만들어주기도 하고 김치를 담아주기도 했다. 주말이면 분유통을 들고 땀을 흘리며 올라오던 창희가 어느 날부터인가 오지 않았다. 안집 전화로 가끔씩 오던 전화도 끊겼다. 공중전화를 해보지만 다른 부서로 옮겼다며 소식이 두절됐다. 언제나 창희가 찾아오고 전화도 했으므로 달리 알아볼 방법이 없었다. 창희의 집도 주소도 알아 놓지 않은 것을 후회했다. 창희의 소식을 다시 알게 된 것은 몇 년쯤 지나서였다. 뜻밖에도 창희가 전화를 했다. 시댁에 갔다가 우리 오빠를 만나 전화번호를 알아내어 전화를 한다고 했다. 그동안 결혼을 했으며 아이가 하나 있다고 했다. 그때 창희의 전화가 반갑지 않았다. 결혼하면서 나한테 말하지 않은 것을 섭섭히 여기던 참이었기 때문이다. 창희가 민태와 결혼을 한 것도 친정에 가서야 알았다. 창희가 민태와 결혼했다느만 동생도 알어? 창희가 공부시켜서 민태가 의사가 됐다드만. 민태 장가 잘 갔다고 소문이 자자하다야. 오빠의 말을 듣는 순간 축하보다 배신감이 먼저 올라왔다. 서울에서 결혼식 하면서 청첩장도 안 보내다니. 민태의 학비를 대는 사인인 줄도 모르고 민태 흉을 같이 보았던 것도 무안했다. 민태 집은 가정불화가 많다는 등 민태를 폄하했던 것이 생각나서였다. 자주 만났건만 민태와 사귄다는 귀띔도 없으면서 민태에 대해 이것저것 캐물은 것을 생각하니 나를 이용했다는 의구심마저 들었다. 웬일이야? 의사한테 시집간 사람이 막노동판 졸개 마누라를 다 찾고. 무슨 말이야! 보고 싶어서 전화했는데. 퍽이나 보고 싶겠다. 그런 사람이 결혼청첩장도 안 보내! 는 생략했다. 창희는 나의 비꼬는 듯한 말대꾸 때문인지 다른 때 같지 않고 안부 정도만 묻고 전화를 빨리 끝냈다. 우리 언제 한번 만나자. 처음의 반가움이 반감된 목소리로 말하고 전화는 끝났다. 무엇인가 할 말이 있었던 것 같았는데 내 감정이 너무 앞서 있었던 탓에 창희의 깊은 속사정을 들을 기회를 그때 놓친 셈이었다.

창희를 마지막으로 본 것은 홍은동 창희 집에서였다. 퇴근시간에 맞춰서 만난 창희는 재래시장에서 풋고추 한 봉지와 멸치를 사 들고 자기 집으로 나를 데리고 갔다. 민태와 살고 있는 신혼집은 오래된 주택으로 평범했다. 화장대와 장롱만 있고 신혼집 벽에 꼭 있어야 할 결혼사진도 없었다. 방안은 바쁘게 출근한 듯 여기저기 옷이 흩어져 있었다. 의사 남편과 사는 창희는 평범한 우리와는 격이 다르게 살 줄 알았는데 그래서 창희의 신혼집에 기대가 컸는데 너무도 허름한 살림에 당황했다. 큰 애는 시골 할머니가 키우고 있어. 둘째도 낳으면 시댁에 보내야 해. 난 빚 때문에 직장에 계속 다녀야 해. 창희는 귤 몇 개를 접시에 담아 쟁반도 없이 방바닥에 내놓았다. 활기를 잃은 채 멍하니 앉아있는 창희의 표정은 세상에서 제일 불행한 여자 같았다. 행복해? 행복해 보이지 않은 것을 느끼면서도 내가 심술궂게 묻자 창희는 입술을 조금 벌렸다. 눈물이 나려는 걸 참는다는 것을 느낄 수 있었다. 민태는 매일 늦게 와. 늦게 와서 저 방에서 혼자 잔다? 공부를 해야 한대. 무슨 공부를 그리도 많이 하는지. 괜히 결혼했어. 난 돈을 벌기 위해 사는 사람 같아. 말하는 창희의 눈빛이 점점 붉어진다. 끝내 눈물이 그렁그렁 맺혔다.

의사봉급이 제일 많다는데 넌 안 벌어도 되잖아? 나는 창희가 손으로 가리킨 방문을 열어보았다. 작은 책상만 있는 방에는 개지 않은 이불 하나가 방바닥에 아무렇게나 뭉쳐있었다. 많이 벌면 뭐 해? 맨날 빚 갚는다며 오히려 나한테 돈 달라고 한다? 안 주면 싸운다. 내 돈으로 공부하고 병원취직도 우리 작은 아버지가 알선해서 졸업하자마자 바로 했어. 그런데도 고마워하기는커녕 날 무시한다? 민태 어머니를 발로 차고 짓밟는 민태 아버지가 생각났다. 민태 어머니의 머리채를 잡고 끌고 다니던 민태 할머니도 생각났다. 왜 그런지 민태네 집은 가정불화가 많았다. 싸우는 집구석에서 자란 애만 아니면 된다. 이 말은 오빠의 말이다. 오빠는 결혼할 때 짚어야 할 것은 남자나 여자나 가정환경을 봐야 한다고 했다. 건호와 혼삿말이 있을 때도 오빠가 제일 관심 있게 주문한 것은 건호의 부모님이 어떻게 살았는가였다. 건호 아버지 같은 양반은 없지라우. 자기 식구라면 끔찍이 애끼는 집이지야. 눈뜨면 일 번 물부터 길어다 가마솥에 데워놓고 건호 엄니를 깨우는 양반이랑께. 건호 엄니가 복이 없어서 일찍은 갔지만 동네우물로 물 길러 가지 않는 여자는 건호 엄니 밖에 없었지라. 아내사랑이라면 건호 아부지 따라갈 사람 없지라. 오빠는 거짓말 조금 섞인 듯한 중매쟁이의 말을 가장 맘에 들어 하며 나의 결혼을 종용했었다. 창희의 신혼집에 다녀온 뒤로 왜 그런지 결혼 청첩장을 안 보낸 것에 대한 오랜 서운함은 사라졌다. 창희가 청첩장도 안 보내고 결혼한 데는 사연이 있으리란 짐작에서다. 창희는 둘째 딸을 낳은 뒤로 연락을 또 끊었다. 창희의 소식을 다시 듣게 된 것은 이번에도 친정집에 가서였다. 민태하고 창희가 왜 이혼했디여? 내가 묻고 싶은 말인데 오빠가 도리어 물었다. 이혼을 해? 나는 너무도 놀라 입을 다물지 못했다. 그렇게 며느리 자랑을 하더니 이혼했다며 손녀들을 정촌떡(댁)이 키운다. 아니나 다를까 서울로 올라오던 날 동네 우물가에서 놀고 있는 낯선 여자애 둘은 창희와 민태를 반씩 닮아 있었다. 쌍꺼풀진 시원한 눈은 창희를 닮았는데 야물지 못한 입은 영락없는 민태였다. 제대로 씻기지 않아서 아이들의 얼굴은 꾀죄죄했고 옷은 허름했다. 세상에! 세상에! 나는 너무나 딱한 마음에 혀만 찼던 것을 지금도 기억하고 있다.

유숙아, 너가 같이 올 줄은 정말 몰랐다. 난 너에게 할 말이 참 많은데 앞으로 우리 편지 하자. 내가 다 말할게. 창희는 나를 보자 달려와서 목을 꼭 안았다. 누구보다도 내가 온 것이 제일 반갑다는 투였다. 유숙이 너 시인이 됐담서? 시인이 되겠다며 날마다 시를 쓰는 민태는 아직도 안 되고 너가 먼저 시인이 됐네? 시인이 아니고 소설가야. 소설은 더 어렵지. 그 어려운 소설을 어떻게 쓰냐? 나 좀 가르쳐 줘라. 나도 쓸 것이 많은데. 창희는 행복한 미소를 얼굴 가득 머금고 예전처럼 조잘댔다. 우리는 그 자리에서 창희를 중심으로 기념사진을 찍고 요양원의 환자를 위해 가져온 우유와 초콜릿을 전달하고 창희가 기거하는 방을 보게 해달라고 부탁했다. 단발머리 여자는 기꺼이 우리의 부탁을 들어주었다. 단발머리와 창희를 따라 들어간 방은 학교 강당처럼 넓었다. 벽 쪽으로는 옷장 같은 것이 있을 법도 하건만 아무것도 없이 휑했고 나사가 하나쯤 빠진 듯한 여자들이 여기저기 서 있거나 앉아 있었다. 삼십여 명쯤 되는 여자들은 우리 일행이 문을 열고 들여다보자 불안해하며 가운데로 서서히 모여든다. 그 모습이 풀밭에 풀어 놓은 닭을 생각나게 했다. 흩어져서 먹이를 먹던 닭이 위험에 처할 때면 꼬꼬댁거리며 눈을 휘둥그레 뜨고 가운데로 모여들 듯 중앙으로 모여들며 우리 일행을 호기심 반 두려움 반으로 바라본다. 우리 친구는 저 사람들과 다른데 왜 저들과 같이 있지요? 말자가 궁금해

죽겠다는 듯 참지 못 하고 묻는다. 단발머리 여자는 애매한 미소를 입에 물고 질문자를 보고 창희를 본다. 나는 방장이라 저 애들을 지도하고 가르치고 있어. 창희가 단발머리 대신 또렷한 목소리로 말했다. 단발머리 여자는 여전히 미소를 물고 있다. 창희의 말이 맞는지 안 맞는지 알아낼 수 없는 야릇한 웃음이었다. 저 애들 때문에 내가 고생을 많이 한다. 날마다 먹여주고 씻어주고 아프면 기도해 주건만 밥 안 준다고 달려들어 때리기도 한다. 여기선 방장하기도 힘들어. 창희는 애로사항을 자랑하듯 설명했다. 말하는 모습이 전혀 힘들어 보이지 않았다. 우리는 까르르 웃었다. 창희도 입을 손으로 가리고 깔깔 같이 웃는다. 더 이상은 출입금지 구역입니다. 이젠 휴게실로 돌아가서 점심을 먹어도 됩니다. 강당만 보여준 단발머리는 더 이상 들어가지 못하게 가로막는다. 우리는 서둘러 물러나야 했다. 채근하는 단발머리를 따라서 휴게실로 되돌아 나왔다. 휴게실에서 우리가 싸 온 치킨, 김밥, 과일로 창희와 함께 점심을 먹는다. 처음 이곳에 와선 배가 많이 고팠어. 너무 배가 고파서 묘지에 있는 젯밥을 훔쳐다 먹으며 살았어. 젯밥을 먹다니? 우리는 깜짝 놀라서 밥을 먹다 말고 서로를 바라보았다. 젯밥이 어디에 있는데? 찬수가 한 마디 끼어든다. 공동묘지에 가면 있어. 창희의 대답은 막힘이 없었다. 공동묘지? 공동묘지 앞을 지나쳐 온 것이 생각났다. 아침 이슬에 덮힌 묘지마다 화분이 있거나 젯밥이 놓여 있는 것을 본 기억이 났다. 여기서 밥 줄 텐데 왜 배가 고파? 누워있으면 배가 무지 고파져. 공동묘지로 가서 제삿밥을 주워 먹어야 해. 우리는 혀를 차며 손으로 입을 가려야 했다. 비인간적인 대우를 받는 이곳에서 창희를 어떻게든 빼내야만 할 것 같았다. 실제로 초등시절 반장이었던 정희는 창희를 밖으로 나와 살게 도와주자고 제안하기도 했다. 밖으로 나와 살게 하려면 보호자의 승인이 필요하고, 전적으로 책임질 각오를 해야 한대. 그렇게 할 수 있겠어? 요양원에 오기 전에 요양원 측에 창희의 출소에 대해 문의한 바 있는 내가 나서서 설명을 했다. 나의 말에 아무도 총대를 멜 사람이 없는 듯 서로를 바라보며 고개를 흔든다. 창희는 모른 척 남자 동창생들과 떠들며 이야기를 하고 있다. 창희야, 너 노래 잘 했지야. 노래나 한 곡 불러봐라. 가라앉은 분위기가 싫었는지 말자가 노래를 청한다. 많이 까먹었지만 그래도 몇 개는 안 까먹었다. 지금 불러 볼까? 창희는 자리에서 벌떡 일어났다. 잔기침 몇 번을 하더니 노래를 부른다.

파도가 부서지는 바위섬 인적 없던 이곳에
세상 사람들 하나둘 모여들더니
어느 밤 폭풍우에 휘말려 모두 사라지고
남은 것은 바위섬과 흰 파도라네

창희가 노래하는 동안 우리는 귀를 기울인다. 창희의 십팔번이던 노래다. 얼마나 쓸쓸한 가사인가. 처녀 때도 창희답지 않게 처연하게 이 노래를 부르곤 했었다. 명랑하고 쾌활하기만 한 줄 알았는데 마음 깊이 남모르는 외로움이 있었던 것 같았다. 창희는 애절하게 눈을 감고 부른다.

바위섬 너는 내가 미워도 나는 너를 너무 사랑해
다시 태어나지 못해도 너를 사랑해~
이제는 갈매기도 떠나고 아무도 없지만
나는 이곳 바위섬에 살고 싶어라.

노래가 끝나자 우리는 박수를 쳤다. 오랜만에 들어도 창희의 노래솜씨는 여전했다. 앵콜이 여기저기서 터져 나온다. 창희는 기세 좋게 두 번째 노래를 한다. 세모시를 가사

하나 틀리지 않고 부른다. 그날 우리는 목장 길 따라 등 추억의 노래를 창희와 함께 불렀다. 옛날처럼 노래하고 싶어. 그런데 가사가 생각이 안 나. 노래를 해서인지 창희얼굴이 분홍빛으로 생기가 돈다. 내가 노래집 보내 줄 테니 노래 많이 해라. 노래는 정신건강에 좋단다. 정희가 탁자 위의 창희의 손을 잡는다. 나는 테이프 보내 줄게. 말자도 한 몫 끼어든다. 테이프는 라디오가 없어서 못 들어. 얼굴이 해처럼 밝아진 창희가 말자를 바라본다. 테이프 넣을 수 있는 라디오 보내 줄게. 여기 오면서 물건 사고 남은 돈이 얼마간 있는데 그것으로 라디오 사는 것 모두가 찬성하지? 총무인 옥희가 모두를 돌아본다. 여기저기서 좋은 생각이라고 동의한다. 창희는 박수를 치며 좋아했다. 라디오는 됐고 그밖에도 필요한 것 있으면 여기에 적어봐. 우리가 십시일반으로 마음을 합해서 보내 줄게. 초등시절 반장이었던 정희는 종이를 창희 앞에 놓는다. 세월이 많이 흘렀어도 정희는 여전히 리더십을 발휘한다. 우표가 제일 필요해. 편지지와 편지봉투 메모지 볼펜도 필요하고…… 파김치가 먹고 싶어. 야, 지금이 어느 세상인데 편지지냐? 난 편지 안 쓴 지가 삼십 년은 된다. 문자 해! 문자!"

처음부터 입을 다문 채 조용히 있던 순옥이가 말한다. 핸드폰이 없어. 전화도 승낙받아야 해. 창희의 표정이 어두워졌다. 우리는 모두 고개를 끄덕인다.

서울에 돌아온 나는 문방구에 가서 편지지와 편지 봉투를 비롯하여 글을 쓰고 싶다고 한 말이 생각나서 공책과 볼펜 원고지 등을 사고 우표도 백 장쯤 사서 요양원으로 보냈다.

목이 탄다. 정수기에서 물을 빼서 마신다. 탁자에 놓인 창희의 편지를 들고 뜯어야 할지 말아야 할지 망설이는데 초인종이 울린다. 박스할머니가 인터폰 액정 안에 있다. 단추를 누르고 현관문을 열어 놓는다. 우편물 함이 꽉 찼었는데 모두 사라져서 돌아온 줄 알았지. 박스할머니는 습관적으로 거실 안을 살핀다. 별일 없지? 내가 오며가며 매일 집을 지켰구만. 고마워요. 저도 할머니만 믿고 갔어요. 쓰레기 치워줘서 고마워요. 배달 음식 먹는 사람이 이 집에 사는가 봐. 음식을 반도 안 먹고 그냥 버리는데 분리하지 않고 그냥 버려서 그거 분리하기가 힘들었구만. 그려, 구경은 잘 했어? 쏘련 간다고 했던가? 예, 지금은 러시아라고 해요. 여기 약소하지만 받아주세요. 그리고 이것은 팔찐데 맘에 들지 모르겠어요. 나는 기념으로 사 온 하늘색 팔찌를 박스할머니 손목에 끼워준다. 이쁘구만. 박스할머니는 팔찌를 건성으로 본 후 다시 거실 안을 살핀다. 신문은 더 많이 모아진 후 드릴게요. 나는 한쪽 구석에 낮게 쌓여있는 신문지더미를 가리킨다. 그려그려. 고단할 텐데 푹 쉬라구. 박스할머니는 서둘러 나간다. 침대로 가서 눕는다. 잠이 안 온다. 창희의 편지를 탁자 위로 던져놓고 스마트폰을 열어 찬수의 전화번호를 누른다. 전화기를 꺼 놓았다는 저장된 음성이 들린다. 침대에 엎드려 잠을 청한다. 창희는 무슨 말을 내게 하려는 것일까. 여행지에서 오자마자 마주친 창희의 편지로 인해 나는 잠을 이루지 못 하고 뒤척인다. 창희의 편지가 두렵다. 창희가 정신요양원에 가지 않았다면 아직도 우린 변함없는 친구로 지낼 텐데.

세탁기에 빨래거리를 넣고 있는데 스마트폰이 울린다. 찬수였다. 심방 중이라 바로 전화 못 했어. 네가 웬일로 전화를 다 하고. 그래 여행은 잘 다녀왔어? 내가 여행 간 것 어떻게 알았어? 다 아는 수가 있지. 순옥이가 아버지 생신이라며 다녀갔거든. 순옥이 말이 남편 잘 만나 팔자 좋은 넌 해외 여행 갔다더라. 나는 웃는다. 순옥이한테 남편과의 별거를 이야기하지 않은 생각이 나서다. 러시아 좀 다녀왔어. 창희 편지가 와 있어서. 창희에게 무슨 일이 있었나 궁금해서 전화했어. 그래도 동창생 소식은 네가 제일 빠르잖아. 창희 소식은 모르고 장례식장에서 민태를 만난 적이 있어. 민태를? 그 자식, 창희가 요양원에 있는 것 알어? 모처럼 만났는데 서로 부담스런 말은 할 수 없었고, 딸 둘은 결혼했다네. 다른 자식은 없대? 어린 각시랑 아직도 살고? 나는 알고 싶은 질문을 공격하듯이 퍼붓고 있었다. 모처럼 만났는데 그런 것까진 물을 수 없었고, 바쁘다며 서둘러 가서 더 물을 수도 없었어. 민태도 창희와 이혼하여 우리들과 만나는 것이 껄끄러운 거지. 창희가 보란 듯이 잘 살았으면 그래도 잊었을 거지만. 인생의 태반을 요양원에 있으니 걔도 맘이 괴로울 거야. 모두가 민태를 욕하니 억울할 수도 있을 거고 말야. 어쩌면 민태도 피해자인지도 몰라. 남자란 말을 하지 않으니까. 찬수는 전에 없이 민태 입장을 헤아렸다. 민태를 만나고 나니 생각이 바뀐 것 같았다. 그건 그래. 두 사람의 이야기를 들어봐야 일의 전모를 제대로 알 수 있다고 봐. 나는 숨 가쁘게 질문하던 기세를 꺾으며 일보 후퇴해야 했다.

우리가 요양원을 방문한 뒤로 창희는 편지를 무수히 보냈다. 답장을 하기도 전에 날아오는 편지는 하나 같이 요양원의 고달픈 생활과 어린 시절 부모님의 사랑을 누구보다도 많이 받았던 이야기, 학교 다닐 때의 행복했던 추억. 민태와의 불행한 만남을 적었다. 결혼 전에는 안 하던 민태 이야기를 빠짐없이 털어놓았다. 가난뱅이 대학생이었던 민태가 십여 년 동안 직장생활을 하여 모은 창희의 돈으로 공부를 하여 의사가 된 뒤에는 미련 없이 창희를 버리고 저처럼 가난한 여대생의 학비를 대주며 동거를 했다는 것이다. 창희의 우울증은 그때 이미 시작됐던 것 같았다. 밤마다 깍뚝 머리에 몽둥이를 든 남자들이 나타난 것도 그 무렵이었다. 남자들은 창희 뒤를 밤이나 낮이나 따라 다녔단다. 회칼을 든 남자도 있었단다. 창희는 무서움에 몇 번이나 기절을 하곤 했다. 깍둑머리 남자들을 피해 다니던 창희는 결국 직장을 그만두어야 했고 이혼까지 하고 말았단다. 남편도 자식도 직장까지 잃어버린 창희는 갈 데가 없었다.

경상도 구미까지 순옥이를 찾아갔단다. 맘씨 좋은 순옥이는 창희를 예전처럼 반겨주었다. 그런데 창희는 일주일이 지나도 떠나지 않았다. 중학교에 다니는 순옥이 딸은 엄마 친구인 창희를 싫어했다. 자기 방을 창희한테 내주고 엄마 방에 와서 자야 했기 때문이다. 순옥이 말에 의하면 창희는 밤새 불을 켜 놓은 채 잠을 안 자더란다. 어느 날 신음소리가 나서 방문을 열어보니 창희가 눈이 뒤집혀서 입을 벌린 채 벌벌 떨었다. 몸을 만지니 죽은 시체처럼 차가웠다. 창희가 죽는 줄 알고 119를 부르고 난리가 났다. 119에서 왔을 땐 창희는 죽은 듯이 잠이 들었다. 파랗게 멍이 진 얼굴로 잠을 자더란다. 순옥이는 그런 창희를 도저히 데리고 있을 수 없었단다. 할 수 없이 갈 데가 없다고 떼를 쓰는 창희를 쫓아내듯이 보냈단다. 서울 가는 버스에 억지로 태워 보냈단다. 그래서인지 창희는 우리가 요양원에 갔을 때 순옥이를 아는 체도 안 했다고 한다. 나는 전후 사정을 몰라서 눈치를 못 챘는데 두 사람의 대면이 전 같지 않았다고 했다. 창희의 이상 행동은 고향 동네에서도 화젯거리였다. 이혼하기 전 창희는 몸조리를 할 겸 시가에 내려가 있었던가 보다. 창희가 좀 이상혀야. 정촌 댁이 며느리가 아프다며 예배드려 달라고 해서 목사님하고 같이 갔는데 예배 중에 갑자기 몽둥이 든 남자들이 왔다며 애기 마냥 울더라. 얼마나 무서웠는지 앉은 채 오줌을 벌벌 싸더라. 어떤 깡패가 왔는데? 깡패가 오긴 헛것을 본 거지. 아무도 안 왔는데 문 쪽을 가리키며 깡패가 왔다고 하는 거여. 이런 이야기를 종합해 볼 때 창희의 이상 행동은 이혼이 불가피했을 것이다. 민태만 나쁘다고 몰아세울 일도 아닌 것이다. 창희는 결국 보호자인 남동생에 의해서 요양원에 들어갔단다. 창희를 받아 주는 곳은 세상천지에 정신요양원밖에 없었던 것이다. 대출받은 것 때문에 다 제하고 얼마 되지 않은 퇴직금이 그나마 지참금이 되어주었단다.

여행 이야기 좀 해봐. 러시아 여행 중 인상 깊은 곳은 어디야? 찬수는 내 전화기가 조용하자 채근했다. 나는 창희에 대한 상념을 후루룩 떨쳐야 했다. 전원도시 슈즈달이 떠오른다. 푸른 하늘과 언덕 위의 목가적인 집, 거기서 먹었던 붉은 기름이 뜬 러시아 전통수프, 푸른 잔디들, 강물 위의 나무다리와 청둥오리 떼들. 슈즈달 위로 창희가 있는 정신요양원의 칙칙함이 겹쳐진다. 여행은 고행이라잖아. 요즘 너무 편해서 고생하러 부러 간 거야, 그나저나 두더지처럼 숨어서 얼굴 한 번 안 보이던 민태를 만났으니 창희 좀 꺼내 달라고 해보자. 창희가 불쌍하잖아. 창희가 저 지경이 된 것은 민태 책임도 있잖아. 안 그래? 잘 해줘도 고맙다 말까인데 언감생심 바람을 피워! 그 자식이 돈을 빌려 가고 못 갚게 생기니까

의도적으로 창희를 유혹하여 결혼한 거야. 동정심 많은 창희가 속은 거지. 이젠 민태도 경제적 안정을 찾았을 텐데 도의적으로라도 책임감을 좀 가져야 한다고 우리가 말해줘야 해. 나는 창희 일로 괜히 열을 내고 있었다. 민태가 옆에 있다면 따귀라도 갈겨줄 것 같은 노여움으로 말이다. 민태가 아니었으면 창희의 인생은 훨씬 좋았을 것이라는 확신 때문이다. 창희를 사랑한 남자가 있었다지 않던가.

창희의 편지에는 사랑하는 남자 이야기가 있었다. 나를 진정으로 사랑한 남자는 정이었어. 내가 요양원에 있는 것을 알아내어 두 번이나 찾아 왔었어. 제대한 뒤에도 나를 찾았대. 내가 결혼한 것을 알고 조용히 떠났대. 창희가 사랑한 남자는 뜻밖에도 우리 이웃 동네에 사는 선배였다. 아버지가 지리산에서 총에 맞아 죽었다는, D시의 명문 중학교와 고등학교를 나왔고 사법고시를 몇 번이나 봤지만 떨어진다는 남자였다. 언젠가 한 번쯤 본 바로는 키는 보통 키에 얼굴이 붉고 이마가 넓은 듯했다. 날카로운 표정이 호감이 가는 외모는 아니었지만 듬직하고 우직해 보였다. 정은 우리들과는 다른 대도시에서 공부하였기 때문인지 우리의 관심을 끌지 못했다. 나는 편지를 읽는 동안 창희의 비밀을 알게 된다는 것에 많이 흥분했고 가슴이 뛰었다. 면이 다른 곳에 사는 창희가 아래쪽 면인 우리 동네를 그토록 뻔질나게 들락인 것은 정이라는 청년 때문이었다는 것도 비로소 알았다. 창희가 어떤 인연으로 정을 알게 되었는지는 몰라도 두 사람은 상당히 친했는지 정이 군대 갔을 땐 통닭이랑 찰떡을 들고 면회를 갔다고 했다. 정이 제대를 했을 땐 생각지도 않던 민태의 유혹에 넘어간 뒤여서 정을 피했단다. 훗날 요양원에 두 번이나 면회를 왔다는 정을 창희는 아직도 잊지 못 하고 있었다. 한 편의 소설을 읽은 것 같았다. 혼자만의 비밀이야기를 털어놓는 창희의 마음을 이해할 것 같았다. 갇혀있는 자는 자신의 존재감이 사라지는 것이 두려운 것이다. 무인도에서 구출해 달라고 깃발을 날리는 사람과 다름 아니리라. 소중했던 사람을 다 잃어버린 창희의 공허함이 스스로 발아되며 속엣 것을 표출하고 있는 것이다. 우리의 방문으로 사기충천해진 창희는 모든 비밀을 털어놓고 싶은 절박함으로 잠을 못 자는 듯했다. 흥미로운 편지는 계속 날아왔다. 창희를 좋아한 남자들 이름이 줄줄이 올라오고 데이트한 남자들이 속속 드러났다. 나는 설레는 기분으로 세 번째 네 번째 편지를 기다리곤 했다. 이번에는 무슨 이야기로 나를 놀라게 할까?

그러나 언제부턴가 나는 창희의 편지를 뜯지 않았다. 창희는 정상을 벗어나고 있었다. 자기를 좋아하던 남자들과 산이나 강변으로 다니며 데이트를 한 것까지는 읽을 만한데 모든 남자들이 자기를 좋아한다는 망상에 빠져 있었다. 종당에는 국가의 총수까지 자기를 사랑한다고 믿는 과대망상에 빠져 버렸다. 대통령이 어떻게 자기를 알게 되었는가에 대한 해명도 그럴듯했다. 대통령이 비밀리에 요양원에 온 적이 있는데 자기를 보더니 요양원의 소식을 청와대로 직접 보고하라고 했단다. 그때부터 아침이면 청와대로 보고하는 일을 착실히 했더니 잘 한다며 신임을 얻게 되었단다. 때문에 자기는 깍둑머리에 검은 옷 입은 남자들의 감시를 받게 됐고 그 감시를 피하기 위해선 요새와 같은 요양원에 계속 숨어있어야 한다고 했다. 깍뚝머리에 검은 옷 입은 남자들에 대한 해석은 편리한 대로 시류를 탔다. 처음에는 민태가 자기를 죽이려고 보낸 사람이라더니 대통령의 직속 부하가 되었다고 믿게 되면서 부터는 반정부 단체라고 제법 아는 체를 했다. 마치 자기가 국보급이어서 반정부 세력이 자기를 죽이려 한다고 믿었다. 나는 과대망상이 뭔지 잘 몰랐는데 창희의 편지를 보면서 확실하게 알 것 같았다. 엉뚱한 상상 속에서 특권층인 양 허세를 떠는 창희에게 귀신이 붙었다고 믿게 된 것은 젯밥을 먹는다고 했을 때 감지했어야 했다. 우리는 거침없이 종알대는 창희의 말솜씨에 모두 속았다. 공동묘지의 젯밥을 먹도록 밥을 충분히 주지 않는 요양원을 고소해야 한다고 의분했었다. 실제로 우리는 요양원 측에 항의도 했다. 당연히 요양원 측은 터무니없는 미친 소리라며 일축했다. 시간이 지나면서 요양원 측의 말이 맞음을 이해했다. 그토록 삼엄한 시설에서 환자가 어떻게 밖으로 나와서 공동묘지의 젯밥을 먹을 수 있을까였다. 떠오른 것은 그 음식은 조상의 혼령한테 먹으라고 놓아 준 음식이라는 생각이 났다. 그렇다면 창희에게 붙어있는 귀신들이 공동묘지로 가서 음식을 먹는다는 결론에 쉽게 이르렀다. 영계를 넘나드는 창희의 정신세계에 소름이 돋았다. 결국 나에게 편지하는 사람은 진짜 창희가 아니라는 결론에 다다른 것이다. 내가 창희와의 편지를 단절한 가장 큰 이유였다.

슈즈달 강변을 걸어가고 있다. 강가에는 갖가지 색의 꽃들이 피어있고 물결은 잔잔하다. 강물 가운데서 청둥오리떼들이 한가로이 물살을 헤치며 떠돌고 있다. 먹이를 찾아 주둥이를 물속에 깊이 박았다 올리고 박았다가 올린다. 바람이 분다. 나뭇가지가 흔들리고 물살이 흔들린다. 새 떼들이 푸르륵 날아간다. 아까부터 어디선가 노랫소리가 난다. 쓸쓸하고 고요한 노랫소리는 저 멀리 슈즈달 언덕 위에서 나는 것 같다. 슈즈달 언덕 위에는 수도원 같은 고풍스런 성당이 있고 몇 채의 유럽풍의 집이 있다. 나는 언덕을 향해 걸어간다. 가장 높은 집의 나무문을 밀치고 집 안으로 들어간다. 여자들이 각각 놀고 있다. 춤을 추는 사람, 체조하는 사람, 혼잣말하는 사람 등 제각각이다. 내가 들어가자 두려워하며 일제히 가운데로 절룩절룩 모여든다. 노랫소리는 계속해서 들린다. 벽이 사라지며 바다가 펼쳐진다. 물이 넘실거리고 절룩이는 사람들은 물을 피해 바위를 타고 올라간다. 사람들이 하나둘 요술에 걸리듯 바위가 된다. 노랫소리는 바위 위에서 계속해서 난다. 바위 끝 뾰족탑 위에 창희가 앉아 있다. 창희야! 창희야! 나는 창희를 부르며 바위산으로 올라간다.

꿈을 꾸었다. 기분이 안 좋다. 방이 물에 휩싸이며 섬이 되는 꿈을 되새기며 멍청히 앉아 있다. 머리를 세차게 흔들며 일어나 창문을 열어놓고 집안 청소를 시작한다. 기분은 자꾸만 다운되어간다. 쓰레기통을 비우는데 개봉하지 않은 창희의 편지가 있다. 읽지 않겠다는 의지를 포기하며 편지를 뜯는다.

dear 유숙

창희의 편지는 시작부터 여고생처럼 멋을 부리고 있다. 아직도 소녀 같은 기분을 잃지 않은 것이 웃음을 짓게 한다. 창희가 여전히 늙지 않는 이유를 알 것 같았다.

유숙아 잘 있지? 오늘도 나는 천장에 붙어 있는 조그만 창에 매달려서 하늘을 보고 있단다. 날씨가 화창하니 하늘이 높고 푸르구나. 나의 하루는 창가에 매달려 푸른 하늘을 바라보며 시작하여 어두워진 하늘의 달이나 별을 찾으면서 저물어 간단다. 이곳 환우들하고는 대화도 안 통하고 눈은 침침하여 책도 못 읽으니 창문을 열고 하늘만 보고 있다. 가끔 나무 위로 새가 앉을 때가 있는데 그럴 때면 새하고 이야기를 한다. 오늘도 새가 날아오길 기다리느라 너무 오래 발끝을 들고 있었던지 발가락이 아프구나. 여기 온 지 벌써 23년째구나. 나를 죽이려는 깍두머리 남자들 때문에 이곳으로 피신해 왔는데 영영 돌아갈 수 없게 됐구나. 그동안 병은 늘어나 고혈압에 당뇨까지 열두 가지나 된다. 어제는 김치를 백 포기나 담았다. 잇몸이 약하여 치아가 다 썩어서 먹지도 못하는데 일을 많이 하니까 병이 자꾸 더 보태어진다.

아무래도 난 오래 살지 못할 것 같다. 언젠가는 병이 다 나아서 이곳을 나가 우리 미소, 미영이 만날 날만 기다렸는데 병은 낫지 않고 자꾸만 더 아프니 두 딸을 보기 전에 죽을 것 같구나. 동생이 다녀갔는데 우리 딸들은 모두 결혼을 했단다. 좋은 신랑 만나서 고향에서 잘 산다는구나. 우리 딸들은 내가 죽은 줄 알고 있단다. 민태가 그렇게 말하였겠지. 동생은 미영이 미소를 위해서라도 딸을 만나지 말라더라. 두 딸을 만날 날만 기다렸는데 만나지 말라니 이제 나는 희망도 꿈도 없다. 하루빨리 죽고 싶다. 눈물만 나온다. 여기서 봉사하며 사는 것이 사명인 줄 알았는데 미영이와 미소를 만나지 못하게 하다니. 감옥 같은 생활만 시키다니. 하나님은 나를 조금도 도와주지 않는구나.

유숙아, 미안하다. 내 결혼식을 너에게 말하지 않은 것 때문에 너가 많이 서운해한 것 다 안다. 사실은 민태가 가족 외에는 청첩장을 보내지 말라더라. 내가 너하고 친하게 지내는 것을 알면서 청첩장을 보내지 못하게 하다니. 민태를 만난 것은 내 인생에 부도수표였다. 민태는 나와 이혼하려고 내가 귀신들었다며 날 쫓아낸 놈이야. 등록금 미납자로 학교를 그만둘 것 같다고 해서 돈을 꾸어준 것이 족쇄가 될 줄이야. 나는 민태한테 철저하게 이용당하고 사기당했다고 생각한다.

부탁 하나 하고 싶어 너한테 편지한다. 우리 딸들을 만나면 이 엄마가 미소, 미영이를 위해 죽는 날까지 기도했다고 전해 주려무나. 너는 우리 딸을 만날 것 같아서 부탁한다.

추신; 넌 여전히 집과 가족밖에 모르는 너의 남편과 잘 살고 있겠지? 죽는 날까지 행복하기를 빈다.

맑은 샘 요양원에서 창희가

창희한테 전화하고 싶어진다. 인생은 결국 다 혼자가 되는 거라고 말해주고 싶어진다. 수화기를 들었지만 번호를 누르지 못한다. 수화기를 내려놓고 만다. 병이 많다는 창희가 안타깝다. 약국에 가서 종합 비타민을 산다. 사랑해 그리고 미안해 쪽지를 써서 포장지 위에 붙인다. 스스로가 가증하게 여겨진다. 붙였던 쪽지를 떼고 택배봉지에 몇 가지 생필품을 담는다. 우체국을 나오는데 마음이 조금 편해진다.

바위섬 너는 내가 미워도 나는 너를 너무 사랑해.

창희의 노래를 흥얼거리며 운전을 한다. 다시 태어나지 못해도 너를 사랑해……

문득 고향으로 내려간 남편 건호가 보고 싶어진다.

빛이 앉았던 자리

현관문을 열고 나가는데 햇빛이 눈부시다. 앵두나무 아래 분꽃이 가득 피어 있다. 꽃들은 산들산들 흔들리고 있다. 계단을 내려가다 말고 뭔가 의아해서 걸음을 멈추고 되돌아본다. 고개를 갸웃하며 분꽃나무를 자세히 본다. 꽃이 아니었다. 꽃처럼 보이지만 앵두나무 사이로 떨어져 앉은 빛이었다. 앵두나무 가지의 움직임에 따라 분꽃나무 이파리 위에서 빛이 흔들리고 있었다. 가까이 가면 신기루처럼 사라지지만 몇 미터 떨어진 곳에서 보면 그것은 분명 투명한 은빛 꽃이었다. 넙적넙적하게 커 올라오는 분꽃나무는 꽃 필 시기가 진즉에 지났건만 봉우리도 없는데 가지 사이로 침투한 빛이 꽃이 되어 앉아있다.

버스는 만원이었다. 미후는 앞사람과 간격을 유지하려 애

쓰면서도 슬그머니 배를 만져본다. 위에서 아래로 쓸어내린다. 진짜 임신인지 아닌지는 병원에 가면 알게 될 것이다. 임신 테스트기로 확인했을 땐 분명 두 줄 선이 확연했다. 두렵다. 남편 정환이 알면 어떻게 반응할까. 미후는 밀려드는 불안감에 눈을 감는다. 파리의 마지막 밤은 영원한 비밀이 될 것이라며 입술을 깨문다.

서유럽 여행은 갑작스런 도발이었다. 육 개월 동안 지방근무를 떠난 남편이 원인이었다. 여름휴가도 없는 지루한 휴가기간을 여행으로 메꾸고 싶은 때에 D미술협회 계간지에 미술인들의 서유럽 여행안내가 있었다. 미후는 비회원이지만 신청 전화를 해봤다.

"회원은 아니지만 서유럽 여행 같이 가고 싶어요."

"우선권은 회원에게 있으니까 모집인원이 안 차면 연락드리겠습니다."

사무국 직원은 거절하지 않고 연락처를 물으며 희망을 갖게 했다. 그로부터 열흘쯤 지났을까 D미술협회 사무국에서 전화가 왔다. 인원이 몇 사람 비어서 온미후 님의 여행 신청을 받겠습니다. 여권사본과 계약금으로 여행비의 십 프로인 55만 원을 보내주세요, 했다. 여름방학을 이용한 성수기라 여행비가 비싸다고 했다. 미후는 비싼 것에 구애받고 싶지 않았다. 오히려 그 특수성이 더 맘에 들었다. 비수기에 할 일 없는 퇴직한 어르신들과 싸구려 패키지로 관광하는 것보다 경제적으로 넉넉한 직장인으로 채워진 미술인들과의 여행이 더 신날 것 같았다. 잘 하면 대학시절 미술학도였던 세진을 만날지도 모르겠다.

그런데 진짜로 세진을 만나다니. 간절히 바라면 이뤄진다더니 우연의 일치라고 생각하니 두려웠다. 세진은 대학 미술동아리 선배였다. 미술학과 학생으로 국전 회화 부문에서 입상을 하는 등 이미 학교 내에서 화가로 인정받았다. 이상한 것은 미후와 세진은 한 번도 사귀자고 한 적은 없어도 동아리 활동을 하면선 커플로 오해를 받을 정도로 늘 붙어 다녔다는 점이다. 더 이상한 것은 두 사람의 관계는 언제나 평행선일 뿐 진전하지 않았다는 점이다. 세진이 군 입대 할 때까지 선후배였을 뿐이었다. 언제나 그래야 하는 듯 모임이 끝나면 회식을 하고 홍대입구역까지 같이 나가서 세진은 버스를 타고 미후는 전철을 탔다.

"우리 결혼하자."

정환과 결혼을 약속하고 상견례까지 마친, 그래서 가방에 결혼 청첩장을 넣고 다닐 때 세진은 제대했다며 만나자고 하더니 급습하듯 프러포즈를 했다. 군 입대한 뒤로 전화 한 통 없었는데 천만뜻밖이었다. 여의도의 고급 레스토랑에서 만나자고 한 것부터가 전에 없는 행동이다 싶었는데 전혀 예상 밖의 일이었다. 세진은 레드 카펫이 깔린 바닥에 한쪽 무릎을 붙이고 언제 준비해 온 것인지 모를 붉은 장미 한 송이를 두 손에 들고 미후 앞으로 불쑥 내밀었다. 그때 미후는 세진의 뺨을 쳐주고 싶을 만큼 화가 났다. 낭만적인 교제 한 번 한 적도 없고 연애기분을 낸 적도 없으면서 프러포즈를 하다니. 가방 속에 넣어 온 청첩장을 탁자 위에 놓고 나오면서 개자식! 했다. 왜 그런지 미후는 세진에게 욕할 자격이 있는 것 같았다. 초등학교 때부터 친구를 사귀면 졸업할 때까지 그 친구만 사귀는 버릇이 있었는데 대학에 와서도 그 버릇은 여전했던가 보다. 달라진 거라면 친구가 동성에서 이성으로 바뀌었을 뿐이었다. 실력 있고 인기 많은 세진의 주변엔 늘 몇몇의 여자가 얼찐거렸지만 시기 질투한 적도 없었다. 그만큼 미후는 자기를 믿는 구석이 있었다. 부모의 넉넉한 경제력에 스스로가 인정하는 변함없는 성품인 자신의 가치를 인정했다. 넌 처음이나 나중이나 변함이 없는 것이 장

점이야. 세진도 가끔 칭찬을 했다. 그것은 주변 친구들이 해주는 칭찬이기도 했다. 세진이 군 입대를 하며 떠나버리자 비로소 세진을 잡지 못했다는 상실감으로 의기소침해졌다. 곰곰이 생각해보니 예쁘지도 않으면서 자만했다. 남자는 예쁜 여자를 좋아한다는 속성을 허투루 생각했다. 예쁜 옷을 입지도 않았고 화장도 하지 않았고 고등학생처럼 생머리만 하고 다녔다. 직장에서 정환을 만났다. 무조건 좋아서 따랐던 세진과 달리 정환은 모르는 것은 알려주고 못 하는 것은 도와주는 것이 세진과 달랐다. 믿음직했다. 그 무렵 노부모님의 결혼독촉은 조석으로 미후를 압박했다.

"우리가 살았을 때 널 결혼시키고 싶다."

부모님은 눈만 마주치면 막내딸의 결혼을 종용했다. 그때마다 떠오르는 남자는 세진이 밖에 없었다. 서로 사랑한다고 말한 적도 없건만 세진은 남자친구이고 언젠가는 결혼할 사람이라고 막연히 생각했던 것 같다. 그런데 한편으론 강한 거부감이 머리를 들었으니 그것은 좋은 남자 만나서 결혼 잘 하라며 군에 간 세진의 말이 생각나서였다. 굳이 하지 않아도 될 말인데 방어막을 치고 떠난 것을 생각할 때마다 야속하고 자존심이 상했다. 결국 세진의 그 말이 두 사람의 운명을 바꾸었다고 단정한다면 지나친 어폐일까?

"남자가 저밖에 없나?"

군대 간 세진이 편지는커녕 전화 한 통 없자 세진을 잊기로 했다. 정환의 청혼을 받아들였다. 세진이 보다 먼저 결혼하고 싶었다. 초등학교 선생님처럼 자상한 정환의 마음 씀이 아버지처럼 편안했다. 평생을 의지해도 될 것 같았다.

공항 3층 출입국장은 여행객으로 만원이었다. 배낭을 메거나 캐리어를 끌고 젊은이들이 속속 들어오고 있었다. A여행사가 지정한 모임장소 M으로 찾아가니 중년의 남녀가 삼삼오오 무리지어 서성이고 있다. 대부분 휴가를 여행으로 보내고자 하는 직장인들이었다. 둘만 빼고 모두 D미술협회 회원이라고 한다. 대형 가방을 옆에 두고 서 있는 그들에게선 예술가 특유의 냄새가 묻어났다. 무더운 여름이건만 여자들은 모자와 머플러로 멋을 부렸고, 남자들은 편하게 반바지나 청바지 차림이었다.

"A투어의 서유럽여행팀이지요?"

가방을 멈춰 세우며 한쪽 의자를 점령하고 있는 사람들을 둘러본다. 맞아요.

따로 혼자 의자에 앉아있는 여자가 짧게 대답하며 살짝

웃었다. 희고 작은 얼굴에 보라색 꽃장식 모자를 쓰고 있다. 여자 앞에는 대형 가방이 두 개 세워져 있다. 검은색의 소프트 가방과 알록달록한 핑크색 패션 가방이 한 뼘 정도의 키 차이를 두고 붙어 서 있다. 여자에겐 동행이 있다는 뜻이었다. 여행객들은 아직 나타나지 않은 가이드를 기다리고 있었다. 전국에서 온 D미술협회 회원들은 초면이지만 같은 취미를 가진 회원이라는 동류의식에서인지 금방 친해져서 옛 지인인 듯 이야기에 열중한다. 서둘러 오느라 미처 먹지 못한 아침밥 대신 빵이나 김밥도 나누어 먹는다. 회원자격이 아닌 일반인으로 온 미후는 살짝 웃어준 혼자 앉아있는 꽃장식 모자를 쓴 여인 옆에 가서 앉는다. 아침 대용으로 가져온 것이 없으니 손가방 안에 있는 초콜릿을 꺼내어 우유하고 조금씩 먹는다.

"드실래요?"

아무것도 먹지 않고 혼자 앉아 있다가 웃어준 여자에게 초콜릿 한 개를 내민다. 여자는 미소를 지으며 손과 고개를 단호히 흔들었다. 보랏빛 알갱이가 섞인 반 토막짜리 찰옥수수를 숄더백에서 꺼내어 보여준다. 아침식사 대용으로 가져온 것이란 뜻이다. 예에. 미후는 고개를 숙여 보인 후 몸을 돌려 앉으며 초콜릿을 씹는다. 파란색 비행기가 그려진 깃발을 흔들며 튼실하게 생긴 여자가 만면에 웃음을 머금고 나타났다. 등에는 배낭을 메고 대형 가방을 밀면서 온다.

"많이 기다렸지요? 오늘 서유럽여행을 인솔할 A여행사의 팀장 김이숙입니다. 이번 여행을 같이할 인원은 이십 구 명입니다. 한 사람이 개인 사정으로 못 왔습니다. 지금부터 비행기 표를 드릴 텐데 받는 대로 먼저 짐을 부치고 출국 수속을 하시면 됩니다. 짐 가방 안에 배터리 있으면 꺼내 주세요. 걸립니다. 출국심사를 마치고 나면 한 시간 정도 여유가 있으니 매장에 가서 사고 싶은 것 사셔도 됩니다."

김이숙 가이드의 카랑카랑한 목소리가 시원스럽다.

"온미후 씨!"

어떻게 된 일인지 미후가 제일 먼저 호명 되었다. 미후는 반사적으로 입안의 초콜릿을 꿀꺽 삼키며 우유병을 들고 일어났다.

"온미후 씨는 혼자 방을 써도 된다고 했지요? 결원이 생겨 어차피 혼자 룸을 쓰셔야겠어요."

"좋습니다."

미후는 자신 있게 대답했다. 가이드가 깔깔 웃는다. 짐 가방을 끌고 사람들이 모여 서 있는 줄에 붙어 선다. 초보운전 때 횡단보도나 저지선 앞에 섰을 때의 긴장감과 같은 긴장이 일었다. 짐을 부치고 검사대를 통과할 때까지 숨가쁘게 움직인 미후는 매장을 둘러 볼 생각도 잊은 채 탑승 게이트 앞까지 곧장 갔다. 의자에 앉고 보니 일행들을 모르겠다. 인솔자인 김이숙을 찾아본다. 역시 안 보인다. 기다리기로 한다. 가방에서 스프링공책을 꺼내어 4B연필로 그림을 그린다. 지역 문화센터에서 크로키 공부를 한 뒤여서 여행의 기록을 그림으로 남길 계획이었다. 성수기의 만원대기실 바닥에 앉은 외국인 가족이 눈에 들어온다. 금발의 구레나룻의 남자와 한국인 파마머리 아내와 그리고 아이스크림을 입술에 묻혀 가며 먹는 두 아이를 그리기로 한다. 옆으로 벽에 기대어 선 갈색 피부의 남녀도 같이 그려나간다. 남자의 등에 붙어있는 커다란 배낭도 그린다. 삼십여 분 지난 것 같다.

"여기 계셨네요."

옆에 앉은 사람은 보라색 꽃장식 모자를 쓴 여자였다.

"그림을 잘 그리네요."

얼굴을 거의 가릴 만큼 커다란 선글라스에 손가방 하나만 가볍게 든 여자는 미후의 크로키 공책을 내려다보더니 감탄을 한다. 검은 벨트로 허리를 잘록하게 매고 하얀 원피스를 정장처럼 입은 여자는 여행객 속에서 영화배우처럼 눈에 띄게 화려하다.

"매장에 다녀왔어요?"

"구경 좀 하다가 왔어요."

"혼자 왔어요?"

미후는 여자의 날렵하게 생긴 오뚝한 코가 예쁘다고 생각하며 묻는다.

"남편이랑 왔어요."

"예에."

출국장에서 여자 앞에 여행가방 두 개를 세워놓았던 것이 생각났다.

"지금 매장에서 시계 보고 있어요."

"스위스도 가는데 거기 가서 사지 않고."

"뭐. 구경하는 거지요."

"예에. 선생님은 어떤 그림을 그리세요? 유화? 한국화?"

"전 그림 안 그려요. 남편이 그리지요. 서양화를."

"회원이 아니군요. 저도 비회원으로 왔는데."

"그림을 그리던데 비회원이여요?"

"아직은요. 앞으로 가입해야지요."

"그렇군요."

여자가 웃는다. 비회원이라는 점에 친밀감이 간다.

"잠깐만요. 고개를 들고 오른손을 살짝 얼굴 근처로 올려 보세요."

"왜요?"

"그대로 오 분만 계세요."

미후의 연필 쥔 손이 여자의 얼굴과 모자와 들어 올린 팔을 터치한다. 선글라스 위로 솟은 오뚝한 코를 그린다. 마지막으로 미후라고 사인을 한다.

"고소영 같은 얼굴이라 그려봤어요. 아직은 잘 못 그리지만 가지세요. 선물이에요."

미후는 공책을 뜯어 준다.

"어머! 금세 날 그렸네. 열심히 그리면 화가로 성공하겠어요. 코가 맘에 들어요."

여자는 실제보다 더 날렵하게 치켜진 귀여운 코를 바라보며 만족해한다.

"우리 남편 벌써 줄 서서 나가고 있네!"

여자는 미후가 준 그림을 들고 종종거리며 달려갔다. 미후도 시계를 보고 탑승게이트로 간다. 여자의 남편을 찾아 본다. 하얀 티셔츠에 잉크 빛 조끼를 산뜻하게 입은 남자가 소형 캐리어를 끌고 여자 뒤에 서 있다. 반듯한 자세로 서 있는 남자는 어디선가 많이 본 낯익은 얼굴이다. 오래 볼 것도 없이 대학 선배 세진이었다. 가슴이 덜컥 내려앉는다. 이럴 수가. 세진이 진짜로 같이 여행을 하다니. D미술협회 서유럽 여행자 모집 광고를 봤을 때부터 세진이 떠오른 것은 무슨 조화인가. 그것도 공항에 오자마자 첫인사를 나누었던 여자의 남편이라니. 9일간의 여행이 두려움과 기대로 채워진다. 여자는 세진에게 미후가 금방 크로키 한 것을 보여주며 뭐라고 종알대는 것 같았다. 그러자 세진이 뒤를 돌아다본다. 여자도 뒤를 돌아다보며 누군가를 찾는다. 아마도 크로키 해준 미후를 찾는 것 같았다. 미후는 앞사람 뒤로 붙어서며 몸을 숨겼다. 세진과 이런 식으로 마주치고 싶지 않았다. 비행기에 타고 가면서도 미후는 세진을 피할 방법을 궁리한다. 같은 투어그룹이 되었으니 투어 중 마주치지 않는다는 보장은 할 수가 없겠다. 아니 하루에도 수없이 마주칠 것이다. 그때마다 시선을 딴 곳으로 돌릴 것이다. 어쩔 수 없이 마주쳐도 모른 척하는 것이다. 미후의 이런 전략은 한동안 통했다. 로마 여행 닷새 동안 정면으로 마주친 적이 없었으니까. 몇 번쯤 호텔 조식 시간에 여자가 미후를 알아보고 달려오곤 했지만 요령껏 피했다.

"이제 왔어요? 좀 일찍 나오면 밥을 같이 먹을 수 있었을 텐데. 룸을 혼자 사용하니 깨워주는 사람이 없어서 그렇군요. 그럴 줄 알고 두 개 챙겼어요. 하나 드세요."

전략상 좀 늦게 나오는 것을 알 리 없는 여자는 한쪽 구석 자리에서 혼자 샌드위치와 우유를 먹는 미후 앞으로 찐 달걀 하나를 놓고 간다.

"고마워요. 먼저 올라가세요."

"우리 남편하고 인사 안 했지요?"

"차차 하지요.

미후는 멀찍이 떨어진 곳에서 이쪽을 바라보는 세진을 의식하며 서둘러 대화를 끝낸다. 세진과 직접적으로 마주칠 일이 없는 것은 어쩌면 세진도 미후를 알아보고 피하고 있는지도 모르겠다. 여자와 세진은 척 봐도 잉꼬부부였다. 세진이 세련되고 예쁜 아내를 여왕처럼 모시는 것 같았다. 예전의 수수하던 모습은 사라지고 산뜻한 옷차림을 하고 있는 것도 아내의 취향이나 주문에 맞추고 있는 듯했다. 여자가 핑크 계의 옷을 입으면 세진도 핑크빛이 섞인 티셔츠에 청바지를 입었고, 여자가 블루로 멋을 부린 날이면 세진의 옷차림도 블루 톤으로 바뀌었다. 나중에 자기 소개할 때 안 일이지만 여자의 이름은 홍주화고 시인이라고 한다. 세 번째 홍주화 시집이 곧 출간될 것이라고 했다.

투어 육 일 째 날은 로마 일정 마지막 날이었다. 그동안 일행들은 어디서 만나도 알 만큼 얼굴을 익히었다. 광장이나 거리에서 마주치면 알아보고 인사를 할 정도가 되었다. 놀랍게도 미후와 세진은 한 번도 인사를 나누지 못했다. 둘이는 숨바꼭질하듯 피해 다녔다. 그러나 베니스에선 어쩌지 못 하고 마주쳐야 했다. 수상택시를 같이 타도록 배정된 때문이다.

"아내한테 크로키도 해주고 말씀 많이 들었습니다."

세진은 아내 홍주화가 미후를 소개하자 처음 보는 사람인 듯 어색한 표정도 없이 천연덕스럽게 담담히 인사했다. 자연스런 세진의 태도 때문에 미후도 편안했다. 두 분이 원앙처럼 잘 어울리세요. 미후도 편하게 인사할 수 있었다. 아침부터 비가 내리는 베니스의 수상택시 안은 여섯 명씩 타기에는 좁고 답답했다. 뱃전에 나와 밖을 보고 싶어도 비가 사선으로 쏟아져서 안에서 창으로 내다 봐야 했다. 수상택시가 성당 앞을 지나가고 빌딩이나 가옥 앞을 지나칠 때마다 해설자의 설명이 수신기에서 한국말로 나왔다.

"베니스에는 삼대 다리가 유명한데 그중 하나가 리카도 다리랍니다. 앞에 보이는 다리가 리카도 다리입니다. 원래는 철제다리로 만들 계획이었는데 철근이 도착하지 않아 나무로 임시로 만들었는데 이백 년이 지난 지금까지 튼튼하게 보존된 것으로 유명하지요."

가이드의 설명에 모두가 리카도 다리를 보려고 창 쪽으로 눈을 붙인다. 비가 주룩주룩 쏟아지고 있는 물 위에 중심부를 반달모양으로 들어 올린 다리가 뿌옇게 보였다 베니스투어는 기대에 미치지 못한 채 끝이 났다. 비 때문에 곤돌레어의 노래를 들으며 배를 타고 수상도시의 골목을 돌아보는 낭만의 시간도 생략되었다. 밀라노에 이르자 날씨가 활짝 개였다. 모두들 두오모성당을 배경으로 사진 찍기에 바빠졌다. 세진의 아내도 마찬가지였다.

"온미후 씨, 사진 같이 찍어요."

유럽 3대 오페라극장이라는 라 스칼라좌의 외관을 크로키 하고 있는데 여자가 와서 팔을 잡아끈다. 볼록볼록한 검은 보도 위를 여자는 구두를 신고 반듯하게 걸었다. 그녀가 걸으면 구둣발 소리가 딱딱 났다.

"자기, 우리 사진 하나 찍어줘요."

여자는 미후를 라 스칼라좌 오페라극장이 보이는 광장 앞에 붙잡아 세우며 옆으로 붙어 섰다. 수상택시 안에서 자연스럽게 인사는 했지만 세진은 어색한 표정으로 다가와 사진을 찍어준다.

"사진을 카톡으로 보내 줄 테니 핸드폰 번호 알려줘요."

"나중에 알려 드릴게요. 가이드님을 빨리 따라갑시다."

미후는 광장을 질러가는 가이드를 총총걸음으로 앞서 따라간다. 가이드는 140년 동안 지었다는 피렌체의 두오모성당이 세계 3대 성당에 들어간다면 밀라노의 두오모성당은 고딕양식으로 르네상스시대의 대표적 건축물이라는 점이 다르다고 설명했다.

"이태리에는 두오모성당이 많은데 두오모라는 뜻은 대성당이라는 뜻이고 건축형식은 반구형 지붕으로 지어졌습니다. 밀라노의 두오모성당 안은 지금 수리 중이라 들어갈 수 없으니 사진 많이 찍으세요. 한 시간 드릴 테니 저기 보이는 상가로 가서 구경도 하고 쇼핑도 하세요."

가이드는 에마뉘엘 화랑이 있는 건물 일층으로 일행을 인도한다. 사진 찍기를 좋아하는 세진과 그의 아내는 사진을 찍느라 뒤처진다. 미후는 일행들이 가죽제품을 쇼핑하는 시간에 두오모성당을 크로키 하기로 한다.

"우리 좀 찍어 줘요."

세진 아내 홍주화는 크로키 할 장소를 물색하는 미후에게 스마트 폰을 내민다. 두오모성당을 배경으로 세진 부부를 찍어준다. 세진이 아이스크림을 사 와서 같이 먹자고 한다. 세진의 아내는 밀라노에서 아이스크림 먹는 것도 기념해야 한다며 지나는 사람에게 부탁하여 세 사람이 아이스크림을 먹는 장면도 찍었다. 미후는 세진 부부와 같이 다니고 싶지 않아 광장의 긴 의자에 앉는다. 모두가 상가로 들어가는 것을 보고 공책을 꺼내어 크로키를 한다. 그림에 열중하는데 미후 씨! 미후 씨! 외국인뿐인 광장에서 자신의 이름을 부르는 것 같았다. 고개를 들어보니 외국인들이 몰려선 곳에서 소리가 났다. 달려가 보니 뜻밖에도 세진의 아내가 바닥에 넘어져 있다.

"어마! 다쳤어요?"

"못 일어나겠어요. 저 좀 일으켜줘요."

세진의 아내는 외국인들뿐인 광장에서 미후를 보자 반가움으로 소리쳤다.

"남편은 어디 있는데 넘어졌어요."

미후가 손을 내밀어 일으켜보려 하자 여자는 아프다며 몸을 일으키지 못한다.

미후는 당황했다. 낯선 곳에서 무엇을 어떻게 해야 할지 모르겠다. 방금 전 세진 부부와 아이스크림을 같이 먹었는데 세진은 어디에도 없었다. 가이드도 없는데 난감했다. 미후가 할 수 있는 일은 저만큼 떨어져 있는 홍주화의 핸드폰과 모자를 집어 들고 머플러로 허연 다리를 가려준 후 세진을 찾는 것이 전부였다. 한참 허둥거리는데 세진이 상가에서 어슬렁어슬렁 걸어 나온다. 뒤따라오지 않는 아내를 찾는 것 같았다.

"큰일 났어요! 부인이 넘어졌어요!"

미후는 달려가 소리를 쳤다. 세진이 눈을 크게 뜨고 달려왔다.

"왜 그래? 소매치기당했어?"

"넘어졌어! 다리가 부러졌나 봐 으윽, 넘 아파!"

홍주화는 세진을 보자 울기 시작했다. 미후는 상가로 달려가 가이드를 데리고 나왔다. 홍주화는 여러 사람의 부축을 받으며 겨우 일어날 수 있었다. 여기저기서 휴대용 진통제와 젤, 파스 등 비상약품을 내놓아서 간단하게 응급조치를 했다. 홍주화는 잠깐 사이에 심하게 부어오른 발로 걸을 수 있다고 했다. 구두를 벗고 운동화를 구입해 신고 걸었다. 다리뼈가 부러지진 않았다는 증거였다. 그러나 시간이 갈수록 여자는 고통으로 신음했다. 넘어진 다리보다 바닥에 부딪힌 어깨가 만지지 못할 정도로 아프다고 했다. 그러나 일정에 따라 같이 움직여야 했다. 6일째 날은 스위스로 넘어갔다. 여자는 아프지만 우리와 같이 동행을 해야 했다. 여자의 고통은 시간이 갈수록 심해지는지 참을 수 없는 고통을 호소하기에 이르렀다. 모두가 탄성을 지르는 융프라우의 산악기차를 탔을 때나, 만년설이 덮인 정상에서도 어깨를 움츠린 채 한쪽에 홀로 앉아만 있었다. 세진 아내는 병원치료를 받기로 했다. D미술협회 여행팀은 첫 새벽에 일어나 루체른에서 유로레일을 타고 꿈에도 그리던 파리로 향하고 세진 부부는 A여행사 파리지부에서 나온 직원의 도움을 받아 병원치료를 받기 위해 남았다.

"어떻게 넘어졌기에 어깨뼈가 골절돼?"

"어쩐지! 난 그 여자 구두 신고 다닐 때부터 알아봤다니까."

"멋도 좋지만 여행하면서 구두를 신은 것이 잘못이야."

일행들은 여자의 구두를 탓하였다. 운동화를 신었어도 유럽의 도로는 몇백 년 전에 포장한 것이라 불편하다며 수군댔다.

파리는 활기차고 아름다웠다. 수백 년 전에 이미 방사형으로 기획된 거리 안에 대표적인 관광유적이 다 있었다. 개선문과 에펠탑, 샹젤리제 거리, 마리 앙투아네트 왕비가 형장의 이슬로 사라졌다는 콩코드 광장까지 다리가 아프게 구경하며 걸었다. 투어를 마치고 저녁을 먹으러 파리시에 있는 한식당에 갔다.

"이쪽으로 오세요."

손을 들어서 오라고 소리치는 사람은 뜻밖에도 세진 부부였다. 치료를 마친 부부는 비행기를 타고 왔다고 한다. 여자는 가슴에 엑스자로 압박대를 하고도 보라색 꽃이 달린 모자를 여전히 예쁘게 쓰고 있었다.

"호텔 입실 시간에 맞추어 같이 가야 하니 어쩔 수 없이 식당에서 일행을 기다리고 있는 거예요."

여자는 찡그리며 몸을 사리었다.

"치료는 잘 했어요?"

"응급조치만 하고 약만 받아 왔어요. 골절이라 어차피 치료는 귀국해서 해야지요. 유로레일을 같이 못 타서 아쉬워요."

여자는 훨씬 밝은 얼굴이었다. 미후는 여자의 아픈 어깨를 피해서 반대편으로 가서 마주앉았다.

"기차 타고 오면서 본 풍경은 끝없는 초원이었어요. 다른 것은 없었어요. 스위스나 프랑스가 잘 사는 또 하나의 이유가 기름진 옥토를 갖고 있기 때문이더군요."

미후는 유로레일을 타고 오면서 본 기름진 초원과 마을풍경을 설명했다.

"그런데 파리 구경을 못해서 어쩌지요? 이번 여행의 클라이맥스라고 해야 할 도시인데."

미후는 여자를 바라보며 안타까워했다.

"뭘요. 전 로마에 더 가고 싶었는데 그쪽은 다 보았으니 괜찮아요. 남편한텐 미안하지만요. 저 때문에 파리 구경도 못 하고. 여보, 미안해! 언제 우리끼리 파리에 한 번 더 와요."

여자는 진심으로 미안한 듯 남편을 향해 애교 있게 말한다.

"뭘. 됐어."

세진은 아내의 손을 잡아준다. 그 모습이 좋아 보였다. 어느덧 귀밑에 하얀 구레나룻이 서릿발처럼 비치는 것이 세진도 중년이 다 되었다. 삼겹살구이에 된장찌개를 먹은 일행들은 한층 기운을 얻은 듯 활기로웠다. 석식 후엔 세느강 뱃놀이 야간 투어가 있었다. 에펠탑의 조명 쇼 시간에 맞추어 돌아온다고 한다. 가이드는 파리에 와서 에펠탑 조명 쇼를 안 보고 가면 평생 후회한다며 꼭 보라고 권유했다. 조명 쇼는 열 시부터 10분간 진행되므로 아홉 시부터 배를 탔다. 세진과 여자도 진통제로 아픔을 견디며 유람선 투어에 동행하기로 한다.

"우리 같이 다녀요."

여자는 시종 미후를 찾았다. 미후도 여자가 따르는 대로 받아준다. 다친 어깨를 스칠까 봐 홍주화 앞에 앉아야 했다. 세느강의 야경은 서울의 것과 많이 비슷했다. 프랑스에 세느강이 있다면 서울엔 한강이 있다는 것이 자랑스러웠다. 수많은 다리가 있는 것도 비슷했다. 퐁네프의 다리를 지날 때는 쥘리에트 비노슈와 드니 라방이 어디쯤에서 사랑을 했을까 하고 다리 밑을 헤아리며 그럴만한 장소를 찾아보기도 한다. 일 년에 관광객 칠천만 명이 몰려온다는 파리, 남북한 인구가 다 다녀갈 만큼 많은 수의 관광객이 온다니 입이 벌어졌다. 수백 년 동안 이룬 문화유산을 보기 위해서란다. 개선문, 나폴레옹의 전승기념관, 베르사유 궁전. 세느강을 따라 유명한 명소들이 유유히 나타났다가 서서히 뒤로 사라진다. 유람선 투어의 백미는 에펠탑의 조명 쇼였다. 10시에 시작되는 조명 쇼에 맞추어진 듯 투어 한 시간이 되어가자 사람들의 탄성이 배를 흔든다. 바라보니 저 멀리 에펠탑에서 별빛이 반짝인다. 와— 앉았던 사람들이 일어나며 명멸하는 에펠탑을 잘 보기 위해 소란해졌다. 일제히 스마트폰을 열어 사진을 찍고 있다. 늦은 저녁까지 기다린 보람이 있었다. 보석처럼 빛나는 에펠탑은 가까이 갈수록 커지며 황금빛의 발광체가 되어 대형 보석처럼 반짝거린다. 그 감동이 어찌나 큰지 팔뚝의 솜털이 일어섰다. 일행들은 에펠탑의 조명 쇼를 더 잘 보기 위해 배의 이층으로 모두 올라간다. 세진도 아내에게 양해를 구하고 자리를 이동하여 갑판으로 올라간다. 미후에게도 위에 가서 보자고 한다. 미후는 홍주화한테 올라가자고 권했다. 움직이기 싫은데. 세진의 아내는 찡그렸다. 신경 쓰지 말고 올라가라고 손짓을 한다. 세진을 따라 이층으로 올라간다. 다이아몬드보다 아름다워! 미후는 소리쳤다. 넘쳐 나는 감동을 누를 수가 없었다. 나이스! 굿 나이스! 세진도 소리친다. 여기저기서 굿! 원더풀을 외친다. 에펠탑을 향한 감동의 탄성은 모두를 흥분시켰다. 팡파르를 치듯 불빛이 명멸하며 반짝일 때는 오르가즘 같은 전율이 온몸을 훑어 내린다.

"이 감동의 순간을 같이 볼 수 있다니."

아내의 시선이 없는 공간에 들어와서인지 세진이 거침없이 미후의 어깨를 안으며 귀에 대고 속삭였다.

"일행들이 봐요."

미후는 반사적으로 세진의 팔을 뜯어내며 명멸하는 에펠탑을 스마트폰으로 찍는다.

"샹젤리제 거리는 못 갔어도 배 타고 파리의 야경을 모두 봤으니 본전은 뽑은 거예요."

버스를 타고 숙소로 가면서 세진의 아내는 가이드에게 말했다.

"맞습니다. 유람선을 타고 볼 것은 다 본 겁니다. 루브르

박물관도 보았고, 국회의사당, 개선문도 보았고, 베르사유 궁전, 퐁네프 다리도 보았잖아요. 오늘은 약을 먹었으니 푹 주무세요. 오늘이 마지막 밤이어서 그나마 다행이어요."

가이드는 파리 투어를 놓친 여자를 위로하였다.

"방은 어디야?"

방 배정키를 받고 숙소로 올라가면서 세진이 옆으로 다가와 묻는다. 세진의 아내는 호텔 측에서 준비한 휠체어를 타고 승강기로 먼저 올라갔다.

"마지막 밤인데 술 한잔 하자고. 내가 술 가지고 그쪽 방으로 갈게."

"와이프 간호나 잘 해요."

미후는 숙소 앞에서 키를 꽂으며 쏘아붙인다. 세진은 윙크를 한다.

샤워를 하고 누워있는데 노크소리가 났다. 세 번 조심스럽게 노크를 또 한다. 세진이 술을 들고 온 모양이다. 이제 막 잠이 들었는데 새삼 일어나려니 귀찮다.

"술 가지고 왔어."

예상한 대로 세진이었다. 미후는 그냥 자고 싶었다. 돌려보내야 한다고 생각한다. 마음속 소리에 잠시 갈등을 한다.

세진은 계속해서 문을 두드린다. 조심스럽게 문을 열었다.

"벌써 자?"

세진은 잠옷으로 갈아입고 있는 미후를 위아래로 훑어보며 놀랐다.

"와이프는?"

"잠들었어. 어제 한잠도 못 자더니 오늘은 들어오자마자 곯아떨어졌어. 몇 시간은 잘 것 같아. 그동안 술 한잔하자고. 파리의 추억! 그동안 모른척하기도 힘들었네. 공항에서 미후가 오는 걸 보고 난감했구먼."

세진은 씩 웃는다.

"처음부터 날 알아본 거네. 그래서 그렇게 보기가 힘들었구나. 마누라 혼자만 앉아 있는 이유를 이제야 알겠네."

미후는 깔깔 웃고 만다.

"명단 들어왔을 때부터 난 알았지. 세상은 참 넓고도 좁다니까. 그런데 방이 덥네."

세진은 의자에 앉은 채로 남방셔츠의 단추를 풀고 용감하게 상의를 벗는다.

"술은?"

세진은 조그만 양주병을 보여준다. 따라봤자 고작 한 잔

나올까 말까.

"둘이 나누어 마시는 거야. 추억의 밤이 될 거야. 마셔!"

세진은 병을 기울여 술을 홀짝 들이키더니 남은 한 모금을 미후에게 준다. 미후는 작은 병을 들어 입안에 털어 넣는다. 캬 소리가 절로 날만큼 톡 쏜다.

"최고의 밤에 최고의 사랑을 추억으로 남기자. 여기는 낭만과 사랑의 도시 파리가 아닌가."

문득 세진의 손이 다가와 미후의 잠옷단추를 거침없이 만진다. 미후는 세진의 손을 잡아뗐다. 전에 없이 엉큼한 세진을 돌려 보내야 한다고 생각한다. 그러나 행동은 의지와는 정반대로 잠옷을 위로 올려서 훌러덩 벗어 던진다. 알몸으로 달려가 세진의 목을 안는다. 이것은 아닌데 하면서도 욕망의 덫에 이성은 저당 잡히고 만다. 세진도 서둘러 옷을 모두 벗어 던진다. 엉겨 붙은 두 사람은 가문 논에 콸콸 쏟아져 들어오는 물꼬처럼 맘껏 서로를 받아들인다. 거북등처럼 갈라진 논바닥 틈틈을 채우듯 강렬한 흡입력으로 욕망을 채우고 있다. 목마른 자궁에 에펠탑의 불빛이 서서히 명멸한다. 사랑을 갈구하는 몸짓은 불가항력으로 치열하다. 에펠탑은 발광체가 되어 점점 커지고 있다. 작은 별빛으로 떠올라온 에펠탑은 점점 자라서 달덩이만큼 커지더니 집채만 하다가 우주를 왈칵 덮는다.

"사랑해!"

세진이 눈을 핥고 입술을 핥는다.

"공항에서 너를 본 순간 온몸이 떨렸어. 그동안 네가 무지 보고 싶었어. 내가 사는 목적인 듯 말이야. 정말이야!"

거짓말! 미후는 뜨거운 입김을 귀밑에 느끼며 속으로 외친다. 사랑은 내가 한 거야. 동아리에서 만날 때부터 난 널 사랑했어. 운명처럼.

"너하고 이렇게 만나다니. 우린 전생에 인연이 깊어."

미후는 긍정도 부정도 하지 않는다. 다만 우연히 찾아온 열정의 이 순간을 몸이 원하는 대로 채우고 싶었다. 땀으로 범벅이 된 세진을 깊숙이 끌어안는다. 녹아지고 뭉그러지는 황홀함에 온몸을 맡긴다. 에펠탑의 불빛 쇼는 자궁 안에서 서서히 사그라진다.

"임신입니다. 축하합니다. 한 달쯤 되었습니다."

예상한 일이지만 의사의 말에 반가움보다 두려움이 앞섰다. 한 달이라면 세진의 씨가 분명했다. 정환과 잠을 잔 것은 석 달 전이다. 그날 정환의 페니스는 질 깊숙한 곳까지 진입했지만 사정을 못 하고 고개를 숙였다. 미안해. 땀에 흠뻑 젖은 정환은 패잔병처럼 일어나 밖으로 나갔다. 괜찮아. 말은 그렇게 했지만 스멀스멀 뻗쳐오르던 열기를 잠재우는데 눈물이 났다. 미후는 집으로 돌아왔지만 집으로 들어가지 못하고 화단 앞에 주저앉았다. 오랫동안 화단 가장자리에 핀 핏빛 맨드라미를 바라본다. 피투성이로 운전대 위에 엎어져 있던 정환과 오버랩 된다. 여보, 죽지 마! 날 두고 죽지 마! 죽어도 같이 죽고 살아도 같이 살자! 온몸에 붕대를 감고 의식 없이 누워있는 정환을 붙잡고 애원했었다. 그런 상태로 꼬박 열하루를 보낸 정환이다. 이 년간의 재활치료 끝에 정환이 다시 걷게 된 것은 기적이었다. 그러나 아직도 회복하지 못한 것이 있었으니 사십 대 펄펄 끓는 전성기건만 성 장애가 온 것이다. 아이를 갖는다는 것은 무리일 수도 있어요. 그러나 상태가 점점 호전될 것이니 너무 낙심하지 말아요. 의사는 낙담하는 정환에게 조심스럽게 말했다. 그런데 지금 자신의 뱃속에서 태아가 자란다. 정환이 그렇게 원하였지만 갖지 못한 아이를 가졌다. 정환의 아이를 낳고 싶었다. 정환의 아이를 키우고 싶었다. 인공수정을 세 번이나 했다. 거듭

되는 실패로 지칠 대로 지친, 그래서 아이를 포기한 지 오랜데 정환의 아이가 아닌 아이를 가졌다. 죄악의 씨를 말이다. 태아를 지우고 싶지 않다. 얼마나 갖고 싶은 아이인가. 종족번식을 위한 그날의 뜨거운 욕망은 자연의 섭리였던가. 정환에겐 미안하지만 당당하게 자신의 아이로 키우고 싶다. 미후는 숨을 깊이 쉰 후 전화를 한다. 기다렸다는 듯 정환이 받는다.

"여보, 나 임신이래. 삼 개월 됐대."

거짓말을 했다.

"무슨 소리야? 자세히 말해봐."

정환은 충격을 받은 듯 한참 있다가 묻는다.

"당신이 아빠가 되었다고."

말소리가 떨린다.

"확인한 거야?"

정환은 서두르지 않고 차분한 목소리로 묻는다.

"뭘 확인? 당신 아이가 아닐까 봐?"

"병원에 가봤냐고."

"조금 전 의사 선생님이 말했어. 임신이라고. 삼 개월 됐다고. 당신도 기쁘지?"

“신기한 일이네. 임신 환상도 있다니까 잘 알아보라고.”

정환은 믿기지 않는다는 말투였다.

“내가 아이를 가졌다고요. 우리 아이를 말예요.”

미후는 소리쳤다. 어떤 일이 있어도 정환과 자신의 아이로 만들고 싶어진다. 정오의 햇살이 비껴간 그늘진 앵두나무 아래는 분꽃나무가 파랗게 뻗어있다. 해 마름으로 가지만 무성하다. 분꽃을 피게 하려면 일조를 방해하는 앵두나무를 잘라야 한다. 미후는 지하창고로 가서 쇠톱을 찾아와 앵두나무 가지를 모두 잘라버린다.

수혈

구자윤은 매일 아침 일어나면 자신을 향해 주문을 한다.

"오늘도 잘 살자!"

두 손을 가슴에 모두고 잠시 묵상에 잠긴다. 눈을 감고 좋은 생각, 행복한 생각만 하려고 한다. 구자윤은 자나 깨나 죽은 아들이 생각난다. 잊자 하면서도 잊히지 않으니 괴롭다. 아들과 행복했던 때를 그려본다. 우리나라 최고의 국립대학인 S대 의과대학에 합격하자 고등학교 교장 선생님이 직접 찾아왔다. 달동네 학교에서 학교가 생긴 이래 S대학 의과대 합격은 처음이라며 금일봉을 주고 갔다. 대학 졸업 땐 총장상을 받았다. 총장님은 부모까지 오게 해서 아내와 같이 단상에 올라가 상을 받았다. 자신이 봐도 아들 태우는 정말 효자였다. 내 자식이지만 누구를 닮았는지 후리후리 큰 키에

훤한 이마 오뚝한 코가 왕자처럼 귀티가 나는 데다 똑똑하기로는 초등학교 때부터 반장자리를 도맡았다. 나이가 들면서 아들은 더 성품이 유순하고 고결해졌다. 방학 때면 의료 봉사로 해외에 자주 나가더니 언제부턴가 용돈을 아껴 가난한 아프리카 어린이를 돕는다고 했다. 처음에는 한 아이의 양식이라며 일만 원을 내더니 점점 늘어나 세 아이의 양식이라며 십만 원을 용돈에서 보냈다. 네 용돈도 부족한데 먼 아프리카 애를 돕느냐? 그 돈으로 운동화나 사 신지. 낡아서 너덜거리는 운동화를 보고 핀잔을 하면 아프리카 애들은 신발도 안 신고 다녀요 했다. 의대에 간 것도 가난하고 어려운 사람에게 도움이 되고 싶어서라고 했다. 말하는 것이 어른답고 행동거지가 점잖아서 아비인 자신도 아들에게 이래라저래라 함부로 말하기 어려울 정도였다. 아들의 생전 모습을 생각하면 지금도 입가에 미소가 번진다. 직장 생활이 힘들고 고단해도 아들만 생각하면 힘이 솟았다. 비록 쓰레기 치우는 일을 하지만 공부 잘하는 아들이 있는 한 세상에 부러운 것이 없었다. 아들이 S대를 나온 내과 의사라면서요? 부럽네요. 어떻게 알았는지 구청장까지 진심에서 우러난 부러움의 말을 한 적이 있다. 아들 생각에 빠진 구자윤의 입꼬리는 자꾸만 귀밑으로 당겨진다. 그런 아들이 여름휴가를 가더니 싸늘한 죽음으로 돌아왔다. 구자윤은 머리를 흔들며 감았던 눈을 번쩍 뜬다.

"잘 될 거야 그럼, 잘 되고말고."

구자윤은 혼잣말을 하며 방문을 열고 마루를 지나 부엌으로 가서 물 한 컵을 마시고 머리를 숙여야 하는 낮은 문을 열고 마당으로 나간다. 잔디가 파랗게 짙어지는 마당을 지나 콩밭으로 가서 바지를 내려 앞섶을 벌리고 오줌을 눈다. 아침 오줌이 최고의 거름이라고 하여 밭에다 누는 것이다. 시원하게 오줌이 쏟아지는 동안 고개를 들어 병풍처럼 동네를 감싸고 있는 앞산을 바라본다. 산등성이에 하얗게 연무가 걸려 있다. 어젯밤부터 어디선가 밀려온 연기가 산허리를 휘감으며 저녁 내내 모여들었는데 끝내 높은 산봉우리를 넘어가지 못 하고 산등성이에 그대로 머물러 있다. 구자윤은 고향 산을 마주하고 서 있음이 새삼 행복하다. 젊어선 그토록 떠나고자 했던 곳이었는데 돌아와 보니 그 어느 곳보다 아름답고 좋았다. 개울을 따라 삼십여 호가 길게 늘어선 동네가 다정하다. 시원해진 아랫배를 추스르며 바지춤을 올리고 지퍼를 올린다. 두 손을 벌려 가슴 깊이 숨을 들이킨다.

흠, 흠 계속하여 심호흡을 한다.

"그래 다 내려놓는 거야!"

구자윤은 다시 한번 심호흡을 한다. 손가락 마디를 꺾으며 마당 한쪽에 만들어 놓은 새 장독대를 둘러본다. 구자윤이 아내를 위해 여름내 만든 장독대다. 작년부터 아내는 된장 장사를 한다며 밭에 콩을 심었다. 묵어 있는 남의 밭까지 빌려 콩을 심었다. 콩밭엔 콩이 주렁주렁 열렸다. 예상되는 콩은 열 가마란다. 이사 올 때 필요 없다고 없애버린 장독대를 다시 만들었다. 마당에서 대문에 이르는 왼쪽 담 밑으로 만들었다. 냇가의 자갈과 돌멩이를 끌어다 바닥에 깔고 작은 돌을 채운 후 시멘트를 발랐다. 나지막하니 깔끔한 장독대가 완성되었다. 아내는 장독대가 맘에 든다며 웃는다. 엄지를 펴 보인다. 구자윤은 아내가 웃으면 기분이 좋다. 아내의 병은 웃어야 낫는다. 아내가 자꾸 웃었으면 좋겠다. 하하 호호하고.

아내는 환자다. 밤이나 낮이나 누워만 있었다. 약 없이는 살 수 없는 사람이었다. 아들을 잃은 충격으로 그리되었다. 처음 아내는 아들의 죽음을 인정하지 않았다. 태우한테 무슨 일이 있나 봐 전화를 안 받아요. 아침마다 아들한테 전화를 하며 안 받는다고 안절부절 했다. 전화를 왜 안 받는지 확인한다며 다시 수미한테 전화를 한다. 수미는 그런 시어머니를 치매환자 쯤으로 알았는지 아니면 외아들을 잃은 상실감을 이해해서 그랬는지는 모르지만 아직 자고 있어요. 일어나면 전화하라고 할게요. 적당히 말하여 전화를 끊게 했다. 지금이 몇 신데 아직도 자야? 깨워라. 출근시간 다 됐는데 깨워서 전화 받으라고 해라. 수미한테 다그치며 재촉하는 것을 더는 들을 수 없었다. 태우는 죽었어. 이 세상 사람이 아니라고. 다 알면서 모른 척 자꾸 전화해서 왜 애를 괴롭혀! 구자윤은 아내의 손에서 수화기를 빼앗는다. 우리 태우가 왜 죽어! 우리 아들이 왜 죽어! 누가 죽인 거야! 우리 아들을 누가 죽인 거야! 맞아, 수미가 죽였어. 아니 수미가 감추었어. 아내는 발악하며 펵펵 울다가 웃다가 했다. 코를 닦던 휴지를 모두 풀어서 발기발기 찢는다. 지칠 때까지 휴지를 찢어 놓고 나면 살기 싫다며 누워버린다. 하루 종일 잠을 잤다. 밥도 안 먹고, 밖에 나가지도 않았다. 아내는 낙엽처럼 말라갔다. 병원에 다니고 입원도 시켜보지만 아내의 증상은 호전되지 않았다. 오히려 더 심해졌다. 하루는 수미한테서 전화가 왔다. 아버님, 저 못 살겠어요. 어머님이 여기까지 와서 저한테 오빠를 내놓으래요. 어디다 숨겼냐며 내놓으라고 우리 집을 다 뒤지고 한바탕 소동이 벌어졌어요. 수미네 아파트에 가 보니 아내는 거실에 널브러져 있고 소파에 앉아 있는 수미의 얼굴엔 손톱으로 할퀴었는지 핏자국이 배어있다.

그런 일이 있은 후로 수미는 아내의 전화를 받지 않았다. 친정으로 가버린 것이다. 화풀이할 곳을 잃어버린 아내는 두문불출 멍하니 누워만 있다. 태우가 잠들어 있는 곳에 가 보자. 그대로 방치하면 죽을 것 같았다. 태우한테 가자니까. 천정만 보고 있던 아내는 벌떡 일어나 따라나선다. 태우야! 태우야! 엄마가 왔다. 엄마를 두고 너 혼자 그 먼 길을 그새 가버렸냐. 너가 할 일이 얼매나 많은디 먼저 갔냐! 아들이 묻힌 묘지에 주저앉아 아내는 처량하게 울었다. 서른여섯 해 동안 애지중지 키우고 가르치고 장가보낸 아들의 갑작스런 죽음은 당해보지 않은 사람은 모른다. 정말 살 힘을 다 잃고 만다. 지금까지의 애면글면 쌓은 공든 탑이 한순간에 무너져 내린 것 같은 슬픔은 참담했다. 구자윤도 아내 못지않은 절망감을 앓고 있었다. 다만 식음을 전폐하고 죽은 듯 누워 있는 아내 앞에서 같이 무너지면 안 될 것 같은 책임감이 그나마 허깨비 같은 몸을 지탱케 하고 있었다. 여기서 살자. 태우 옆에서 살자. 긴 울음을 끝낸 아내는 묘지 가까운 동네를 가리켰다. 구자윤이 어릴 때 살던 동네였다. 부모님이 돌아가실 때까지 살던 파란 지붕의 양철집이 그대로 있었다. 뜻밖의 제안이었다. 구자윤은 직장을 사직하고 고향으로 내려왔다. 아내의 상태가 날이 갈수록 악화되고 있으니 정년까지 마칠 형편이 못되었다. 직장에 가도 늘 아내 걱정을 해야 했다. 수면제를 먹지나 않을까, 목을 매지나 않을까 노심초사였다. 아내 혼자 두면 안 될 상황이었다. 구자윤이 그렇게 생각하는 것은 아내의 가방을 챙기다가 다량의 수면제를 발견한 적이 있기 때문이다. 가방에서 바닥으로 떨어진 하얀 약병이 무엇이냐고 물었을 때 이리 줘요! 아내는 약병을 확 채가며 날카롭게 반응했다. 이상하여 억지로 빼앗아 약국에 가서 알아보니 수면제였다. 약사는 곁에서 잘 지켜야 할 것 같다고 했다. 그런 일이 있고 난 후로 구자윤은 아내 옆을 떠날 수 없게 됐다.

"시멘트가 잘 굳었네!"

새벽기도를 다녀온 아내의 목소리가 밝다. 손에 들린 성경 찬송가를 내려놓고 시멘트 상태를 만져 본다. 구자윤과 아내는 어릴 때부터 교회에 다녔다. 고향을 떠나 살다 보니 교회를 멀리했다. 한 번만 빠져야지 한 것이 사십여 년을 쉬었다. 아내는 삼골에 와서 사십 년 만에 교회에 나갔다. 여기는 아직도 종을 치네. 땡땡. 새벽공기를 뚫는 종소리에 잠을 깬 아내는 무엇에 홀린 듯 일어나 옷을 입고 밖으로 나갔다. 집을 나간 아내는 날이 훤해서야 돌아왔다. 퉁퉁 부은 눈으로 돌아왔는데 표정이 밝아 보였다. 그날 아내는 은혜를 받았단다. 찬송을 하는데 이유도 없이 눈물이 쏟아졌단다. 창피한 줄도 모르고 엉엉 울었단다. 안 울려 했지만 아랫배서부터 터져 나오는 울음을 참지 못 하고 엉엉 울었단다. 눈을 떠보니 날은 밝아 훤해졌는데 아무도 없고 자기 혼자뿐이더란다. 이상한 체험을 한 후로 아내는 열렬한 신자가 되었다. 일요일마다 성경 찬송가가 든 가방을 어깨에 메고 동네 끝에 있는 교회엘 갔다. 새벽기도도 빠지지 않는다. 아내는 매일 참회를 한다고 했다. 자신이 잘 못 살아 아들 태우가 죽었다며 자기 죄를 회개한다고 했다. 아내는 신앙생활을 하면서부턴 아들의 죽음을 자신의 잘못으로 돌리었다. 아내의 변화는 몸에서도 일어났다. 밥알을 세듯이 깨작거리던 입맛을 되찾았다. 밥 한 그릇에 국 한 그릇을 비웠다. 방에 누워만 있던 아내는 산이 매일 달라 보인다며 문을 열어 놓고 앉아 밖의 풍경을 구경했다. 봄이 되자 아내는 담장에 핀 영산홍을 보겠다며 마당으로 나오더니 빈터에 옥수수와 감자를 심자고 했다. 옥수수와 감자를 심고도 빈터가 남아 있자 콩을 심자고 했다. 동네 부녀회장이 노란 메주콩을 가져다주었다. 아내는 메주콩을 빈터 마다 심었다. 가을이 되자 여기저기 두서없이 심은 콩을 두 말이나 수확했다. 아내는 콩으로 메주를 만들었다. 원래 음식 만들기를 좋아하는 아내였다. 아내가 만든 음식은 무엇이나 맛있었다. 아내의 반찬 솜씨는 소문이 날 정도였다. 반찬가게를 하게 된 것도 그때문이다. 콩 두 말로 아내는 메주를 만들어 띄웠다. 겨우내 잘 뜬 메주로 간장 된장을 담았다. 손수 담은 잘 익은 된장을 서울에 있는 친구들한테 유기농 콩으로 만든 된장이라며 보내는 것 같았다. 아내가 보낸 된장을 먹어 본 친구 하나가 된장 더 있으면 팔라고 한 단다. 그러나 팔 것은 없었다. 친구한테 된장을 더 보내지 못하는 것을 안타깝게 여기던 어느 날 아내는 자다 말고 벌떡 일어났다. 그거야! 유기농 된장을 만들어 파는 거야! 그렇게 말하는 아내의 얼굴은 시장에서 가게를 하던 때처럼 생기가 돌았다. 아내는 언제 아팠냐는 듯 딴 사람이 되었다. 매일 손에 목장갑을 끼고 밭으로 나갔다. 땅이란 땅에는 모조리 콩을 심었다. 오백여 평 밭에 콩을 다 심고도 버려둔 이웃의 땅까지 얻어 콩을 심었다. 아내는 하루 종일 콩밭에서 살며 애지중지 콩을 가꾸었다. 오줌도 콩밭에다 누었다. 구자윤이 콩밭에 오줌을 누는 이유도 이 때문이다.

"묵은 항아리도 모두 옮길까? 장독대를 만들어 놓으니 빨리 항아리 놓고 싶어지네."

구자윤은 뒤란으로 가서 담 밑 여기저기 엎어놓은 오래된 항아리를 살피는 아내에게 의견을 묻는다.

"다 옮겨야지. 묵은 항아리가 더 좋대요. 그나저나 아침이나 먹고 합시다. 새벽기도하고 오면 배가 고파져서."

아내는 찬송가 성경을 들고 부지런히 집안으로 들어간다. 아내가 밥을 차리는 동안 구자윤은 맨손체조를 한다. 밥 먹으라고 부를 때까지 맨손체조를 하고 텃밭의 풀을 뽑는다. 밥 먹으라고 부를 시간이 되어도 부르지 않아 집안으로 들어오니 아내는 밥상을 다 차려 놓은 채 전화를 받고 있다. 손을 씻고 밥상 앞에 앉을 때까지도 전화를 계속한다.

"…… 전 나이도 많고 건강하지 못해서 헌혈 같은 것은 못

해요. 그런데 왜 하필 저한테 헌혈하라고 하는지요?"

"……"

"병원에 있는 제 기록을 보고 아셨군요. 의사 선생님께서 제 피가 우리나라 사람에게는 흔하지 않은 피라고 했던 것은 들은 것 같아요. 수혈할 일이 생기면 피 구하기가 어렵다고 했어요."

"……"

"그래도 하고 싶지 않네요. 헌혈은 젊은 애들이나 하는 거잖아요. 전 우울증을 앓은 환자였잖아요."

"……"

"더구나 백인 아기라고요?"

"한국 애도 아닌 백인 아기라면 더구나 맘이 안 내켜요. 다른 사람을 찾아보세요. 아무리 그래도 그렇지 다섯 살배기한테 60이 낼모레인 어른의 피를 수혈하는 것도 좋은 것 같지 않은데요."

"……"

"생각해 볼게요. 예예."

전화를 끊은 아내는 별 이상한 전화를 다 받았다는 듯이 참! 하고는 식탁의자에 앉는다.

"누가 헌혈하라고 하는데?"

"병원에서 온 전환데 다섯 살짜리 백인 아이가 백혈병으로 수혈이 필요한데 피가 RH-로 내 피하고 같다면서 와서 헌혈 좀 해달래요. 수혈하지 않으면 아이가 위험하대요. 그래도 못한다고 했어요. 다른 사람 알아보라고 했는데 못 구하게 되면 다시 전화한다고 하네요."

"어떻게 당신 피가 아이의 피하고 맞을 거라는 걸 알지?"

"내가 입원했던 병원에서 온 전화예요. 그때 검사해 둔 기록을 갖고 전화한 거래요. 내 피를 아이한테 수혈해도 되는지 모르겠네."

"그거야 병원에서 검사하고 하겠지 무작정 맞는다고 수혈하지 않을 거구만. 아이가 어쩌다가 백혈병에 걸렸을까. 참 안 됐구먼. 그런데 당신 피가 그런 희귀한 피인 줄은 처음 듣네."

"병원에서 그런 말을 들었을 때 나도 깜짝 놀랐다니까. 백인들한테 흔한 피지 한국인한테는 거의 없대요. 그러니까 수술할 일 없게 건강하게 살아야 한다고 했어요. 내 참, 곤란하게 됐네. 알고도 안 준다고 할 수 없고, 방송이라도 해서 피를 구했으면 좋겠구먼. 가끔 보면 방송으로 RH-피 구한다고 방송도 나오고 하던데."

"구하겠지 뭐. 당신 몸도 약한데 신경 쓰지 말고 밥 먹자고."

구자윤은 아내의 수저를 집어 준다.

옥수수를 딴다. 콩밭고랑을 따라 심어 놓은 옥수수를 따는 아내의 속도가 점점 빨라진다.

"천천히 따자고. 뭐 그리 바쁘게 해. 힘들게. 우리는 생계를 위해 옥수수를 심은 것은 아니잖아. 여가, 여가를 갖고 취미로 심은 것이고 취미로 일하는 거라고."

구자윤은 아내를 따라가기가 힘들어 신소리를 하고 있다. 이마의 땀을 씻으며 잠시 서 있다.

"오늘 다 끝내야지 내일까지 하려고? 내일은 절집 앞 밭 옥수수 따야 혀."

아내는 구부정하게 허리를 세우고 목에 걸고 있는 수건으로 얼굴의 땀을 이마에서부터 쓱쓱 훔친다. 오뚝한 콧날이며 둥근 이마가 아들과 비슷하다. 그러고 보니 아들이 아내를 많이 닮았다. 여자로서 억세 보이는 턱선 때문에 잘 생긴 인물이 가려진 것 같다. 남자였다면 한 인물 하겠다는 소리를 들었을 것이다.

"살자고 하는 일이니 쉬면서 하자고. 한 고랑 남았으니 냉수도 좀 마시고."

구자윤이 밭둑으로 올라가 물병을 들어 물을 마신다. 아내한테도 가져다준다. 아내는 마지못해 물병을 받아 든다.

"단풍 구경도 하면서 일하자고."

구자윤은 고개를 들어 단풍져 노랗게 변하기 시작한 산을 돌아본다.

"천하태평 당신이나 실컷 보구려."

아내는 구자윤의 신소리를 뭉개 듯이 다시 허리를 굽혀 옥수수를 딴다. 구자윤도 옥수수를 따서 바구니에 넣는다. 해는 서서히 서쪽으로 기울어 가고 새털구름이 바람을 따라 움직인다.

"구 씨! 구 씨! 집에 손님이 왔어!"

소리 나는 쪽을 바라보니 오토바이를 탄 이장이 내쳐 부른다.

"손님 왔다는데 언릉 가 봐요."

구자윤은 장갑을 벗어 던지며 밭둑으로 올라간다.

"서울서 왔다는 미국 여자가 김창순 여사님을 찾아 왔다네. 김창순은 구 씨 안사람 아닌가 혀서."

이장은 오토바이에서 내리지도 않고 말한다.

"어이! 당신 미국사람 아는 사람 있어? 미국 여자가 당신을 찾아 왔다네."

구자윤이 밭고랑에서 이쪽을 보고 소리친다.

"내가 미국여자를 어떻게 알아. 내 참, 어떤 여자가 날 찾는지 가봐야겠네."

한동안 눈을 크게 뜨고 어리벙벙히 서 있던 아내는 동네를 향해 두 팔을 휘적이며 걸어가고 있다. 미국여자가 찾는다니 궁금함으로 뛰듯이 걸어간다. 남은 옥수수를 마저 따고 이장의 오토바이 뒤에 타고 집에 오니 아내는 의외로 오래전부터 알고 지내던 아기인 양 예쁜 백인 아이를 품에 안고 평상에 앉아있다. 아직 여름이건만 팔을 덮는 잠바를 입은 아이는 마스크를 하고 모자를 쓰고 있다. 재색의 빛나는 눈이 뚫어져라 아내를 바라본다.

"마스크를 벗기면 안 되나 보죠?"

"면역력이 약해서 벗기면 안 돼요."

"아예. 여보, 내 피를 달라고 온 거래요. 내 참, 얼마나 급하면 여기까지 왔을까 싶지만 내 피를 어떻게 줘."

아내는 난감해한다.

"위험한 고비는 넘겼다고 하지만 병을 이기려면 수혈이 필요하대요. 아주머니의 피를 꼭 수혈받고 싶어서 여기까지 찾아온 겁니다. 염치없는 부탁이지만 우리 영서한테 피를 조금만 주시면 정말 감사하겠습니다."

백인 여자는 구자윤을 향해 고개를 숙여 조아린다. 의외로 한국말을 잘했다. 거기다 백인 아이는 어울리지 않게 한국이름을 갖고 있다. 여자는 갑자기 아이의 마스크를 벗겨낸다. 마스크를 벗겨내니 서구적인 뚜렷한 윤곽에 붉은 입술이 도톰하니 인형처럼 귀엽다. 머리색이 진갈색인 것 말고는 동양적인 모습은 어디에도 없는 것 같다. 아기는 낯가림을 하는 듯 굳은 표정으로 아내와 구자윤을 바라본다.

"끝내 피를 못 구했군요. 여기까지 찾아오다니. 무모한 일을 했네요. 와서 보니 실망되지요? 헌혈할 사람이 젊은 사람도 아니고 시골 아주머니라서."

"아닙니다. 상관없다고 했어요. 피가 맞느냐가 가장 중요하다고 했어요. 전 가난한 우즈베키스탄 사람이어요. 피를 구하려면 외국에서 사와야 하는데 돈이 없어요. 영서가 건강을 찾을 수 있게 도와주세요."

여자는 자리에서 일어나 마당의 잔디 위에 무릎을 꿇고

한국식으로 절을 한다.

"나 참, 이렇게 막무가내로 찾아와 피를 달라니 어이가 없네. 여보, 어떻게 하지? 병원에서 내 피가 아이한테 맞는 사람은 나밖에 없다며 주소를 가르쳐줘서 찾아 왔대요. 직접 만나 부탁하려고 여기로 찾아온 거래요. 우리나라 오천만 국민 중에 내 피가 아이한테 맞다니 불교에서 말하는 전생에 무슨 인연이 있는 거 아녀요?"

아내는 기가 막힌 듯 웃는다.

"아이 아빠는 왜 같이 안 오고. 여기가 어디라고 여자 혼자 그 먼 길을 아픈 아이를 데리고 오남. 딱하기도 하네."

아내는 눈만 커다란 아이를 추슬러 안는다.

"아이 아빠는 죽었어요. 아이가 태어나기도 전에 죽었어요."

"딱해라. 우즈베키스탄서 죽은 거야?"

"노 노. 아이 아빠는 한국 사람이어요. 바다에 들어갔다가 심장마디로 죽었어요."

"애기 엄마, 거기 죄인처럼 그러고 앉아 있지 말고 이리 와 앉아서 자세히 말해봐요."

아내는 아이 아빠가 심장마비로 죽었다고 하자 자리를 비켜 앉으며 여자를 옆으로 오게 한다. 장독대에 걸터앉아 있던 구자윤도 일어나 평상 옆으로 가서 선다.

"그러니까 이 아이의 아빠가 한국 사람이라는 거구만. 병원에서 수혈받을 아이가 다문화 아이라는 말은 들었지만 워낙 엄마나 아이나 백인 같아서 깜빡 잊고 있었네. 그럼 아이의 한국 할아버지랑 할머니는 살아 계시고?"

"몰라요. 전 결혼하지 않고 아이 아빠와 호텔에서 두 밤 잤을 뿐이에요. 아이 아빠는 내가 임신한 것 몰라요."

"같이 물에 들어갔다가 그런 변을 당했구먼."

"아니에요. 세 번째 날 남자의 아내 되는 여자가 왔어요. 나를 보고 두 사람이 많이 싸웠어요. 그날 남자는 혼자 바다에 들어갔다가 죽은 거래요."

"그러면 남자랑은 오다가다 만난 사이구만. 아이 엄만 뭘 하는 여자였는데 외간남자랑 잠을 잤어?"

아내는 여자를 의심스런 눈빛으로 바라본다.

"해변 커피숍에서 일했어요. 그 남자는 아주 친절하고 좋은 사람이었어요. 전 그 남자를 첫눈에 사랑했어요. 같이 바닷가를 걷자고 했을 때 망설이지 않고 따라갔어요. 그리고 호텔에 같이 갔어요. 결혼하지 않을 줄 알면서도 잠을 잤어요. 지금은 호텔일 안 해요. 간호사로 병원에서 일해요. 그 남자가 간호사를 하면 돈을 안정적으로 벌 수 있다고 했어요. 그래서 간호학원에서 공부를 하여 지금은 작은 병원에서 간호사 일 해요.”

“남자는 뭐 하는 남잔지 알아요?”

“처음엔 몰랐는데 죽어서야 알았어요. 서울 큰 대학병원 의사라고 했어요. 호텔에 소문이 쫙 났어요.”

누구 이야기인가. 태우가 죽은 상황하고 비슷하지 않은가. 갑자기 현기증이 나며 땀이 흐른다. 불가해한 일이다. 있을 수 없는 이야기다. 우리 태우가 절대 그럴 리가 없다. 얼마나 바른 아들인가. 수미밖에 모르는 아들이다. 호텔에서 일하는 값싼 이국인 여자하고 잠을 잘 아들은 더더욱 아니다. 오히려 이렇게 빨리 갈 줄 알았으면 바람이라도 피워 제 혈육 하나쯤 남겼으면 좋을 것 같다. 아내도 무엇을 감지한 듯 놀란 눈으로 여자를 바라본다.

여자는 넋이 나간 듯 자기를 바라보는 아내와 구자윤의 눈을 피해 고개를 숙인다. 구자윤은 시선을 급히 하늘로 보냈다. 생각을 정리해야 했다. 아들은 왜 혼자 휴가를 보내지 않으면 안 되었을까? 젊고 예쁜 수미와의 결혼은 행복하지 않았던가. 아들 내외가 자주 집에 오지 않는다고 불평하는 아내를 의사라는 직업이 바쁜 거라며 달래곤 했었다. 더구나 인턴과 레지던트를 거치는 기간은 거의 쉬지 않고 24시간 일할 정도라는 것을 알기에 그 기간을 잘 견뎌내기만을 바랄 뿐이었다. 스물다섯 아직 어린 며느리는 결혼을 했지만 시부모를 섬기며 봉양하는 것이 뭔지도 몰랐다. 명절이 되어도 시집에 와서 음식 할 생각도 안 하였다. 당일에야 귀빈처럼 고급 정장차림으로 와서 해 놓은 밥을 손님처럼 먹고 갈 뿐이었다. 구자윤 부부는 아들이 보고 싶어도 아들이 사는 아파트에 가 볼 엄두도 못 냈다. 손자나 손녀가 있다면 아이 보러 갈 명분이라도 있지만 며느리 혼자 있는 집에 갈 이유도 없었다.

"남자의 얼굴을 기억하나요? 이 사진은 우리 아들이어요."

구자윤은 슬그머니 일어나 방으로 들어가더니 사진틀을 들고 와 여자한테 보여준다.

"이야기를 들으니 우리 아들의 상황과 비슷해서."

여자는 대학 졸업 사진인 사각모를 쓴 아들 태우를 커다란 잿빛 눈으로 유심히 바라본다.

"배우처럼 잘 생겼네요. 멋지네요. 밤에만 딱 세 번 본 남자여서 얼굴이 생각나지 않아요. 말랐지만 인물이 좋다는 것은 생각나요."

여자는 고개를 저으며 웃는다. V자로 치켜지는 입꼬리가 귀밑으로 길게 늘어진다.

"이 사진도 봐요. 우리 아들 결혼사진이어요. 우리 며느리고요. 남자의 아내가 와서 도망 나왔다고 했는데 남자의 아내 얼굴을 보았나요? 이 여자와 닮았나요?"

구자윤은 하얀 드레스를 입은 춘향이 같이 고운 며느리를 손으로 가리킨다.

"노 노 기억이 안 나요. 이 여자 예뻐요. 그 여자 이렇게 어리지 않아요."

구자윤은 아쉬움과 함께 안도의 숨이 쉬어진다. 아내도 안정을 찾는 것 같았다. 백인 여자는 저녁을 먹고 가라는 데도 타고 온 하얀 색 작은 차를 몰고 돌아갔다. 아내가 헌혈을 승낙하지는 않았지만 구자윤은 밭에서 싱싱한 배추와 무 등 야채를 차에 실어 준다.

그날 밤 아내는 밤중에 자다가 일어나 불을 켰다.

"꿈에 태우를 봤어요. 주사기를 나한테 주었어요. 죽어가는 조그만 나무를 가리키며 주사를 놓으라고 했어요."

지금이 몇 시인데 불을 켜냐고 하자 아내는 심각한 목소리로 말했다.

"낼은 병원에 가봐야겠어요. 아이한테 헌혈을 해야겠어요. 태우는 내내 아프리카 아이를 돕더니 죽어서도 아이를 살리라고 하는 것 같네요."

태우와 연관되면 아내는 이성적인 판단을 무시한다. 가족과 자신밖에 모르던 아내는 삼골에 온 뒤로 백팔십도 변했다. 무엇보다 욕심을 버렸다. 인생을 제대로 안다 하는 현인들마다 내려놓으라는 말을 한다. 재산을 내려놓고, 명예를 내려놓고, 권세를 내려놓고 욕망을 내려놓고. 내려놓으면 행복해지고 자유로워진다는 것이다. 아내의 현상이 바로 그런 것 같았다. 아내는 인생을 달관한 듯 내려놓음을 실천하고 있었다. 한 평짜리 가게지만 매월 기백만 원은 벌던 시장 입구 가게를 프리미엄 한 푼 없이 원가에 내놓았을 때는 하루라도 빨리 서울을 벗어나고자 해서였겠지만 돌이켜 볼 때 그때 이미 아내는 내려놓음을 실천했던 것 같다. 삶을 포기한 것이겠지만 죽음의 문턱에서 삶의 끈을 놓았다는 것은 새로운 시작을 의미한다. 새벽 종소리를 따라 교회에 나간 것도 삶을 포기한 데서 붙잡을 수 있는 새로운 선택이었다. 내려놓음은 아무나 실천하진 못한다. 밑바닥 인생을 살아온 구자윤은 자존심을 버리고 평생을 살았다. 냄새나는 쓰레기를 치우며 미화원으로 삼십 년 넘게 살았다. 무엇을 더 내려놓아야 하는지 모르겠다. 조물주가 원망스럽다. 가장 천한 직업으로 살았지만 공부 잘하는 아들이 있으니 세상은 공평하다고 생각했다. 가진 것은 없어도 똑똑하고 잘 생긴 아들이 보물보다 귀하다고 생각했다. 그래서인지 누굴 부러워한 적이 없었다. 그런데 그 아들이 죽다니. 청천벽력과 같았다. 아들 덕에 어깨 좀 펴고 호강 좀 하려나 했는데 의사가운까지 입은 아들 덕을 보기도 전에 데려가다니. 강남에 빌딩을 두 채나 소유하고 있다는 처가에 바이올리니스트인 아내까지 얻은 아들은 장래가 탄탄대로였다. 수미 엄마는 태우를 위해 종합병원을 차려 줄 준비를 마친 상태라고 했다. 병원개업을 늦추는 이유는 아들 태우가 아직 레지던트 과정에 있기 때문이었다. 아들 태우는 조급한 장모의 뜻과 많이 달랐다. 대학병원에서 몇 년 더 일하며 실무에 능한 의사가 되고자 했다. 매일 환자 노트를 쓰고 병이 낫는 과정을 지켜보면서 의학의 길은 끝이 없다고 했다. 아들은 질병에서 인류를 지키는 것이 의사의 의무라며 연구는 기본이라고 했다. 이런 뜻있는 의사를 조물주는 왜 데려갔는지 모르겠다.

아내는 기꺼이 헌혈실에 누웠다. 침대에서 주먹을 폈다 쥐었다를 반복하며 몸속에 있는 피를 튜브 속으로 옮기는 것을 즐거이 바라본다.

"피를 뽑는데 눈물이 나더라고. 생명 같은 피를 다른 사람에게 줄 수 있다고 생각하니 예수님 생각이 나면서 눈물이 났어요. 예수의 피를 보혈이라고 하는 이유를 깨달았어요."

헌혈을 마친 아내는 하나님의 사랑을 깨달은 기쁨으로 벅차다고 했다.

"수혈한 지가 두 달은 됐지? 영서가 진즉에 퇴원했을 것 같은데. 전화 한번 해볼까?"

구자윤도 아내의 피를 수혈한 아이가 궁금했다.

"퇴원하면 찾아온다고 했으니까 기다려 봅시다. 그런데 나도 자꾸만 궁금해지네. 행여 잘못된 것은 아닌지 걱정도 되고. 수혈엔 부작용이 많다는데 부작용이 나면 어쩌나 싶기도 하고. 내가 조금만 젊었으면 좋았을 것인데."

"당신은 그래도 나은 편이라고. 고혈압도 당뇨도 없지 수혈받은 적 없지. 큰 병 앓아 본 적 없지. 술 담배 안 하지. 당신 피는 깨끗한 피라고 했어. 그렇게 깨끗한 피를 기증했으니 아기 엄마도 고마워하잖아. 아이가 암을 이기는데 도움이 됐을 거구만. 옷깃만 스쳐도 인연이라는데 영서는 전생에 우리와 인연이 있는 가베."

"나도 그런 생각이 들었어요. 영서 엄마는 우리 태우를 모른다고 하지만 태우가 주사기를 네게 준 것을 보면 영서가 우리 손자가 아닐까 생각되네. 남녀가 전깃불 밑에서만 세 번 만났다니 얼굴을 기억하겠어? DNA 검사를 해보면 안 다는데."

"해봅시다. 집안을 다 뒤져서 태우가 남긴 흔적을 가지고 가면 안 될까? 직업을 간호사로 전환하라고 가르친 것을 보면 태우다운 충고잖아."

아내는 갑자기 말소리를 낮춘다.

"영서가 우리 손자가 맞는다면 태우가 바람을 피웠다는 거네."

"모르지요? 원래 남자란 수컷의 본능이 있으니까. 태우라고 남자가 아닌가? 하나님이 태우가 죽을 줄 미리 알고 씨를 남길 수 있게 백인 여자와 자게 한 것 같아요. 헌혈을 하는데 아이가 내 피를 수혈받는다 생각하니 남 같지 않게 느껴지데요. 후훗."

아내는 고개를 숙이고 킥킥 웃는다.

평상 끝에 따로 앉아 제비콩을 까던 구자윤이 마당으로 내려간다. 생각할수록 기분이 묘해진다. 빨간 고추를 길게 널어놓은 새장독대 옆을 지나 콩밭으로 간다. 바지춤을 내리고 오줌을 누는 데 끊은 담배 생각이 간절하다. 오줌을 다 눈 구자윤은 바지춤을 올리고 뒤란으로 가서 감나무 아래에 걸터앉아 담배를 피워 문다. 사고소식을 듣고 경포대에 도착했을 때 수미가 분명 있었는데. 태우는 혼자 휴가를 갔던가? 분명 수미는 호텔에서 달려왔다고 했다. 구자윤은 그 당시를 곰곰이 기억해 본다.

"경포대해수욕장 경비대입니다. 구태우 씨를 아시나요?"

경비대의 사무적인 목소리를 듣는 순간 불길한 예감이 들었다. 왜였을까. 우리 아들입니다. 왜 그러신가요? 구자윤은 떨리는 목소리로 다급히 물어야 했다. 사고가 났습니다. 오셔서 신원을 확인해 주셔야겠습니다. 예? 구자윤은 그 이상 입을 열 수가 없었다. 가게에서 아직 오지 않은 아내를 시장 앞에서 만나 같이 현장에 갔을 때는 저녁 열한 시였다.

빨간 줄을 쳐 놓은 모래사장에 흰 천이 덮여있는 사체는 분명 둥근 이마에 오뚝한 코, 꽉 다문 입매의 아들 태우가 맞았다. 의사는 심장마비사라고 했다. 야, 넌 왜 여기까지 와서 같이 안 다니고 태우 혼자 나돌게 하냐? 그러려면 뭐 하러 같이 휴가 왔냐? 아내는 평소와 다르게 며느리를 싸늘하게 노려본다. 수미는 울지도 않고 두려운 듯 목을 움츠리고 서 있다. 몸이 좀 안 좋아서요. 수미는 기죽은 목소리로 조그맣게 변명을 한다. 부실하긴. 넌 만날 때마다 감기몸살이더라? 그러면 집에서 쉬지 휴가까지 와서 태우를 죽게 했어. 천금 같은 우리 아들을 이렇게 죽게 했어! 아내는 애먼 수미를 닦달했다. 아내는 애초부터 수미를 달가워하지 않았다. 외동딸로 자라서 저만 아는 데다 부실하게 생긴 것을 싫어했다. 수미는 태우의 환자였다. 약을 먹었다며 한밤중에 응급실에 실려 온 환자란다. 태우의 관리로 깨끗하게 치유된 뒤로 오빠라며 따른다더니 어느 날 결혼하기로 했다며 데리고 왔다. 이슬만 먹고 산 듯 가냘프고 연약한 여자였다. 부자인 것이 흠이라면서 여자를 데리고 왔을 때 구자윤이 제일 먼저 물어본 것은 부모님이 계시냐였다. 엄마만 있다고 했다. 홀어머니에 외동딸이라고 했을 때 태우가 외로울 것 같았다.

구자윤은 자손이 귀한 집 같은데 자식을 많이 낳아야겠다고 말했다. 저도 그것밖에 소원이 없어요. 수미의 언니라고 해도 믿을 것 같은 젊은 수미 엄마도 같은 생각이라고 했다. 결혼을 한 태우와 수미는 일 년이 가고 이 년이 흘러도 아이 소식이 없었다. 수미가 아직 대학원생으로 공부하느라 좀 늦는다고만 했다. 그러나 대학원을 마치고도 수미는 여전히 날씬한 몸으로 명절을 쇠러 온다. 결혼한 지 5년이다. 애를 가져도 둘은 가졌겠다.

"상견례 때도 말했지만 우리 집은 자손이 귀한 집이다. 대를 잇는 것은 조상에 대한 예의이고 하늘의 뜻이니라. 아직 소식이 없으니 묻는데 누가 문제 있냐?"

구자윤은 설 명절을 쇠러 온 아들에게 수미가 없는 자리에서 손자를 기다리고 있음을 어렵게 내비쳤다.

"문제는 없어요. 그리고 우리 결혼한 지 5년밖에 안 되었어요. 수미가 대학원 공부 끝냈으니까 곧 손주 보게 해드릴게요."

아들은 자신 있게 대답했다.

"문제없다니 됐다. 일 년 내로 좋은 소식 있길 바란다. 자손이 귀한 집이라서인지 자식을 갖는 일도 노력해야겠더라.

둘 중 누군가가 문제가 있다면 대책을 세워야 할 거다. 네가 의사니까 너한테 맡긴다.”

“아, 예. 걱정하지 마세요. 올해는 꼭 손주를 안겨 드리겠습니다.”

아들은 약속까지 했다. 그래도 아내는 히프가 날씬한 며느리가 마음에 걸린다고 했다. 여자는 엉덩이가 펑퍼짐해야 자식을 잘 낳는데 수미는 가슴이나 엉덩이가 영 홀쭉하다.

“수미가 자식을 끝내 못 낳으면 다른 여자라도 봐서 손은 이어야 한다. 요즘 애들은 몸매 상한다고 아기 낳기 싫어한다는데 그런 것은 아니겠지? 만일 그런다면 다문화 여자라도 얻어 대를 이어야 한다.”

왜인지 구자윤은 그날 아들한테 다문화 여자까지 들이대며 강경하게 말했다. 며느리의 남편이기 전에 넌 내 아들이라는 것을 못 박아 두고 싶었던가. 딴은 의사가 된 아들을 명절이 아니면 숫제 볼 수 없는 것에 구자윤 내외는 말은 하지 않았지만 화가 나 있었던지도 모르겠다. 결혼하자 전 같지 않은 아들한테 부모가 엄존함을 기억하게 만들어 줄 필요를 느꼈는지도 모르겠다. 어쨌든 아들은 대를 이을 손자를 보고자 하는 부모의 간절한 바람을 확실하게 깨닫고 갔었다.

그때문에 아들과 수미 사이가 나빠진 것은 아닌지 모르겠다.

구자윤은 이런저런 생각으로 잠을 설치다가 새벽 종소리에 잠에서 깼다. 아내가 종소리를 듣고 일어나 교회 갈 채비를 한다. 아내가 방문을 열고 나가자 구자윤도 자리에서 일어났다. 옷을 입고 멀찍이 아내 뒤를 따라간다. 예배당 안에는 머리가 허연 노파 몇 사람이 등을 보이고 앉아 있다. 찬송가 한 곡을 부르고 목사가 설교를 한다. 마이크에 대고 설교하는 소리가 우렁우렁하다. 말씀을 할 때마다 아멘을 복창하는 사람은 아내였다.

"십자가의 도는 구원입니다. 아멘! 죄인인 우리는 예수의 보혈을 믿기만 하면 구원을 받습니다. 아멘! 그 십자가 밑에 엎드려 회개를 하면 우리의 죄가 아무리 클지라도 용서를 받습니다. 사망에서 생명으로 옮겨지는 것입니다. 아멘! 이 시간 우리는 십자가 보혈로 우리 죄를 깨끗하게 씻어달라고 기도합시다."

설교가 끝나고 기도시간이 되자 모두들 소리 높여 주여를 부르짖더니 기도를 한다. 아내의 기도 소리가 들린다. 아내는 처음부터 감사합니다만 한다. 집으로 돌아온 구자윤은 마당에 서서 하늘을 본다. 아내는 무엇을 그리도 감사하다는 것일까. 감사합니다. 아내처럼 입술을 모아 말해 본다. 아내가 찬송가를 흥얼거리며 온다.

"오늘은 항아리 들이는 날이지요? 우선 열 개만 들여놓고 차차로 양을 늘려갑시다. 참, 오늘 새벽엔 영서를 위해 기도하는데 영서가 내 손자래요. 어떻게 그럴 수 있냐니까 피로 낳은 손자래요. 그럴듯하지요? 영서 엄마한테도 말해줄 거예요."

"맞네. 당신의 피를 주었잖아. 피를 나눈다는 것은 친손자라는 뜻이라고."

구자윤은 모처럼 호탕하게 웃는다. DNA 조사는 할 것도 없다고 생각한다.

물어뜯긴 사과

남자를 바닥에 메다꽂는다. 개구리처럼 뻗어있는 남자를 들어 올려 앞으로 밀고 훅을 먹인다. 링에 부딪혔다가 반동의 힘으로 달려드는 남자의 목을 두 팔로 잡고 바닥으로 찍어 누른다. 남자는 일어서지 못한다. 물먹은 미역 줄기처럼 널브러져 있다. 하나, 둘, 셋, 넷,…… 바닥을 치는 심판의 소리에 정신이 난 듯 남자가 있는 힘을 다해서 무릎을 세우며 일어선다. 입가에 웃음이 물려있다. 비웃음이다. 너 아무리 해봐라 넌 나를 못 이겨 하는 것 같다. 웃는 입을 향해 강펀치를 날린다. 째려보는 눈을 거듭 먹여준다. 너무 급했다. 치고 빠지는 타임을 조율하지 못하면 공격 앞에 속수무책이다. 아니나 다를까 상대의 실수를 재빨리 간파한 남자가 공격해 온다. 바람처럼 달려와서 어퍼컷으로 여자의 턱을 조지고 비틀거리는 여자를 들어서 링 밖으로 던진다. 여자가 부러진 나뭇가지처럼 관중석 앞으로 떨어진다. 와 ~ 함성이 터진다. 남자가 이긴 것이다. 상대를 링 밖으로 던져서는 안 되는 룰이 있건만 흥분한 관중석은 손을 들고 환호한다. 남자의 우승을 인정하는 환호 소리를 들으며 으으윽— 여자의 비명이 경기장을 찢는다.

거칠게 호흡하며 눈을 뜬다. 땀을 뻘뻘 흘린다. 하얀 체크무늬의 청색 커튼 너머는 햇살이 밝고 따뜻하다. 방 안은 조용하다. 시끄러운 관중이나 링 따위는 어디에도 없다. 멍청히 천정을 바라본다. 또 꿈을 꾸었다. 남자와 격투하는 꿈이다. 남자한테 들려서 링 밖으로 동댕이질을 당하였다. 매번 이런 식이다. 더럽게 기분 나쁘다. 바닥으로 떨어지며 부딪힌 어깨를 주물러 본다. 아픈 것 같다. 어깨를 회전시키며 일어나 앉는다. 어차피 깰 시간이다. 토요일이라는 것을 자각하며 도로 이불 속으로 기어들어 간다. 여자는 금방 꾼 꿈을 기억에서 내쫓으며 눈을 감는다. 꿈이지만 남자한테 지는 것이 싫다. 이불을 머리 위로 끌어 올리고 어떻게 하면 상대를 꺾고 이길 것인지 연구한다. 역시 이길 수 있는 방법은 강한 힘밖에 없다. 강아지처럼 번쩍 들리다니. 대안을 찾지 못

하고 잠이 든다. 한 시간쯤 잤나 보다. 머릿속이 상쾌하다. 비로소 눈이 떠지는 것 같다. 바로 일어나지 않고 이쪽저쪽 뒤척이며 게으름을 피운다. 오늘의 스케줄을 생각한다. 점심에 월례회가 있고 오후 여섯 시에는 H호텔 카페라운지에서 윤과의 약속이 있다. 윤을 생각하니 마음이 급해진다. 게으름을 피우고 있을 수가 없다. 일어나 욕실로 달려간다. 세월이 약이라더니 시간이 흐르면서 아픔도 많이 사라진 것 같았다. 그동안 윤을 만나는 것조차 양심이 허락하지 않았는데 한 번쯤 만난다고 해서 피해를 주는 것은 아니잖은가. 이제는 학교를 떠났던 해명을 해도 될 것 같았다. 한 번도 윤을 장난으로 대한 적 없었던 진심을 말해도 될 것 같았다. 올 때까지 기다릴게. 여운을 남기는 윤의 마지막 말이 마음에 든다. 따뜻한 마음이 전해오는 것 같았다.

뜨거운 물에 몸을 담그고 싶다. 온수를 욕조 높이로 받아 놓고 기분 좋게 누워있다. 편안함을 즐기며 눈을 감는다. 팔을 들어 운동으로 다져진 근육질의 몸을 어루만지며 녹작지근하게 풀리는 몸을 훑어 내린다. 버릇처럼 손을 올려서 단단하게 올라붙은 가슴을 어루만진다. 무엇을 찾듯이 자근자근 만져본다. 아무것도 없다. 언젠가는 멍울이 되어 나타날 것 같은 데 전혀 멍울 같은 것은 만져지지 않는다. 하루도 잊어 본 적이 없는 그놈의 이빨자국은 온데간데없이 사라진 것이다. 일어나서 거울 앞에 서서 살펴본다. 뽀얀 유방은 몸에 맞게 적당한 크기로 봉긋하게 부풀어 있을 뿐 피를 머금었던 네 개의 이빨자국은 흔적도 없이 사라졌다. 세월이 상처의 흔적을 지워버린 것이다. 그러나 자세히 살펴보면 표피에 희미하나마 매끈한 점선 같은 것이 남아있다. 아무도 모르지만 혜연은 안다. 그것이 무엇인지를. 혜연은 놈을 잊은 적이 없다. 보랏빛 이빨자국이 유방에서는 사라졌지만 마음에서는 무럭무럭 자라며 더 크게 확대되어 시도 때도 없이 혜연을 괴롭힌다. 그때마다 혜연은 체육관으로 달려가 샌드백을 친다. 비지땀을 흘리며 줄넘기를 하고 십 킬로짜리 쇳덩이를 들어 올린다. 놈을 다시 만난다면 절대로 당하고만 있지는 않을 것이다. 놈의 두 다리와 팔을 부러뜨릴 것이다. 돼먹지 않은 주둥아리도 부숴버릴 것이다. 벌써 십여 년 전 일이다. 말없이 윤을 떠나야 했던 이유다. 등 뒤에서 일어났건만 윤은 그때의 일을 아직도 알지 못한다. 가정 사정으로 공부를 포기하고 집에 내려간 줄만 알 것이다. 정말 생각하기도 싫다. 지금도 그 생각만 하면 머리를 벽에다 찧고 싶어진다. 거실에서 전화벨이 울린다. 혜연은 수건 옷을 입고 거실로 나가 수화기를 집는다.

"토욜인데 이모가 말한 사람 볼 거냐? 전화해 준다 하고 여직 답이 안 오니 답답해서 내가 또 하는 거다. 그래 그 남자 만날 겨 말 겨?"

어지간히 다그친다. 혼기를 놓칠까 봐 노심초사 중매쟁이를 끌어들이는 엄마의 집념에 신경쇠약에 걸릴 지경이다. 진즉에 전화선을 빼놓지 않은 것을 후회한다.

"엄마, 나 지금 출근해야 해요. 전화 끊을게요."

여자는 전화를 끊고 플러그를 빼놓는다. 휴대폰도 꺼 놓는다. 그렇지 않으면 계속해서 전화가 올 것이다. 젖은 머리를 닦고 커피포트에 물을 채우고 전원을 켠다. 엄마의 마음을 어찌 모르겠는가. 이모나 되니까 그런 남자를 물어 오지 번번이 거절하자 이제는 중매쟁이도 안 온다고 걱정이 태산이다. 엄마는 애가 타서 한 번만 나가달라며 사정한다. 중매쟁이가 끊기는 것이 제일 안타까운 것 같았다. 그동안 얼마나 많은 중매쟁이가 드나들었는가. 백억 대가 넘는 부모님의 재력 때문인지 의사나 판검사 같은 괜찮은 혼처도 있었다. 그러나 당사자가 싫다는데 무슨 소용인가. 언제부턴가 혜연은 엄마를 단념시키고자 독신주의를 선포했다. 딸에 대한 자부심이 높은 엄마에게는 쓰잘데기 없는 소리였다. 서른다섯 살로 독일에서 공부한 공학박사란다. 독일 대학에서 교수로 남았는데 K대학에서 스카우트하여 나온 지 일 년 된단다. 아파트도 학교에서 제공하고 장래가 촉망되는 남자라고 했다. 혜연은 커피를 타면서 시니컬하게 웃는다. 그 정도의 남자라면 꽤나 괜찮다고 봐야겠다. 갈색 커피가루를 한 스푼 컵에 넣고 끓은 물을 채워서 회전의자에 앉는다. 멀리 63빌딩이 보이고 남산타워가 보인다. 혜연은 이십층 아파트에서 칠 년째 살고 있다. 십층 이상에서 살아야 해. 우리 도둑놈한테 3층은 식은 죽 먹기야. 문만 열려있으면 어디든 올라가지. 넌 3층 빌라에서 산 것이 잘못이지. 저음의 은근한 목소리는 귀에 입술을 대고 말했다. 지금도 저음의 목소리를 들으면 발작하듯 온몸에서 땀이 난다. 자신도 모르게 손톱을 물어뜯는다. 커피를 한 모금 마신다. 남산 타워는 매연으로 희미하다. 비스킷 봉지를 따놓고 커피에 찍어 먹는다. 냉장고 안에는 과일이 하나도 없다. 마트에 가서 라면과 과일을 사다가 채워야겠다. 오늘 월례회에도 과일을 가져가기로 하였는데 어차피 마트에 가봐야 할 것 같다.

사과를 고른다. 만원에 다섯 개짜리 사과를 고른다. 크고 탐스런 홍옥이다. 비슷비슷한 것이 어느 것이 더 좋은지 분간하기 어렵다. 그래도 그중 먹음직하고 예쁜 사과를 찾는다. 바구니에 골라놓은 사과를 점검하듯이 다시 돌려보며 살핀다. 그중 하나에 미처 보지 못한 흠이 있다. 까치가 부리로 찍은 것 같다. 콕 찍힌 이빨자국은 작았지만 선명하다. 아직 다 여물기도 전에 찍힌 것 같다. 상처가 매끈하게 아문 거며 잘 흡수된 색상이며 표면의 윤기를 보면 안다. 선홍빛으로 고운 것이 다른 것과 구별될 만큼 모양도 색깔도 예쁜데 탐스런 표피에 까맣게 두 점이 있다. 매끈하니 크고 탐스런 것으로 보면 탐이 날 만큼 좋아 보이지만 조금만 관심 있게 본다면 검은 점이 확연하다. 깨알 같은 까만 점 주변이 볼록하니 푸릇하게 멍이 진 것으로 보아 새의 부리에 찍혀서 부대낀 것 같다. 분명 그 부분은 세균에 감염되어 딱딱하고 부드럽지 않을 것이다. 아쉽지만 내려놓고 조금 못하지만 흠 없는 사과로 개수를 채운다.

매장을 돌며 물건을 고르는데 가슴이 답답해지며 목이 타들어 간다. 음료수 매장으로 가서 작은 물병을 집어서 뚜껑을 따고 쿨쿨 마신다. 갈증이 다소 해소된다. 다시 카트를 끌고 매장을 돌며 물건을 담는다. 일주일 분의 라면을 담고 햇반과 식재료를 담는다. 우유를 담고 야채판매대로 가서 당근과 토마토를 담는다. 두부도 네모 반듯하니 부서지지 않은 것으로 담는다. 자기도 모르게 물건마다 흠이 있는지 살핀다. 조금 전에 본 사과, 까치에게 물어뜯긴 사과가 어른거린다. 채 자라기도 전에 새한테 물린 사과를 사야겠다고 생각한다. 먹을 수 있는지 맛은 있는지 알아보고 싶어진다. 카트를 끌고 사과매장으로 간다. 물어뜯긴 사과가 폼 나는 자세로 그대로 있다. 여자는 부끄러운 것을 집듯 얼른 그 사과를 집는다. 카트 안의 사과 봉지를 풀어서 감추듯이 사과를 담고 흠 없는 다른 사과를 대신 꺼내어 놓는다. 여자는 서둘러 계산대로 간다. 누군가가 사주지 않으면 마지막엔 덤핑품목에 들어가 못난이들과 함께 헐값에 팔릴 것이다.

운전을 하면서 휘파람을 분다. 배를 저어가자 험한 바다 물결 건너 저편 언덕에 산천경개 좋고 바람 시원한 곳 희망의 나라로. 머릿속으로 가사를 생각한다. 윤이 흥얼거리던 노래다. 윤의 전화를 받아서인지 새삼스럽게 희망의 나라가 생각난다. 윤은 휘파람을 잘 불었다. 혜연은 휘파람을 윤한테 배웠다. 윤을 따라서 휘파람 부는 연습을 꽤나 했다. 가끔은 윤이 휘파람을 불면 옆에서 노래를 했다. 하루 종일 공부만 한 뇌를 희망찬 노래로 즐겁게 해 줄 필요가 있어요. 윤의 설득력 있는 권유가 있었기에 곧잘 노래를 하거나 휘파람을 불었다. 어떤 땐 윤보다 더 열심히 노래를 했다. 집에 다 오도록 노래를 했다. 노래의 힘은 기쁨을 준다는 것이지요. 마음에 평안과 행복을 주어요. 근심과 걱정도 물러가고 무거운 마음을 툴툴 털고 깃털처럼 가벼운 마음이 되지요. 윤의 선량한 얼굴이 절로 만들어진 것이 아님을 알았다. 그동안 노래를 잊고 살았다. 오직 운동에만 전념했다. 어떻게 하면 체력을 강하게 할 것인가만 골몰했다. 노래를 하여서인지 기분이 상쾌하다. 다른 노래도 부르고 싶어진다. 라쿠쿠 라차 라쿠쿠 라차 아름다운 노래를 라쿠쿠 라차 라쿠쿠 라차 우리 모두 다 함께. 핸들을 잡고 있는 몸이 흔들고 싶어진다. 윤은 노래할 때면 박자에 맞추어 춤을 추기도 했다. 어깨와 팔을 움직이는 단조로운 몸동작이지만 경쾌하게 흔들면서 노래하곤 했다. 난 초등학교 때부터 중학교 때까지 합창부였어요. 라쿠쿠 라차는 중학교 때 합창부에서 배웠어요. 합창대회에 나가서 우리 학교가 일등을 했어요. 윤은 라쿠쿠 라차를 희망의 나라 다음으로 많이 부르곤 했다. 윤의 부드러운 목소리가 듣고 싶다. 하얀 쟈겟이 얼굴색 만큼이나 누렇게 바래지도록 입고 다니었는데 이제는 옷차림도 많이 변했을 것이다. 전주 집까지 찾아 왔건만 끝내 만나주지 않았다. 친구로 계속 만나도 되는데 결혼까지 욕심을 부렸던 것 같다. 순진하게도 결혼할 수 없다는 것 때문에 만나서는 안 될 것 같았다. 2년 만에 다시 서울에 왔을 땐 윤은 미국으로 떠나고 없었다. 박사가 되어 돌아올 작정으로 교환학생으로 나갔다는 것만 알았다.

윤과 만난 것은 학교 도서관에서였다. 그 넓은 도서관이 꽉 차서 그냥 나오는데 누군가가 여자의 이름을 불렀다. 돌아다보니 낯빛이 노란 음악동아리의 홍 윤이라는 선배였다. 내 자리에서 공부해요. 난 지금 나가려는 중이니까. 왜 공부 다 했어요? 새벽에 나와서 다 했어요. 몇 시에 나왔는데 벌써 다해요? 남자는 대답대신 웃었다. 웃는 입이 부드러운 목소리만큼이나 선량했다. 내일도 공부하러 오나요? 그러면 이쪽으로 와요. 내가 자리 맡아 놓을 테니. 어머! 부탁해도 돼요? 그럼요. 윤과의 만남은 이렇게 자연스럽게 시작됐다. 둘이는 시험기간 내내 도서관에서 만날 수 있었다. 우연히도 여자의 집과 그의 하숙집이 같은 동네라는 것도 둘의 만남을 필연처럼 느끼게 했다. 같이 집에 오는 날이 많았다. 학교와 여자가 사는 동네는 한 정거장 정도 떨어져서 밤에 집에 오려면 버스를 타거나 택시를 타야 했는데 윤과 같이 올 때면 걸어서 오곤 했다. 여자는 키가 큰 남자랑 걷고 있으니 집에 가는 길이 전혀 무섭지 않았다. 입시공부에 매달리던 고등학교 때처럼 집중도 잘 되었다. 윤은 여자의 자리를 옆에 잡아 놓고 기다리곤 했다. 출입문에서 떨어진 비교적 조용하고 쾌적한 자리를 맡아 놓고 기다리곤 했다. 고개를 들면 담장에 넝쿨장미가 보이는 맘에 꼭 드는 자리였다. 며칠 같이 다니는 동안 정이 들었는지 윤이 오빠처럼 편안하고 좋았다. 둘은 마음을 열고 자신에 대해 조금씩 말하기 시작했다. 윤은 전라도 광주가 고향이고 경영학과 4학년 복학생으로 군대를 다녀왔으며 원어로 외국 소설을 읽는 것이 소원이라고 했다. 여자는 어릴 때 꿈은 화가였지만 지금은 교수가 되는 게 꿈이라고 말했다. 여자는 언제부턴가 윤을 홍 선배에서 오빠라고 부르기 시작했다. 어느 날 집으로 오는 밤길에 윤은 여자의 뺨에 키스를 했다. 깜짝 놀라서 바라보자 빙긋이 웃는 것이 전혀 나쁜 사람 같지 않았다. 선량한 웃음이 그냥 착한 남자 같았다. 여자는 남자의 웃고 있는 얇은 입술이 사랑스럽게 느껴졌다. 깨금발을 하여서 윤의 입술에 자기 입술을 포개어 댔다. 그런 일이 있고 난 후로 둘은 손을 잡고 다녔다. 사귀자는 말은 서로 한 일이 없는 것 같다. 도서관에서 끝나면 손을 잡고 집까지 같이 오고 헤어질 때면 입을 포개어 맞추고 헤어졌다. 한 번도 윤에게 차 한 잔 마시고 가라고 붙잡지 않았다. 윤도 여자의 집에 들어오고 싶다고 말하지 않았다. 여자가 살고 있는 빌라 앞에서 늦었다며 서둘러 돌아갔다. 그런데 그날은 늦은 시간이건만 여자의 빌라 앞에 와서도 손을 놓지 않고 차 한 잔 줄래? 했다. 시험 끝나면. 여자는 내일이 시험이라는 부담감 때문에 거절했다. 참 눈치 없고 분별없는 남자라는 불만을 속으로 했던 것도 같다. 알았어. 윤은 그날따라 돌아가기 싫은 듯이 여자의 손을 그대로 잡고 현관문을 통과하여 삼층까지 올라와서 방문 앞까지 데려다주고 돌아갔다. 바로 자! 그리고 문단속 잘해. 윤은 혜연이 문을 열고 들어가는 것을 지켜보며 말했다. 고마워. 조심해서 가요. 혜연은 손을 들어 보이고 재빨리 들어갔다. 마치 윤이 따라 들어올까 봐 도망치듯이 말이다. 나중에 깨달은 것이지만 윤이 늦은 시간이건만 분별없이 들어오고 싶어 한 것은 아니었다는 생각이 든다. 불가항력적인 위기의식으로 그 무엇에 이끌렸던 것이 아닌가 생각된다. 바로 자! 그리고 문단속 잘 해. 지금도 윤의 따뜻한 목소리가 들리는 듯하다. 그날 윤에게 차를 대접했더라면 어떻게 됐을까. 방안에 먼저 들어와 있던 놈하고 맞닥뜨리는 순간 결투를 했을까. 키만 컸지 천성이 순한 소 같은 윤인지라 상상이 안 된다. 칼을 쥔 놈한테 되잡혀서 눈과 입에 테이프 붙임을 당했을 수도 있었겠다. 어쨌든 윤은 위기를 모면한 사람이었다. 인생의 행불행이 이렇듯 종이 한 장 차이고 촌음의 시간 차이임을 깨달았다.

체육관에는 연습생이 다 모였다. 피자냄새, 통닭냄새가 체육관 밖까지 진동한다. 오 관장이 연습생들을 데리고 탁자를 맞대어 신문지를 펼쳐 놓은 위에 맥주와 사이다를 올려놓고 있다. 배달되어 온 치킨과 피자도 풀어 놓는다. 이 아마추어와 서 프로는 각자 가져온 안줏거리를 내놓는다. 오징어채나 땅콩이 올라오고 당근과 오이 같은 야채도 썰어 와서 접시에 담아낸다. 여자는 마트에서 사 온 과일을 꺼내 놓는다. 포도를 먼저 내놓고 사과는 먹기 좋게 껍질을 벗긴다. 새한테 물어뜯긴 크고 윤기 나는 사과를 이 등분 하여 자른다. 속이 거뭇하게 멍들었다. 씨가 박힌 주변으로 검은 멍이 뻗어있다. 한 입 먹어보니 맛은 싱싱하고 달다. 오히려 다른 사과보다 달고 맛있는 것 같다. 한결 마음이 편해진다. 깎아 놓은 것으로 세 접시를 만들어 내놓는다. 연습생들이 의자를 날라 온다. 젓가락과 숟가락이 놓이자 모두가 둘러앉는다. 마지막으로 체육관 아래 있는 단골 식당에서 가져온 밥과 미역국이 나오고 김치도 나온다. 간단하게 차린 것 치고는 훌륭한 상차림이다. 마지막 주말마다 있는 월례 회식은 점점 식구가 불어난다. 모두가 미모의 혜연이 때문이라고 하지만 능력 있고 열심히 일하는 오 관장의 인솔력 때문이다. 젓가락을 들고 치킨이나 피자를 집는다. 오 관장은 일어나서 맥주를 잔마다 채워 준다. 여자의 잔에도 가득 채워 준다. 전국 권투 시합에서 금메달을 달고 온다는 의미에서 금메달을 외치는 거다. 오 관장의 말에 모두가 잔을 높이 들어 올리며 한 목소리로 합창한다. 금메달! 우렁찬 소리가 체육관을 번쩍 들어 올린다. 미역국에 밥 한 그릇을 말아먹은 여자는 말없이 일어나 밖으로 나온다. 먹는 일에 바빠 아무도 여자가 나가는 것을 알지 못한다. 오 관장이 흘낏 바라봤지만 으레 밥만 먹으면 일어나는 여자인지라 붙잡지 않는다.

혜연은 미장원으로 들어간다. 점심시간이라 한가하다. 곧장 의자에 앉혀졌다. 머리를 어떻게 할까요? 커트머리에 야구 모자를 쓰고 있는 혜연을 거울로 바라보며 미용사가 묻는다. 혜연은 모자를 벗고 화장기라곤 전혀 없는 자신의 맨 얼굴을 바라본다. 불그죽한 것이 여름내 많이 탔다. 선크림을 아침마다 발랐는데도 화장을 안 하니 많이 그슬렀다. 피부관리를 좀 해야겠어요. 피부가 너무 건조해요. 미용사는 혜연의 건조하고 바삭한 얼굴을 만져보며 말한다. 혜연은 가느다란 눈꼬리를 붙이며 잔잔히 웃기만 한다. 파마를 하여 볼륨감을 주면 훨씬 여성스러울 것 같아요. 미용사는 혜연의 얼굴을 바라보며 생머리를 들었다 놨다 한다. 혜연은 여전히 웃고만 있다. 오랫동안 여성스러움을 거부했건만 거울 속 여자는 아무리 봐도 반듯한 미모다. 엄마의 기대가 까닭 없이 높은 것이 아니다. 엄마는 외동딸에 대한 자부심이 여전하시다. 지금은 체육관에서 사범으로 일하지만 초등학교 때부터 우등생이던 딸이었다. 모두가 가고 싶어 하는 그 좋은 대학을 한 학기도 못 마치고 자퇴하였지만 딸에 대한 기대와 자부심을 버리지 않고 있다. 엄마는 당신의 딸이야말로 여전히 예쁘고 총명하고 착하고 현명한 여자 중의 여자라고 생각한다. 일 년이 넘도록 정신과 치료를 받았지만 그것은 긴 인생살이를 살아내는데 플러스알파가 될 커다란 옹이일 뿐이라며 게의치 않아 했다. 그날의 사건을 모르니 끝내기가 안 죽는 것이다. 엄마는 딸이 너무 공부만 하여 병이 난 줄 알았다. 딸이 대한민국 최고의 대학을 버리고 삼류대학 생활체육학과에 지원했을 때도 이의가 없었다. 그래 건강하게 사는 것이 최고다. 너무 공부만 할 필요는 없느니라. 엄마는 쾌히 승낙해 줬다.

"오늘도 염색만 하고 다듬을까요? 보면 볼수록 미인인데 요즘 여자 같지 않아요. 너무 안 가꾸세요."

미용사는 올 때마다 안타까워했다.

"알았어요. 너무 티 나지 않게만 해줘요."

혜연은 한참 동안 자신의 얼굴을 바라보더니 파마를 하기로 한다. 걱정하지 마세요. 오드리 헵번처럼 상쾌하게 해드릴게요. 미용사는 파마 도구를 챙겨 놓고 머리에 스프레이를 한다.

윤과 손을 잡고 다니던 때는 미모에 관심이 많았다. 하루에 두 번 이상 세수를 하고 마사지 크림으로 모공 속의 먼지를 닦아냈다. 타고난 깨끗한 피부를 영양크림으로 빛나게 했으며 주홍색 립스틱을 바르고 다녔다. 쌍꺼풀을 더 크게 만들려고 눈꺼풀에 테이프를 붙이기도 했다. 덕분에 퀸카소리를 많이 들었다. 멋쟁이가 공부도 잘한다는 소리를 듣고 싶었기에 늘 부지런을 떨어야 했다. 매사에 완벽하고 싶었다. 윤은 오늘도 H호텔 라운지에서 높은 구두를 신은 멋쟁이 여자를 찾을 것이다. 화장기 없는 얼굴로 청바지에 잠바를 걸치고 야구 모자를 쓰고 나가면 못 알아볼 것이다. 넌 천생 공주다. 어느 날 윤이 말했다. 우리 집은 가난해. 고깃국은 생일 때나 먹어. 그래서 내 얼굴은 누래. 남자는 고깃국을 먹는 것과 안 먹는 것의 차이를 피부에서 찾았다. 장학금을 못 받으면 학교 못 다녀. 윤은 매일 도서관에 나와 공부하는 이유도 말했다. 부모의 자랑이 되고 싶어서 공부를 하는 여자와 달리 윤은 공부의 경제적 가치를 알고 공부하는 남자였다. 미국 유학도 실력으로 갔을 것이다. 윤의 나이를 헤아려본다. 여섯 살이 더 많았으니 서른여섯 살이다. 남자들은 외로운 외국 생활을 견딜 수 있도록 결혼을 하고 간다는데 윤도 결혼을 했을 것 같았다. 어떤 여자일까? 유학생일까? 아니면 이국 여자일까. 윤의 전화를 받았을 때 제일 먼저 물어보고 싶은 것은 결혼에 대한 것이었지만 끝내 입이 떨어지지 않았다.

"머리색은 요즘 유행하는 연한 갈색으로 할게요."

미용사는 머리에 굵은 롤을 만다. 희미한 전화벨소리가 샤르릉 샤르릉 난다. 여자는 자기의 전화벨 소리임을 단번에 알지만 모른 척 감고 있던 눈을 뜨지 않는다. 전화소리가 나네요? 미용사가 주변을 돌아본다. 내 것인데 안 받을래요. 여자는 받을 생각이 전혀 없는 듯 태평하게 말한다. 보나 마나 엄마의 전화일 것이다. 받으셔도 돼요. 미용사가 탁자에 놔둔 스마트폰을 가져다준다. 여자는 귀찮아하며 전화기를 받는다. 엄마, 지금 바쁘니까 이따 전화 드릴게요. 대뜸 말하고는 전화를 끊으려 한다. 여보세요. 잠시만요. K경찰서의 박 경사입니다. 여자는 깜짝 놀란 듯 입을 벌린 채 다물지 않는다. 경찰이라니. 끄려던 전화기를 다시 귀에 댄다. 진혜연 씨 맞지요? 예. 제가 진혜연인데요. 무슨 일인가요? 십여 년 전 그러니까 2008년도에 관악구 신림동 드림빌라 502호에서 산 일이 있지요? 여자는 얼른 대답을 하지 못한다. 사건이 난 집이다. 당시 신축으로 근동에서 제일 깨끗하던 빌라였다. 산 지 딱 10개월 만에 팔아 버린 집이다. 그게 어째서요? 거기서 산 것이 문제가 있나요? 여자는 자기도 모르게 따지듯 말하고 있었다. 그 집에서 2008년 6월에 강도강간사건 일어났지요? 여자는 대답대신 숨이 탁 막힌 듯 숨을 멈추었다. 신고도 하지 않았는데 그때의 사건을 알고 있다니. 그 사건의 범인을 잡았는데 확인하려고요. 강도 성폭행 사건 맞습니까? 범인이 자백했지만 피해자가 고소하지 않으면 형을 집행할 수 없습니다. 시효기간이 아직 이 개월 남았으니 지금 고소해도 처벌할 수 있습니다. 그동안 비슷한 범행을 수없이 저지른 악질범입니다. 경찰은 여자가 숨을 죽이고 있건만 할 말을 다 하고 있다. 갑자기 세상이 하얗게 바래며 아무것도 생각할 수가 없다. 혼자만 알고 있는 사건인데 세상에 드러나다니. 치욕이 생각나며 땀이 솟는다. 여자는 전화기를 덮어버린다. 아예 디바이스를 종료해버린다. 그 사건으로 인해 헤어진 윤을 다시 만나려는 때에 이 무슨 조화인가. 마음이 불편하다. 잡힌 놈이 나발을 불다니. 어떤 놈이기에 제 입으로 자기의 범죄를 누설할까. 놈을 죽이고 싶다. 눈과 입, 두 팔을 테이프로 감아놓았기 때문에 놈의 얼굴을 보지도 못했다. 그래서인지 여자는 세상의 모든 남자를 의심했다. 자기를 유심히 바라보는 남자만 보면 그놈이 아닌가 싶어 그 자리를 급히 피하곤 했다. 격투기를 시작한 것도 그때문이다. 자신을 위아래로 내려다보는 남자의 시선을 느낄 때면 그때의 수치가 떠올라서 견딜 수 없었다. 주먹으로 면상을 후려쳐 주면 좋을 것 같았다. 언젠가는 실제로 느물느물 바라보는 남자를 고개가 돌아가게 주먹으로 갈겨 준 적도 있었다. 놈이 잡히다니. 어떤 놈일까? 희대의 살인마들은 다 멀쩡하게 생겼다고 한다. 이제야 잡힌 걸 보면 놈의 상판도 멀쩡할 것 같다. 스타킹을 덮어쓴 얼굴이 적당히 길었던 기억이 난다.

여자는 파마를 끝내자 서둘러 경찰서로 갔다. 전화했던 경찰이 기다리고 있다가 여자가 오자 의자를 내준다. 종이컵에 담긴 홍차도 갖다 준다. 경사 박준기라는 이름표가 가슴에 붙어 있다.

"그놈을 보고 싶어요."

여자는 앉기 전에 말했다.

"지금 유치장에 있어요. 우선 고소장을 쓰세요. 그때의 상황을 여기에 다 적으세요."

박준기 경사는 종이와 볼펜을 앞에 놓아준다.

"안 쓰면 안 되나요?"

"쓰셔야 해요. 아주 나쁜 놈입니다. 대학가마다 다니며 성폭행을 상습적으로 한 놈이어요. 보기 드문 악질이어서 평생 감옥에 처넣고 나오지 못하게 해야 해요. 놈은 자기가 성폭행한 여자의 목록을 갖고 있을 정도로 치밀해서 나중에 어떤 형태로 범죄를 저지를지 모릅니다. 진혜연 씨의 주민번호까지 적어 놓았을 정도니까요. 주민번호 덕에 우리는 피해자 찾기가 쉽군요. 놈은 재판할 때 볼 수 있습니다. 그때 보시면 됩니다."

여자는 경찰이 건네준 종이를 앞에 놓고 앉아 있다. 다시는 떠올리고 싶지 않은 악몽 같은 그때를 글로 써야 하다니 마음이 울컥해지면서 분노가 치밀어온다. 종이와 볼펜을 밀어 놓으며 일어난다.

"못 쓰겠어요. 하루만 시간을 주세요. 집에서 써와도 되나요?"

"그렇게 하세요. 힘들겠지만 상세하게 써오세요."

여자는 경찰의 말이 야속하게 들린다. 어떻게 그 부끄러운 사건을 상세하게 쓰란 말인가. 자동차를 타고 가면서 여자는 엉엉 울고 만다. 두렵고 무섭다. 놈을 평생 동안 감옥에 처넣고 나오지 못하게 하려면 폭행 사실을 상세하게 써야 한다. 눈만 빠끔히 내놓고 스타킹을 뒤집어쓴 놈은 여자보다 먼저 집에 들어와 있었다. 문을 열고 들어오는 여자를 정면에서 덮쳤다. 날카로운 칼끝을 목 밑으로 디밀었다. 강도! 강도라는 걸 깨달은 그녀는 조금 전에 문 앞에서 헤어진 윤이 들을 수 있도록 있는 힘을 다해 소리를 질렀다. 그런데 소리가 입 밖으로 나오지 않았다. 놈의 칼끝이 목 밑에 날아드는 순간 소리는 안으로 삼켜져 버렸다. 테이프가 입을 덮은 것도 거의 동시였다. 놈은 재빨리 혜연을 제압하고 눈에도, 두 손에도 테이프를 감았다. 놈은 만일을 대비하려는 듯 팬티까지 모두 벗겨냈다. 뒤로 테이프를 감은 손목 때문에 벗겨지지 않는 티셔츠는 가위로 잘라가며 벗겨냈다. 놈은 밤새 몸을 더듬고 농락했다. 양쪽 유방에 이빨자국을 남기기도 했다. 그날 혜연은 무참히 꺾이고 짓밟힌 여린 꽃봉오리였다. 회생 불가한 뭉그러진 꽃이 되고 말았다. 충고하는데 앞으론 십층 이상 아파트에서만 살아. 난 칠층도 올라갈 수 있거든. 그리고 말해 두는데 창문 열지 마. 난 문이 열린 곳이면 아무리 높아도 올라가지. 넌 좋은 대학에 다녀서 나 같은 놈은 사람 취급도 안 할 테지만 운이 나빠. 다 문을 열어놓은 네 탓이야. 오늘 일은 적선한 셈 치고 너무 억울해하지 말고. 네 주민번호까지 다 적었으니 까불지 마라. 까불면 오늘 있었던 일 다 불어 버릴 거다. 네 나체 사진도 인터넷에 올릴 거다. 말을 마친 놈은 벽을 타고 들어 온 창문이 아니라 출입문으로 해서 사라졌다. 입과 눈의 테이프는 그대로 둔 채 손목에 감은 테이프만 떼어 놓고 태연히 사라졌다. 여자는 그날 시험을 보러 학교에 가지 못했다. 밥도 먹지 않고 잠도 자지 못했다. 시험 잘 봤냐고 전화를 해도 받지 않는 것이 이상하다 싶은 엄마가 전주에서 달려왔을 땐 삼 일이나 지난 뒤였다. 혜연은 반 실성해 있었다. 긴 머리를 짧게 자르고 예쁜 옷과 치마도 모두 찢어서 쌓아 놓고 비싼 메이크업 화장품을 쓰레기통에 버렸다. 아까운 걸 왜 버리냐고 묻자 머리칼을 쥐어뜯으며 소리쳤다. 소용없어! 소용없어! 난 죽을 거야! 놀란 엄마는 딸을 데리고 병원으로 갔다. 병원에 가자 딸은 입을 꼭 다물고 말을 하지 않았다. 몇 달 동안 정신과 치료를 받아야 했다.

샌드백을 얼마나 두들겼는지 모르겠다. 얼굴과 목에서 땀이 비 오듯 흐른다. 의자에 주저앉아 혜연은 울고 또 운다. 아무도 없는 체육관에서 마음 놓고 운다. 놈을 잡았다고? 그 나쁜 놈을 잡았다고? 놈을 평생 감옥에 처넣는다고 해서 자신의 상처가 치유될 것 같지 않았다. 놈은 감옥 안에서도 수많은 여자를 폭행하고 농락한 것을 떠올리며 히히거리겠지?

죽여버려야 해. 놈의 목을 비틀어서 꼼짝 못하게 해야 해. 더럽고 추악한 짓거리를 생각하지 못 하게 머리통을 부숴버려야 해. 저 잘난 줄 알고 떠들던 몹쓸 주둥아릴 뭉개버리고 말을 하지 못하게 혀를 잘라야 해. 그렇게 해도 그놈은 불쌍하지 않아. 여자는 다시 일어나 샌드백을 두들긴다. 숨을 헐떡이며 죽어라고 두들긴다. 몸을 더듬던 놈의 징그런 손이, 유방을 빨던 놈의 더러운 입술이 생각나자 그만 아앙 울고 만다. 어떡게 해! 난 어떡게 해! 샌드백을 끌어안고 펑펑 운다.

얼마나 울었을까. 스마트폰을 보니 부재중 전화가 많이 와 있다. 엄마한테 온 전화가 다섯 통이고, 윤에게서 온 전화가 세 통이다. 엄마한테 전화를 넣는다. 우리 딸 어째 그리 전화를 안 받냐? 엄마는 전화기 앞에서 기다리고 있었는지 신호가 가자마자 바로 받는다. 목소리가 탈진한 듯 무겁게 착 가라앉아 있다. 모든 것을 체념한 목소리 같았다. 전화했어요? 그래 전화했다. 하도 안 받아서 서울 가려고 옷 입고 있다.

"엄마 나 시집 안 간다고 했잖아. 왜 자꾸 가기 싫은 시집을 가라고 해."

여자는 거의 울 것 같은 목소리로 말한다. 태연하고 싶은데 지금은 그것이 안 된다.

"그 사건 때문이냐? 불쌍한 우리 딸, 혼자서 그동안 얼마나 힘들었냐? 우리 딸한테 그런 끔찍한 일이 있었다니. 엄마가 몰라서 미안하다."

엄마는 더 이상 말을 하지 못 하고 운다. 봇물이 터지듯 흐느껴 운다.

"무슨 소리야? 내가 뭘 어쨌다고."

여자는 비로소 정신이 번쩍 난다. 경찰이 집으로도 전화를 한 것임이 깨달아진다. 그래도 모른 척 아무렇지 않은 듯이 시치밀 뚝 떼고 도리어 역정을 내본다.

"아무것도 아닌데 울긴 왜 울고 야단이야!"

"경찰서에서 왔다 갔다. 예전 너네 학교 옆 빌라에서 살 때 너네 집에 들어 온 강도 잡았다고 네 전화번호를 묻더라. 그놈 강도를 가만두지 않을 거다. 널 그동안 그렇게 힘들게 한 그놈 강도! 시효가 몇 달 남았으니 고소하라더라. 너도 전화 받았지? 고소할 거냐?"

"내일 고소장 쓸 거예요."

다시 목이 멘다.

"혜연아, 너가 잘 알아서 하겠지만 이런 일은 신중히 잘 생각해야 한다. 그놈 죄야 평생 감옥에 처넣어야겠지만 너의 장래를 생각해야 한다. 구만리 같은 네 인생에 붉은줄 긋는 것과 같다. 부디 신중해라. 십 년 된 사건이다. 다 아물어가는 마음에 더 큰 상처 날까 겁이 난다. 다시 말하는데 넌 잘못한 것 없으니까 신중해야 한다."

"그러니까 고소할 거예요. 그런 놈은 다시는 땅을 밟지 못하게 해야 해요. 하늘을 보지 못하게 해야 해요."

여자는 그날의 상황을 밤을 새워서라도 적어 갈 생각이었다. 두 번 치욕을 당하는 기분이겠지만 또 다른 희생자를 막기 위해선 고소해야 한다고 생각한다. 그런데 왜 이렇게 화가 날까. 망가지는 한이 있어도 고소를 해야 하는데 무섭고 두렵다. 범인이 잡혔다니까 무서움이 온몸에 달라붙는다.

"엄마, 나 무서워. 어떡하면 좋아. 엄마!"

여자는 스마트폰을 쥔 채 덜덜 떨었다. 그동안 체력을 키우며 단련한 힘이란 것도 믿을 것이 못 되는 것 같았다. 놈의 소식에 잠재웠던 모든 상처들이 일제히 아프다고 소리치며 나타나는 것 같았다. 한 줄 전화에 매달린 엄마의 목소리가 유일의 의지였다.

"무서울 것 없다. 놈은 감옥에 있는데 뭐가 무섭냐. 담대하게 맘을 먹어라. 그리고 절대 고소장 쓰지 말거라. 그놈 얼굴 보지도 말거라. 내 말 명심해라. 이제 넌 어린애가 아니다. 스스로 생각할 나이다. 그 일 때문에 그동안 많은 것 잃었는데 더 이상 잃어선 안 된다. 네 잘못 아니니까 자책할 것 없다. 담대해야 한다. 눈 딱 감고 이모가 말한 사람이나 만나보거라. 여자는 남편이 있고 자식이 있어야 힘이 생기는 거다. 내 말 명심하거라."

한참 만에야 엄마는 단호히 말하고는 전화를 끊는다. 엄마의 그러한 모습을 처음 본다. 여자는 남편이 있고 자식이 있어야 힘이 생기는 거다. 묘하게도 엄마의 마지막 말이 마음에 쿵 부딪는다. 숙제를 푼 것처럼 마음이 안정된다. 그동안 이런 안정감을 가져 본 적이 없는 것 같았다. 모든 혼란이 정리되는 기분이다. 이런 상황에서도 끝내 잘나간다는 교수 사위를 보고 싶어 하는 엄마의 강직한 생각이 우습다. 끝까지 딸에 대한 자부심의 끈을 놓지 않는 것이 감탄스럽다.

여자는 훨씬 가벼운 마음으로 윤한테 전화를 한다. 약속시간이 한 시간이나 지났지만 전화하지 않으면 후회할 것 같았다. 윤은 전화를 냉큼 받지 않는다. 전화를 끊지 않고 끈기 있게 발신 벨 소리를 들으며 기다린다. 윤이 지금까지 H호텔에 있으리란 기대는 하지 않았다. 늦게 받아 죄송합니다. 홍 윤입니다. 마침내 윤의 목소리가 전화 끝에서 말한다. 여전히 남도 억양이 묻어있는 것이 홍 윤이 맞았다.

"나. 혜연이. 늦게 전화해서 미안해요. 지금 나가도 돼요?"

"올 때까지 기다린다고 했잖아. 보고 싶다."

여전히 윤의 목소리는 부드럽고 따뜻했다.

"미안하지만 한 시간만 더 기다려줘요."

"물론이지. 10년도 기다렸는데 한 시간을 못 기다릴까. 할 일 다 마치고 와요."

윤은 화도 내지 않고 쾌히 승낙을 한다.

"거짓말도 잘하네요. 호호."

말은 그렇게 했지만 혜연은 윤의 말을 믿고 싶다. 아니 믿어진다. 혜연은 샤워를 하고 파마머리에 드라이를 정성껏 한 다음 정장 차림에 높은 구두를 신고 집을 나선다. 사건기록을 쓰는 것은 윤을 만난 후에 결정할 것이다. 아파트를 나서는데 관중석으로 내동댕이쳐진 간밤의 꿈이 생각난다.

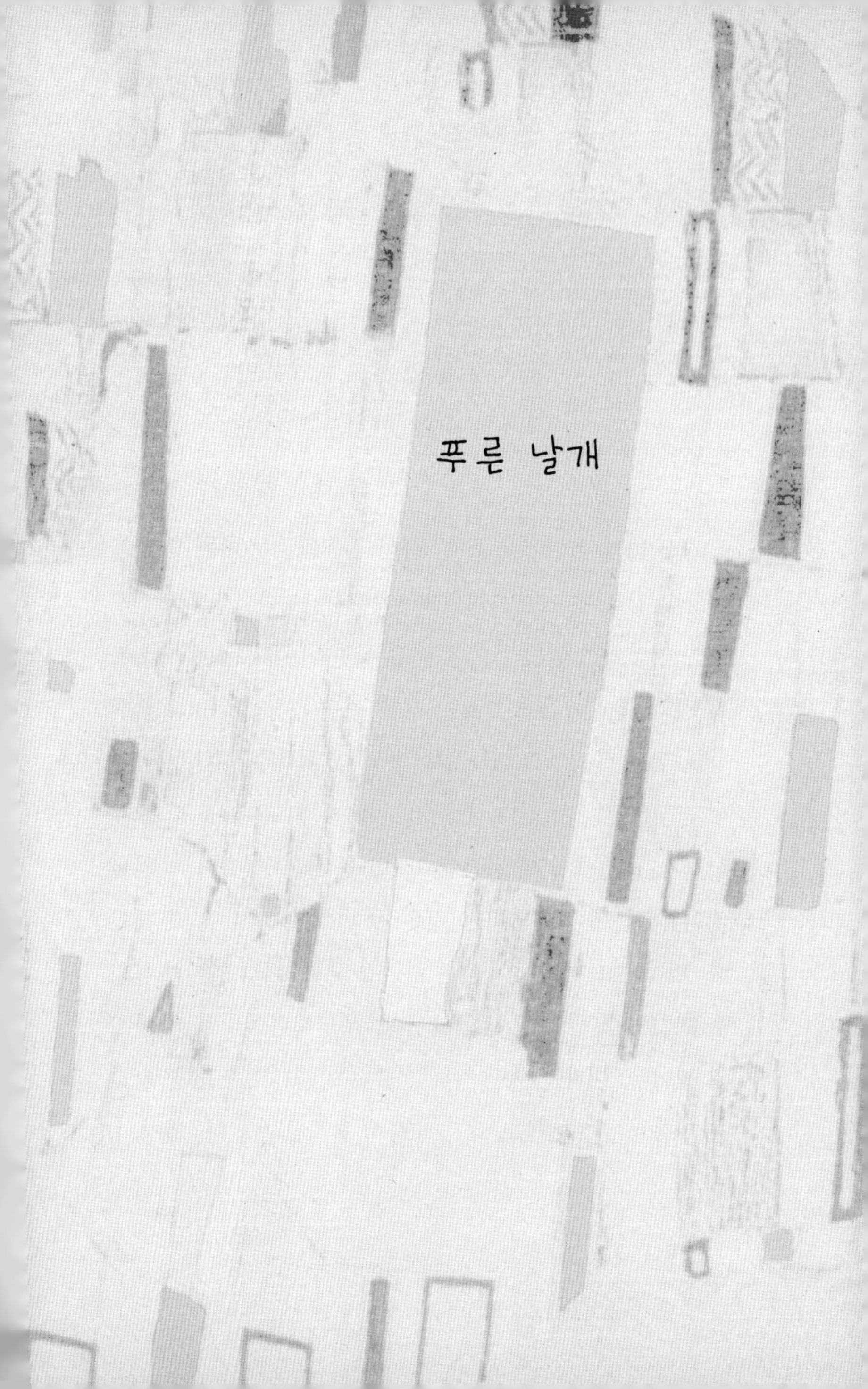

푸른 날개

강을 따라 걸어가고 있다. 몸이 주저앉을 것처럼 무겁다. 어둠이 강물 속으로 가라앉고 있는 시간이다. 산책로가 끝나는 지점에서 멈춰 서며 주변을 살핀다. 여자는 납작한 돌에 걸터앉는다. 얕게 흐르는 강물 속을 유심히 내려다본다. 죽고 싶은 사람이 뛰어들 깊이는 아니다. 산책 나온 사람들이 수시로 지나쳐 간다. 모두가 손에는 핸드폰을 들고 있다. 사고가 나면 즉시 사진을 찍고 신고를 할 수 있겠다. 죽자고 뛰어들었는데 살아난다는 것은 두 번 자살하게 할 것 같았다. 여자는 고개를 들어 검은 하늘을 본다. 머리 위에서 불빛을 단 자동차들이 줄이어 달린다. 부딪히면 머리통이 박살 날 것이다. 여자는 오던 길과 연결된 비탈길로 오른다. 달리는 자동차에 뛰어들고 싶은 충동이 불쑥불쑥 난다. 겁쟁이,

죽지도 못하면서 왜 그 지랄을 했어! 여자는 낮게 중얼댄다. 검은 하늘에 별을 단 물체가 날아간다. 하얀 줄을 끌며 가고 있다. 비행기다. 비행기를 타고 아무도 모르는 곳으로 갈 수 있다면. 그랬다. 오늘 하루 종일 생각한 것은 아무도 모르는 곳으로 가고 싶다는 것이었다.

준서의 사건은 아무리 생각해도 변명할 여지가 없었다. 아직 네 살밖에 안 된 아이를 감정적으로 대했다. 얼마나 유치한가. 어린애를 던지고 밥을 안 먹는다고 억지로 먹여서 토하게 하는 선생은 어린이집 교사로서 자격이 없다고 봐요. 여자는 교사 토론시간에 언론의 도마에 오른 폭력 어린이집 교사를 성토한 바도 있었다. 그랬던 자신이 이 무슨 사고인가. 한은주 선생이 있는 한 우리 아이들을 햇살 어린이집엔 안 보냅니다. 학부모 대표라는 어머니의 항의는 여자의 머리를 들지 못하게 했다. 숙이고 있던 고개를 더 깊이 숙인다. 어린이를 돌보는 교사로 적성이 안 맞은데 그동안 오래 했다. 어린이집 교사는 어린이를 아끼고 사랑할 줄 알아야 한다. 그동안 여자는 어린이를 사랑한다고 생각했다. 하얀 도화지 같은 순수를 사랑했고 티 없는 웃음과 맑은 눈동자를 사랑했다. 어린이는 보호자가 없으면 한없이 위험하고 스스로는 아무것도 할 수 없다는 것도 진즉에 터득했다. 아기를 낳아 본 적은 없지만 어린이의 행동이나 질문엔 인내심을 갖고 대해야 하며 울음소리까지도 소홀히 하면 안 된다는 것도 알고 있었다. 그런데 그날 여자는 전혀 그렇지 못했다. 마음속에 원장과 동료 교사한테 분노를 품고 있었던가. 그러한 심리가 자신도 모르게 돌출행동을 했는가. 스스로 생각해도 모르겠다. 일어나서는 안 될 사고를 냈다. 여자는 자신의 인격을 불신했다. 술과 폭력과 외도로 집안을 괴롭게 만들던 아빠의 딸이라는 유전성까지 되씹었다.

사건이 나던 날 녹두의 상태는 최악이었다. 이틀째 국물을 한 수저도 넘기지 못했다. 녹두를 병원에 데려가야 했다. 더 이상 방치하면 죽을 것 같았다. 원장님, 한은주예요. 우리 녹두가 많이 아파요. 병원에 들렀다가 가면 한 시간쯤 늦을 것 같아요. 녹두를 안고 걸으면서 어린이집으로 전화를 했다. 원장은 그녀의 허둥거리는 말을 끝까지 다 듣는다. 할 말이 있으면 더 하라는 듯 기다려준다. 매사에 빈틈이 없는 원장의 침착성 앞에서 여자는 주눅이 든다. 잠시 후 원장의 깐깐한 목소리가 귀청에 달라붙듯이 날아와 박힌다. 한은주 선생님, 여기는 직장입니다. 사사로이 출근 시간을 늦출 수는 없어요. 햇살 어린이집은 사랑과 성실함으로 최선을 다한다는 모토로 운영하고 있다는 것 아시지요. 선생님이 먼저 나와서 등원하는 애들을 반갑게 맞아줘야지요. 직장생활의 우선순위는 출근입니다. 앞으론 이런 문제로 전화하는 일 없기를 바라요. 아셨지요? 초등학생 가르치듯이 훈계하는 원장의 말에 여자는 수화기를 들고 걸으면서 예, 예를 연발한다. 할 말을 다 한 원장은 전화를 먼저 끊는다. 원장이 수화기를 매몰차게 내려놓는 모습이 선하다. 한 선생 안 되겠어, 라고 혼잣말을 하는 것만 같다. 여자는 바로 앞에 원장이 있기라도 한 듯 얼굴을 붉힌다. 우선순위를 직장에 두라는 말이 낯설지 않다. 엄마도 그런 소리를 잘했다. 우선순위를 하나님한테 둬라. 학교보다 교회가 먼저고 직장보다 교회가 먼저라고 했다. 그런 법이 어디 있어? 엄마는 광신자야! 사춘기 때 여자는 반항하며 역행했다. 20여 년이란 세월이 흐른 지금은 엄마를 이해할 것 같다. 아빠의 폭행과 학대에도 엄마를 견디게 한 것은 신앙이었다. 엄마를 거스르며 살았지만 아무것도 이룬 것 없는 자신에 비해 엄마는 남편을 찾았다. 비록 휠체어 없이는 밖에도 못 나가는 아빠지만 몇 년 전부터 몸도 마음도 엄마한테 돌아왔다. 아빠는 휠체어를 타고 엄마를 따라 교회도 나가고 늦게까지 장사하고 오는 엄마를 위해 밥도 하고 엄마의 건강을 위해 야채주스도 만들어 준다고 한다. 변화된 아빠를 이야기하는 엄마는 행복해 보였다. 긴 세월 외도와 폭행을 견디어 낸 이유가 남편의 사랑을 되찾는 것이었나 싶은 것이 가련하다. 그렇게 쉽게 용서하는 엄마가 불가해하다. 젊음과 건강을 돈과 함께 다 날리고 장애인으로 돌아온 쓸모없는 아빠를 받아주다니. 엄마가 믿는 하나님이 싫다. 장애인이 된 아빠를 받아주지 말아야 하지 않은가? 노숙자가 되어 마땅한 아빠가 아닌가. 아빠 때문에 고아원에서 지내야 했던 어린 딸의 아픔을 엄마는 알지 못하는 것 같다.

문 열어! 문 안 열어! 술 냄새를 풍기며 밤늦게 들어온 아빠는 방문을 걷어차 부수고 들어와 잠자는 척 가만히 누워있는 엄마를 걷어차고 머리채를 잡고 흔든다. 반항하는 엄마를 방구석으로 패대기를 치고 발길질을 한다. 아빠 말씀 잘 듣고 있어라. 다음 날 엄마는 매달리는 여자를 달랬다. 엄마는 퉁퉁 부은 얼굴로 집을 나간다. 검은색 긴치마를 입고 가는 엄마 뒤를 몰래 따라 간다. 사람이 많은 장터에서 엄마를 놓쳤다. 검은색 긴치마를 입은 여자가 많아서 헷갈린 것이다. 보글거리는 파마머리에 검은색 긴 치마를 입은 여자는 다른 얼굴이었다. 너 누구냐? 빨간 대문 안으로 들어간 엄마가 돌아서는 순간 세상이 빙빙 돌았다. 온 장터를 울면서 엄마를 찾아 헤맨다. 집에 돌아갈 길도 잃었다. 엄마를 찾지 못한 여자는 너무 배가 고파서 김이 모락모락 나는 찐빵집 앞에 서 있었다. 찐빵집 여자가 빵 하나를 준다. 안 보이는 곳으로 가서 먹어라. 빵집 여자는 주인 모르게 쥐여 준 찐빵을 그 자리에 서서 먹을까 봐 가게 뒤쪽을 가리켰다. 좁은 뒷골목에 쪼그리고 앉아 빵을 먹는데 낡은 옷을 입은 소년이 다가왔다. 너 집 나왔구나. 잠 잘 데가 없지? 내가 사는 곳에 가서 잘래? 소년을 따라간 곳은 고아원이었다. 소나무 숲속에 있었다. 안경을 쓴 뚱뚱한 아저씨와 빼빼 마른 아주머니가 아침마다 예배를 드렸다. 아주머니는 커다란 걸레를 던져주며 넓은 대청마루를 닦으라고 했다. 땀을 흘리며 넓은 마루를 다 닦자 밥을 준다. 말린 무 볶음과 멀건 뭇국이 반찬의 전부였다. 보리밥은 몇 숟갈 뜨면 바닥이 났다. 그날부터 걸레를 빨아다 대청마루를 닦으며 고아원에서 살았다. 깍두기와 된장국과 어묵 무침이 나오는 날이면 좋은 밥이었다. 점심은 감자나 고구마를 주었고 저녁엔 죽을 주었다. 고아원에서 사는 동안 항상 배가 고팠다. 큰 아이들은 원장 모르게 뒷문으로 해서 자주 밖으로 나갔다. 소나무 숲을 지나 시장과 정거장으로 가서 구걸을 했다. 여자도 소년을 따라다니며 구걸을 했다. 한 달 만에 집으로 돌아온 엄마는 그제야 딸이 없어진 것을 알고 고아원마다 뒤졌단다.

집으로 돌아온 여자는 걸핏하면 집을 나갔다. 고등학교 다닐 땐 사흘이 멀다하고 사고를 쳤다. 그때마다 훈육 선생님한테 손바닥을 맞았고 의자를 들고 벌을 섰다. 화장실 청소는 맡아 놓고 했다. 여전히 술 좋아하고 춤 좋아하는 아빠는 집에만 들어오면 엄마를 때리고 살림을 부쉈다. 엄마를 물건처럼 던지고 개 패듯이 팼다. 엄마는 얻어맞아서 얼굴이 퉁퉁 부어 있으면서도 전처럼 집을 나가지 않았다. 예수교 신자가 되었다는 엄마는 반항도 하지 않고 버티었다. 한바탕 전쟁을 하고 나면 아빠는 집안의 돈을 다 들고 집을 나갔고 엄마는 아무 일 없었다는 듯 더 열심히 장사를 했다. 쉬지 않고 일하여 돈을 버는 엄마 덕에 문제 학생이었던 여자는 지방 국립대학교 법학부를 졸업한다. 공부를 제대로 안 했으니 취직이 쉽지 않다. 대학까지 나온 년이 취직도 안 하고 잘한다 잘해! 그러니까 딸 가르쳐 봐야 소용없다고 그렇게 말했건만 가르쳐 놓더니 취직도 못 하고 시집도 안 가고 잘한다 잘해! 돼지라면 잡아나 먹지, 이건 잡아먹지도 못할 것이 돈만 없애고. 어쩌다 집에 오는 아빠는 딸에게 폭언하며 구박했다. 여자는 그런 아빠가 죽이고 싶도록 싫었다. 야구방망이로 아빠의 등을 후려친 것은 어머니를 살리기 위해서였다.

일 년의 반은 밖에서 살던 아빠가 고급 양복으로 빼입고 들어와 안방을 뒤지더니 엄마의 통장을 들고 나간다. 딸의 전화를 받고 달려온 엄마가 대문을 나가는 아빠를 막아선다. 아빠는 엄마를 밀치고 발로 걷어찬다. 오백만 원이 들어 있는 통장을 양복 상의에 넣는 것을 본 여자는 양복 상의를 붙잡고 놓지 않았다. 엄마 편이 된다. 안주머니에 넣었어요. 여자가 합세하며 소리치자, 엄마는 양복 상의를 벗기려 한다. 양복을 안 벗으려는 아빠와 벗기려는 엄마가 뒤엉켜 있을 때 여자는 자기도 모르게 현관에 세워 둔 야구방망이로 아빠의 등을 내리쳤다. 엄마의 머리를 짓누르고 통장을 빼앗으려는 손을 내리쳤다. 왜 맞고만 있어? 엄마도 때리고 부숴! 제정신이 아니었다. 그날 이후로 여자는 집을 나왔다. 서울로 올라와 고시촌으로 들어갔다. 아빠를 이기려면 판검사가 되어야 할 것 같았다. 사법고시에 합격했다는 먼 집안 청년이 왔을 때의 아빠는 얼마나 유약하던가. 우리 딸년이 법대 나왔는데 합격시킬 길이 없나? 아빠는 당신의 의자라고 아무도 앉지 못하게 하는 안락의자를 청년한테 권하고 바닥에 앉았다. 청년이 어쩔 줄 몰라 하며 사양해도 옛날 같으면 장원급제인데 상석에 앉아야지 하며 기어이 앉혔다. 걸핏하면 집안을 지옥으로 만들던 아빠가 고시 패스한 청년한테는 비굴할 정도로 겸손하고 온유했다. 사법고시가 무엇이기에 아빠를 납작 엎드리게 하는가. 사법고시를 준비하고자 공부를 한 이유였다.

여자는 바람이 부는 나무 밑 벤치에 맥을 놓고 앉아있다. 머리 위로 나뭇잎들이 바람에 부딪히며 사그락사그락 소리를 낸다. 사람들이 강변을 따라 걷고 있다. 여자는 집에 가야 한다고 생각하지만 벤치에서 일어나지 못한다. 몸이 말을 듣지 않는다. 벤치에 앉아서 하늘만 바라본다.

"옷이 싸요! 바지가 만 원, 원피스가 이만 원, 싸다 싸!"

노상에서 늙은 여자가 옷을 팔고 있다. 길가에 세워 놓은 헹거에는 바지와 티셔츠, 원피스가 죽 걸려 있다. 여자는 노점으로 가서 옷을 고른다. 지갑 속에는 퇴직금 조로 받은 돈이 있다. 바지와 티셔츠를 고르고 원피스를 뒤적인다. 그동안 돈을 열심히 모았다. 돈을 다 써버리고 싶어진다. 빌딩상가의 불빛에 의지한 노점이지만 옷 색깔은 알아볼 수가 있겠다. 레깅스나 쫄바지에 받쳐 입는다는 허리 부분에 줄이 들어 있는 노랑 원피스가 눈에 띈다. 넌 노랑 옷이 잘 받아야. 어릴 때 엄마는 여자에게 노랑 옷을 사 입히곤 했다. 길을 잃었을 때도 노랑 옷을 입고 있었다. 노랑 원피스를 입었다고 말하니까 경찰서에서 금방 널 찾았다고 하더라. 노랑 옷은 아무나 안 입응께 찾기가 쉬웠던가 보더라. 역 대합실에 거지가 되어 구걸하는 여자애가 집 잃은 앤 줄 누가 알았긋냐? 너를 찾은 것은 노랑 원피스 때문이야. 노랑 옷을 안 입으려 하면 엄마는 길을 잃고 고아원에서 살았던 일곱 살 때를 상기시키곤 했다. 그때 찾지 못했으면 어쩔 뻔했냐? 엄마는 그 당시를 회상하며 가슴을 쓸어내리곤 했다.

원피스랑 몇 가지 옷이 담긴 비닐봉지를 들고 터벅터벅 걸어간다. 관악산 떡갈나무 아래 묻은 녹두는 편히 쉬고 있겠지? 녹두가 묻힌 곳에 서 있는 늠름한 떡갈나무의 위치를 생각한다. 산이라면 어렵지 않을 것 같았다. 이른 아침 산에 온 사람들은 나무에 매달려 죽은 여자를 보고 놀라겠지. 다리야 날 살려라 도망치며 119에 전화하겠지. 해고된 폭력교사 자살! 이라는 뉴스가 나겠지. 씁쓸하다. 불명예를 드러내며 죽을 수는 없다. 정말 우아하게 아무에게도 피해 주지 않고 죽을 수는 없을까. 여자는 정류장에서 버스를 탄다. 빈자리를 찾아 앉은 여자는 피곤한 듯 눈을 감는다. 그대로 잠들어 깨어나지 않는다면 얼마나 좋을까. 수면제 삼십 알은 먹어야 다시 깨어나지 못한다는데 삼십 알 모으는 일도 쉽지가 않다. 또 모았다 해도 어디 가서 죽는단 말인가. 녹두랑 잘 살았던 원룸에선 죽고 싶지 않았다. 버스 안 라디오에선 피서 이야기가 한창이다. 여름 관광객이 캐나다의 나이아가라 폭포로 몰린다고 한다. 여자는 거대한 물살이 쏟아지는 나이아가라 폭포를 떠올린다. 폭포수를 향해 두 손을 활짝 벌리고 뛰어드는 기네스북에 오른 남자를 생각하며 미소를 짓는다.

여자가 이 년 만에 사법고시를 포기하고 어린이집 교사로 진로를 변경한 것은 당장 녹두랑 먹고 살아야 했기 때문이다. 이 년이면 합격한다고 장담했는데 낙방하자 독립을 선언했다. 어린이집 보모라는 직장을 구하면서부터 산다는 것에 자부심이 생기고 보람을 느꼈다. 싸구려 지하 원룸에서 살았지만 궁색하지 않았다. 안정적인 생활을 했다. 십여 년간, 월세와 공과금을 내면서 돈 빌리지 않고 살았다. 정식 교사가 되면서 저축도 조금씩 했다. 봉급이 적으니 로션 외엔 화장품도 사지 않았다. 최소한의 생필품과 식료품을 구입하는 외엔 돈을 쓰지 않았다. 수년간의 세월이 지나는 동안 돈을 조금 모았다. 얼마 전부턴 전세방으로 갈 궁리를 하면서 잠자리에 들곤 했다. 그런데 준서 사건은 이 모든 꿈과 안정을 깨부쉈다. 십여 년 쌓은 공든 탑이 무너졌다.

녹두를 처음 본 것은 독서실에서였다. 점심 식사 후 창밖 놀이터를 바라보며 커피를 마시곤 했다. 밖엔 비가 내리고 있었다. 강아지 한 마리가 비를 흠뻑 맞은 채 서 있다. 머리털이 이마와 눈을 모두 가린 작은 강아지였다. 멀리서 보아도 추운지 부들부들 떠는 것이 느껴졌다. 주인을 기다리는 듯 출구 쪽만 바라보고 있는데 좀체로 주인은 나타나지 않는다. 저녁 식사 후 커피를 들고 다시 창가에 갔을 때도 여전히 강아지는 그 자리에 서 있다. 비는 개었건만 같은 자리에서 안타까운 시선으로 출구 쪽을 지켜보고 있는 것이 주인 잃은 개가 분명했다. 어릴 때 길을 잃고 헤매던 때가 생각났다. 강아지를 다시 만난 것은 고시 식당에서였다. 배가 고픈 강아지는 음식냄새를 맡고 고시 식당까지 내려온 것 같았다. 여자는 불고기 몇 점을 봉지에 담아 들고 나왔다. 문 앞에서 얼찐대는 강아지에게 불고기 한 점을 주었다. 강아지는 정신없이 단숨에 먹어치운다. 다시 주려고 하는데 학원 동료들이 뒤따라 나오고 있다. 아는 척하고 싶지 않은 치들이다. 불고기를 든 채 그대로 걸었다. 강아지가 따라 올 줄은 몰랐다. 아침에 지하 원룸 출입문을 열자 강아지가 문 앞에 있다가 발라당 배를 보이며 눕는다. 쫓아도 허연 배를 보인 채 가지 않는다. 여자는 냉장고에 넣어 둔 불고기가 생각나서 모두 준다. 배부르게 먹은 강아지는 마당에서 얼찐대며 가지 않는다. 여자가 외출하고 오면 지하출입문 앞에 앉아 있다가 꼬리를 치며 반기었다. 강아지의 열렬한 환영을 받는 것이 싫지 않았다. 손을 내미니 손가락을 핥는다. 강아지는 손바닥을 핥고 팔뚝을 핥고 얼굴을 핥는다. 얼어붙은 마음이 녹으며 강아지가 사랑스러웠다. 강아지한테 목욕을 시켜서 머리를 묶어주니 동그란 눈이 예쁘다. 인터넷으로 찾아보니 종이 요크셔테리어였다. 영국 왕세자비 다이애나비도 키웠다는 영국산 강아지란다. 여자는 녹두놀이터에서 만났다 하여 녹두라는 이름을 지어준다. 녹두가 있으니 여자의 메마른 삶은 생기를 찾는다. 눈을 뜨면 녹두를 데리고 산책을 하고 앞 이가 두 개밖에 없는 녹두를 위해 먹이를 절구에 빻아 걸쭉한 죽을 만들어 먹이고 목욕을 시키는 등 바빠진다. 외로움을 달고 살던 여자는 걸핏하면 울었는데 언제부턴가 울지 않았다. 지하 원룸에 들어가는 것이 동굴 속으로 들어가는 듯 싫었는데 녹두가 온 뒤로는 원룸이 집처럼 편안해졌다. 출입문으로 달려와 반기는 녹두가 가족처럼 느껴졌다.

그런 녹두가 병이 났다. 죽음을 기다리며 혼자 집에 있어야 했다. 이번만 다른 교사에게 방과 후 반을 맡길 수 없을까요? 원장을 비롯하여 동료 교사들한테 부탁했지만 모두가 외면했다. 행사가 있거나 회식이 있는 날이면 한 선생이 방과 후 반을 맡는다고 했잖아요. 모두들 그렇게 알고 있는데요. 원장의 되물음에 할 말이 없었다. 보건복지과에서 주최하는 어린이집 폭행사건에 대한 대안을 강구하자는 취지에서 개최하는 세미나는 뷔페식당에서 한다고 했다. 회식자리를 빠지고 싶지 않은 교사들은 방과 후 반을 누가 맡을 것인지 눈치만 봤다. 제가 남아서 돌볼게요. 일 주 전 여자는 손을 들어 자청했다. 갑자기 녹두가 암으로 죽게 될 줄을 전혀 예상하지 않았기 때문이다. 여자는 병든 녹두 이야기를 해 보건만 원장의 반응은 냉담했다. 강아지 갖고 뭘 그래요. 교사들도 마찬가지 반응만 했다. 모두가 강아지인 녹두를 하찮게 여겼다. 이제 와서 바꾸자고 하면 어떻게 해요. 세미나 끝나면 남편과 영화 보기로 했거든요. 가족과의 약속은 중히 여기면서 녹두가 여자의 가족이라는 사실은 무시했다. 도리 없이 방과 후 반을 돌봐야 했다. 수명을 다했네요. 좋아하는 것 있으면 가리지 말고 먹이세요. 오늘이 고비일 것 같아요. 죽음을 선고받은 녹두가 하루 종일 맘에 걸렸다. 빨리 가서 녹두가 좋아하는 튜브젤리도 먹이고 싶고, 매달릴 때마다 바쁘다고 뿌리쳤는데 마지막 가는 길, 눈을 감는 순간까지 안아주고 싶었다. 방과 후 반 아이들을 돌보는 내내 마음은 녹두가 있는 집에 있었다. 벽시계만 바라봤다. 그렇다고 아이들을 소홀히 하진 않았다. 아이들 하나하나에게 시선을 고정하고 살폈다. 거칠 것 없고 씩씩한 준서의 유아독존은 늘 부러웠다. 애착 관계가 강한 아이한테 나타나는 당당함이 그렇게 표출되는 것 같았다. 조부모까지 같이 사는 준서는 칭찬과 사랑이란 영양분으로 자라서인지 주눅 드는 법이 없다. 모든 것이 다 자기 것이고 자기중심적이다. 방과 후 반에 남은 어린이는 모두 열두 명이었다. 여섯 시까지 보호자가 데려가고 남은 아이들이다.

애들아 자유롭게 놀아. 여자가 말하기 전부터 제 마음대로 놀고 있는 아이들을 향해 소리친다. 아이들은 보호자가 올 때까지 안전하게 돌보아야 한다. 그녀는 아이들 하나하나를 머릿속에 기억하려는 듯 손가락으로 세며 지켜본다. 네 살짜리 준서만 빼면 방과 후 반에 으레 남아 있는 아이들이다. 아이들은 규제가 많은 정규시간대보다 자유롭다. 가지고 싶은 장난감을 서로 차지하려고 싸우기도 한다. 결국 힘 있는 아이가 좋은 것을 차지한다. 준서를 비롯한 남자 애들은 미끄럼틀과 자동차를 차지하고 윤지를 비롯한 여자 애들은 놀이공이 가득한 욕조 안에서 깔깔거리고 있다. 세리도 아장거리며 이리저리 돌아다니다가 언니들이 놀고 있는 공을 잡으려 욕조 안을 기웃거리고 있다. 움직임이 느린 세 살짜리 은하는 흐릿한 눈빛으로 앉아있다. 무엇을 가지고 놀아야 할지 모르는 아이다. 여자는 인형을 은하 옆에 놓아 준다. 진즉부터 그녀가 방 가운데 내놓았지만 아무도 가지고 놀려고 하지 않는 낡은 인형이다. 두리번거리고 있던 은하는 인형을 받아든다. 인형 예뻐? 어린이 사회에도 힘의 서열이 자연스럽게 형성됨을 느끼며 한 살 위건만 두 살짜리 세리보다도 약한 은하를 안아준다. 은하는 고개만 끄덕인다. 인형을 빼앗길까 봐 가슴에 꼭 안는다. 인형한테 새 옷 입혀줄래? 여자는 푸른색 인형 드레스를 가져와 입힌다. 여기에 발 끼워. 은하에게 앞발을 끼우도록 유도한다. 은하는 기분이 좋은 듯 작은 손으로 두 개의 앞발을 끙끙거리며 구멍에 끼운다. 인형 내 꺼야! 자동차를 타던 준서가 새 옷을 입히는 것을 끝까지 지켜보더니 옷을 다 입히자 당당하게도 작은 손을 내민다. 은하는 인형을 뒤로 감추며 여자를 바라본다. 눈빛이 간절하다. 힘없는 녹두의 눈빛이 생각난다. 준서는 자동차 타잖아. 인형은 은하가 갖고 놀아야지. 아이들 앞에서 누구의 편을 들거나 편애하는 것은 금기다. 옳고 그름에 따라 제지하는 것은 있을 수 있다. 준서를 말린다. 내 꺼야! 인형 내 거란 말이야! 준서는 소리쳤다. 준서의 힘은 초등학생처럼 세다. 어린이집의 모든 장난감이 자기 것이다. 선생들은 준서를 이해시키는 데 애를 먹는다. 일 년이 지나는 동안 많이 변하고 양보도 하지만 아직도 자기 것이란 이기심이 유별하다. 내 꺼 줘! 준서는 자동차에서 내리더니 은하 뒤로 가서 푸른 드레스를 입은 인형을 움켜잡는다. 은하는 빼앗기지 않으려 인형을 안고 여자를 바라본다. 은하가 먼저 갖고 놀던 거야. 준서의 손을 잡아떼려고 한다. 내 꺼야! 내 거란 말이야! 준서는 소리치며 인형을 움켜잡는다. 은하를 밀치고 인형을 빼앗는다. 은하가 앙—하고 울음을 터트린다. 준서는 인형을 들고 자동차를 탄다. 준서가 탄 자동차가 씽씽 앞으로 달려나간다. 여자는 준서를 붙잡는다. 인형 돌려줘! 다른 사람이 가지고 노는 것 빼앗으면 나빠요. 여자는 소리쳤다. 준서가 두려운 눈으로 여자를 보더니 앙 울음을 터트린다. 인형을 바닥에 던진다. 왜 울어! 인형 아프게 던지고 나쁜 행동이야. 여자는 격하게 소리쳤다. 스스로 생각해도 분노의 목소리였다. 인형을 집어다 은하한테 준다. 준서는 계속해서 울고 있다. 자동차를 탄 채 울고 있다. 인형을 다시 줄 때까지 울려는가 보다. 준서 조부나 조모가 오면 난감한 일이다. 다른 때는 조부모가 번갈아 가며 일찍 와서 준서를 데려갔는데 무슨 사정으로 여섯 시가 넘도록 안 데려가는지 모르겠다. 준서의 울음이 너무 길어진다. 준서야! 선생님하고 블록 쌓기 할까? 여섯 시 이후엔 학부모가 수시로 아이를 찾으러 오는데 우는 아이가 있으면 미안한 일이다. 서둘러 달래본다. 블록박스를 준서 앞에 놓는다. 싫어. 준서의 대답은 고집스럽다. 작은 블록박스를 들어서 엎어버린다. 여자가 못하게 붙잡자 얼굴을 할퀸다. 얇은 테 안경이 떨어진다. 안경을 줍는 데 준서의 통통한 손이 블록을 휘저어 버린다. 그 기세에 안경다리 하나가 부러진다. 여자는 준서의 어깨를 밀친다. 밀리지 않으려 바동거리는 준서의 팔을 잡아 끌어낸다. 우리 준서가 왜 운대요. 달려온 사람은 준서 할머니였다. 남자처럼 체격이 큰 준서 할머니는 여자와 준서를 번갈아 바라본다. 할머니를 보자 준서는 더 크게 울어댄다. 선생님이 때렸어요. 그렇게 말한 것은 윤지였다. 선생님이 왜? 놀라서 다가온 사람은 출입문 앞에 서서 기다리던 준서 할아버지였다. 준서 할머니 할아버지는 외출하고 오는 듯 새 옷차림이다. 금테 안경 너머로 여자를 노려보는 준서 할아버지의 눈빛이 날카롭다. 어린이집 폭력사고가 남의 일이 아니네. 아니! 아니! 우리 준서 팔이 빠졌네! 죽어라 울고 있는 준서를 달래던 준서 할머니가 눈을 올려 뜨며 고함을 지른다. 어린이집이 들썩 흔들린 것 같았다. 여자는 부러진 안경을 손에 든 채 준서의 오른쪽 팔을 잡는다. 팔이 건드렁 거린다. 어둠이 온몸으로 확 덮쳐든다.

떡갈나무 밑에서 여자는 어깨를 들먹이며 울고 있다. 자신이 싫고 불쌍하다. 세상이 자기를 버린 것 같았다. 눈물을 핥아주고 애절히 바라보던 녹두라도 있었으면 이렇게 슬프지 않았을 것 같은 생각이 든다. 녹두와 같이 산 십여 년이 주마등처럼 스쳐 간다. 녹두의 사료를 나누어 먹던 생각을 하자 울음이 쏟아진다. 라면마저 떨어졌을 때 녹두의 사료를 나누어 먹었다. 먹을 만했다. 사료를 먹자 사람이나 강아지가 동급인 듯 느껴졌다. 그때가 고시공부를 그만두고 직장을 구하러 다니던 때였다.

"여보세요! 무슨 일인가요? 도와드리겠습니다."

헤드라이트가 장착된 모자에 산악 구조대라고 써 붙인 조끼를 입은 남자 둘이 와서 조심스럽게 묻는다. 은밀한 음모를 꿈꾸던 여자는 벌떡 일어났다.

"귀신은 아니구만."

깊은 산에서 밤늦게 홀로 우는 여자로 인해 적잖이 무서웠던 듯 남자들은 여자가 울음을 그치며 일어서자 안도한 듯 숨을 내쉰다.

"우리 강아지가 죽었어요."

"강아지 땜에 운 겁니까? 젠장! 어서 내려가요. 여기서 이러면 어느 귀신이 와서 채 갈지 모릅니다. 강아지 죽었다고 통곡하는 여자를 다 보내."

그들은 여자의 팔소매를 무조건 잡아당기며 떠밀었다. 입구에 세워 둔 차에 태워 집까지 데려다줬다. 강제로 끌리다시피 집에 온 여자는 책상 위에 있는 녹두의 사진을 물끄러미 바라본다. 지친 몸을 침대 위에 눕히고 잠을 청한다. 원장의 목소리가 녹음기를 틀어 놓은 듯 재생된다. 한 선생님, 왜 그랬어요? 요즘 어린이집 사고가 연일 보도 되는 때에. 잘 달랬어야지. 경찰이 와서 시시티비 다 돌려보고 갔어요. 어떻게 했기에 팔이 다 빠져요? 준서 목에 난 상처도 어른 손톱자국이라던데, 꼬집었어요? 내 참! 그 정도면 형사 처분을 받을 수 있는 상처래요. 우리 어린이집이 방송에 나게 생겼어요. 모든 정황으로 볼 때 희망이 없네요. 준서네 집에서는 한 선생을 해임시키는 조건으로 다른 처벌은 원하지 않는다고 했어요. 사직서는 일단 접수할게요. 원장은 빳빳한 눈으로 바라보더니 책상 위에 놓인 사직서를 집는다.

얼마나 잤는지 모르겠다. 시곗바늘은 세 시를 가리키고

있다. 낮 세 시인지 밤 세 시인지 모르겠다. 천정에 바짝 붙어 있는 반 지하 창이 환하다. 그렇다면 낮 세 시가 맞을 것 같다. 이틀 하고도 몇 시간을 꼬박 잤다. 방안은 어둡고 칙칙하다. 언제나 어둡고 칙칙한 방이다. 출입문엔 녹두 집이 그대로 있다. 강아지를 키우느니 결혼해서 자식을 키워라. 처음으로 지하 원룸을 찾아온 엄마는 가발을 벗어 던지며 말했었다. 엄마가 궁금하다. 원형 탈모증으로 머리칼 한 올도 남아 있지 않은 엄마는 귀까지 눌러 덮는 모자를 쓰고 다닌다. 여자는 엄마한테 전화를 한다.

"근무시간에 웬 전화냐?"

엄마의 목소리는 밝고 시원스럽다. 여자는 엄마의 밝은 목소리 톤만큼 밝게 말을 한다.

"보고 싶어서. 지금 뭐 해?"

"제주도 여행 왔다."

뜻밖의 대답이다. 시장에서 과일을 팔아야 할 엄마가 여행이라니.

"시장 아줌씨들과 같이 왔다. 제주도가 미국처럼 좋다."

엄마는 외국을 통틀어 미국이라고 하는 거다.

"아빠는?"

"나만 다녀오라고 하더라. 느 아빠가 여간 변했다."

엄마는 아빠에 대해 또다시 자랑을 할 요량이다. 뻔한 이야기 듣고 싶지 않다.

"엄마 목소리 들었으니 끊을 게. 참, 녹두 죽었어."

"아이고야! 잘 됐그만. 시원타. 이참에 결혼이나 혀라."

엄마는 녹두의 죽음을 대뜸 반긴다. 여전히 강아지 때문에 딸이 결혼하지 않는 줄 안다. 알았어요. 여자는 시원하게 대답을 해준다.

"잘 보이지요? 그동안 이렇게 흠집이 많은 것을 쓰고 다녔군요. 여기 글씨를 읽어 보세요."

안경집 남자는 낡은 시집을 펼쳐서 눈앞에 놓는다. 여자가 새로 맞춘 안경을 귀에 걸고 책 속의 글씨를 읽는다.

"푸른 하늘을 날아가는 새가 되자."

글자를 읽는데 머릿속에서 스파이크가 팍— 난다. 여자는 새 안경을 쓰고 나오면서 새의 자유를 취하기로 한다. 거칠 것 없이 마음대로 날아다니는 새처럼 살고 싶다. 여행사로 전화를 한다. 손에 저금통장을 들고 있다.

"이천만 원이면 해외여행을 몇 달간 할 수 있을까요? 마지막엔 캐나다 쪽 나이아가라 폭포를 볼 수 있게 콘셉을 맞춰 줄 수 있나요?"

일주일 후 여자는 지하 원룸을 나선다. 노랑 원피스에 선글라스를 끼고 여행용 가방을 끌고 나간다. 밝은 햇살이 여자를 따라간다.

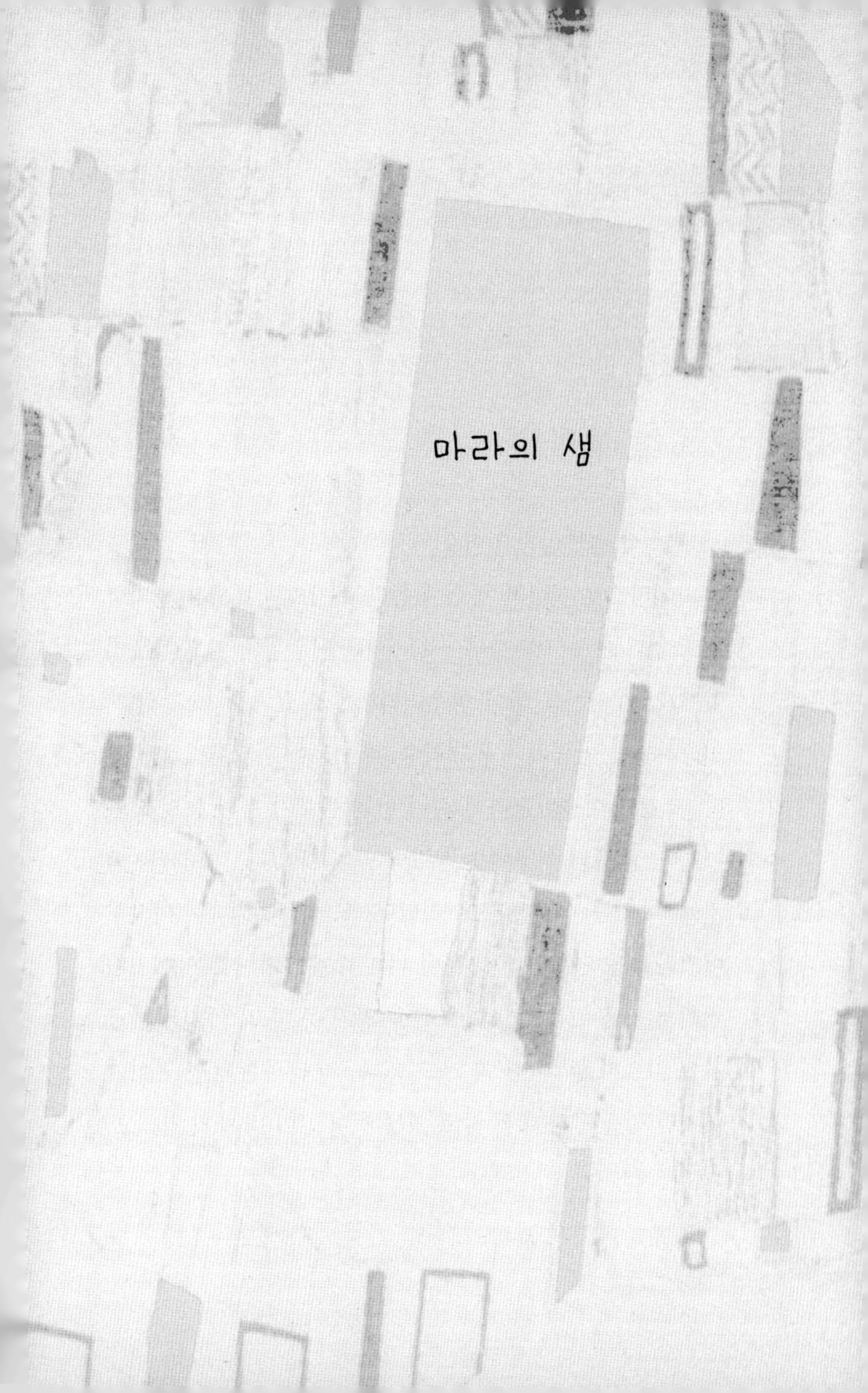

마라의 샘

"팔천만 원짜리는 없어요."

마지막으로 찾아간 삼성 부동산 아저씨의 대답은 생각할 것도 없다는 듯 간단했다. 겨울 외투를 두껍게 입고 컴퓨터 앞에 앉아 검지를 들어 독수리타법으로 글자를 쓰고 있다. 집중하는 눈만큼이나 웅크리고 있는 등이 바위처럼 견고하다. 코끝에 아슬아슬하게 걸려 있는 돋보기 속의 눈빛도 진지하다. 컴퓨터 액정에는 성경 말씀이 떠 있다. 아저씨는 액정에 떠 있는 성경을 쓰고 있었다. 모세가 홍해에서 나와서 이스라엘을 인도하매 그들이 나와서 수르광야로 들어가서 거기서 사흘 길을 걸었으나 물을 얻지 못 하고. 아저씨는 글자를 읽으며 한 자 한 자 쓰고 있다. 저도 사흘 동안 돌아다녔지만 집을 구하지 못 하고 있는데 저 글이 내 얘기 같네요.

미숙은 아저씨가 쓰고 있는 글자를 눈으로 좇아가며 읽다가 까르르 웃는다. 아저씨는 미숙이 웃자 흘끗 한 번 돌아보고는 그대로 글자 쓰기에 여념이 없다. 마라에 이르렀더니 그곳 물이 써서 마시지 못하겠으므로 그 이름을 마라라 하였더라. 마침내 아저씨는 자판기에서 손을 떼었다.

"성경을 필사하시고. 그 연세에. 멋지세요. 아저씨."

이마의 굵은 주름과 눈 밑의 자글거리는 주름을 보면서 할아버지라고 해야 맞을 것 같지만 아저씨라고 호칭하고 있다.

"방 세 개짜리가 아니면 안 되나? 두 개짜리 빌라 지하방도 팔천만 원 하는데."

아저씨는 미숙의 칭찬엔 대꾸도 아니 하고 코에 걸린 돋보기를 벗어서 내려놓더니 고개를 돌려 미숙을 바라본다. 컴퓨터에 집중했던 눈이 침침하다며 눈 위를 마사지한다.

"지하방은 싫은데요."

지하방이라는 말에 미숙이 펄쩍 뛴다.

"팔천에는 그것밖에 없어."

아저씨는 몸을 돌려 다시 컴퓨터 자판 위로 손을 올리고 있다. 미숙이 찾는 방이 없으니 하던 일을 계속하려는 것 같았다.

"예에."

미숙은 기가 죽은 목소리로 조그맣게 대답한다. 코일이 빨갛게 달아오른 난로 옆으로 의자를 끌어당겨 앉으며 장갑 낀 손을 내밀고 비볐다. 장갑 낀 두 손에서 김이 서리며 뜨거워진다. 장갑을 벗어 주머니에 쑤셔 넣고 얼굴을 문지른다. 얼음처럼 차가운 볼이 따뜻한 손이 닿자 단번에 녹는 듯하다. 목도리를 칭칭 감고 있었으니 견디었지 영하의 날씨는 내장까지 얼어붙게 했다. 정수기에서 온수를 한 잔 빼서 호호 입으로 불어가며 마신다. 몸이 녹작지근하게 풀리며 일어서기가 싫다. 아저씨는 다시 컴퓨터의 자판 위를 검지로 찍기 시작했다. 자판기 찍는 소리에 따라 글씨가 조합되고 있다. 모니터에 뜨는 글씨를 따라가며 읽는다. 백성이 모세에게 원망하여 이르되 우리가 무엇을 마실까 하매 모세가 여호와께 부르짖었더니 여호와께서 그에게 한 나무를 가리키시니 그가 물에 던지니 물이 달게 되었더라. 아멘! 컴퓨터 모니터에 뜨고 있는 큼지막한 글씨를 보고 있던 미숙이 문득 소리친다. 부동산 아저씨의 입술이 웃을 듯 조금 벌어지다가 사라진다. 미숙은 지금 자신의 상황이 마라의 샘 같다고 생각한다. 무슨 일이 있어도 이 겨울에 이사를 해야 할 것 같았다. 빌라가 많은 지역으로 오늘 갈 만한 부동산은 다 뒤졌다. 팔천만 원에 방 세 개에 화장실이 두 개인 집은 없었다. 지칠 대로 지쳐 돌아오면서 마지막으로 집 근처의 삼성 부동산에 들른 것은 숫제 아픈 다리를 쉬기 위해서였다. 허실 삼아 말했을 뿐 원룸뿐인 동네서 원하는 구조의 팔천만 원짜리 전셋집은 기대하지도 않았다. 얼어붙은 몸을 녹일 겸 뜨거운 물을 홀짝이는데 아직도 자판을 찍으며 성경을 쓰던 부동산 아저씨가 글자 찍기를 멈추더니 책장에서 낡은 장부를 꺼내어 펼친다. 부풀고 누렇게 변색된 가장자리에 노란 테이프를 두른 오래된 장부였다.

"팔천만 원짜리는 아까 그것밖에 없어."

부동산 아저씨는 장부를 뒤적이더니 의자를 회전시켜 돌려 앉는다.

"지은 지 10년 된 것으로 벽돌 콘크리트로 지어 단단하고 깨끗한 집이야."

"방은 큰가요?"

"크기는? 그만그만하지. 그 대신 부엌 겸 거실 공간이 넓어."

"여기서 가까운가요?"

"성돌 교회 위쪽으로 좀 지대가 높아."

"넘 높으면 애들이 학교 다니기 힘들어요. 애들 학교가 가까우면 좋겠어요."

"그러면 방값이 비싼걸."

"얼마나요?"

"오천만 원은 더 비싸지. 그래도 그 집은 마을버스가 윗동네까지 다니니까 살만해."

"마을버스 종점 부근인가요?"

"좀 걷지만 거기서부턴 올라가지는 않지. 가서 한 번 볼까?"

부동산 아저씨는 컴퓨터도 끄고 책상 위의 물건을 정리하며 일어났다. 미숙은 난로 앞에서 뭉그적이며 일어나지 않는다. 성돌 교회 위쪽이라면 가파른 언덕배기 동네인데 눈이 오면 오르내리기 힘들다. 버스를 타고 가면 된다 해도 위아래로 언덕져서 걸어 다녀야 할 일이 많은데 매번 버스를 탈 수도 없잖은가. 지금 그녀가 사는 곳도 그쪽이 아닌가. 다르다면 가파른 언덕으로 오르기 직전에 그녀의 빌라가 있다는 점이다. 그동안 가파른 언덕까지 올라가지 않는다는 것 때문에 방음도 안 된 낡은 집에서 십 년이나 버티었다. 그런데 언덕배기 위쪽에 그것도 방 두 개짜리 지하방이 팔천만 원이라면 가 볼 것도 없다. 이 동네도 방 세 개에 화장실이 두 개인 팔천만 원짜리 집은 없다고 봐야겠다. 벌써 해는 지고 전깃불이 들어오는 시간이었다. 두 아이가 학교에서 돌아와 뛰어다닐 것만 같았다.

"방 세 개짜리로는 얼마짜리가 있는 대요?"

마음은 집으로 달려가고 있지만 남편의 말대로 기십만 원쯤 월세를 내더라도 방 세 개짜리 집을 구해 볼 생각을 해본다. 용우와 용현이도 자꾸 크는데 더 이상 두 칸짜리 좁은 집에서 살 수는 없겠다. 아파트가 당첨될 때까지는 좁아도 이 집에서 눌러 살고 싶었는데 아래층의 등쌀에 밀려 나가는 것이 자존심 상한다. 더구나 방 두 개짜리로 가야 한다면 억울할 뿐이다. 방 세 개짜리 넓은 집으로 이사한다면 명분이라도 설 것 아닌가.

"방 세 개짜리가 있기는 하지만 일억 이상이라서. 우리 동네는 모두 원룸으로 변해서 주인층이 아니면 방 세 개짜리 찾기가 하늘서 별 따기여. 어쩌다 나오면 부르는 게 값이라니까."

부동산 아저씨는 의자에서 일어나지 않는 미숙의 마음을 알았는지 다시 자리에 앉아 부풀고 낡은 장부를 뒤적인다. 글씨색도 크기도 각각인 너저분한 메모를 들여다보며 이리저리 뒤적인다.

"아— 여기 팔천에 맞출 가능성 있는 집이 있긴 있네. 40년 전 그 옛날에 지은 건물이라 방한이 전혀 안되는 집인데, 작년 여름부터 내놓았어도 아직까지 안 나간 집이지. 전세금이 일억인데 안 나가니까 나도 잊고 있었네. 한 달 전에는 구천까지 내렸지만 여전히 안 나가는 집이여. 이 집을 팔천만 원에 달라고 한 번 작업을 해 볼까? 옛날 집이라 겨울에 추운 것이 흠이지 방도 다 널찍널찍하고 마당도 혼자 쓰고 아주 괜찮아."

"가까운가요?"

"애들이 초등학교 다닌다고 했지? 애들 다니는 초등학교가 가깝구먼. 횡단보도도 안 건너고."

"집이 추운 것은 싫지만 애들 학교가 가까우니 한 번 가볼래요."

"다 돌아다녔겠지만 이 동네서 집 구하기 어려워요. 요즘은 전셋값이 올라서 두 개짜리 투 룸은 일억이 넘어."

부동산 할아버지는 구부정한 몸을 일으켜 앞서 나간다. 해가 지고 전깃불이 들어 온 골목길은 찬바람이 휘몰아친다. 미숙은 목도리를 다시 매고 일어난다. 아이들이 뛰어다니며 놀고 있을 것 같아 마음이 조마조마하다. 아래층 여자가 쿵쿵댄다고 올라오면 안 되는데. 애들은 번번이 거실에서고 방에서고 뛴다. 형제가 만나기만 하면 치고받고 험악하게 논다. 어느 녀석 하나가 엎어터지고 울어야만 조용해진다.

"용우야, 형아 왔냐?"

미숙은 부동산 할아버지를 따라 걸으면서 집으로 전화를 한다. 작은놈이 전화를 받는다.

"형아 학원서 아직 안 왔어? 엄마 금방 갈 테니까 뛰지 마라. 아래층 아저씨가 올라오면 안 되니까. 숙제 먼저 한 후 텔레비전 보고 있어. 형아 오면 형아도 검도연습 하지 말고 조용히 텔레비전만 보라고 말하고?"

"예ㅡ."

용우의 대답은 박력이 넘친다. 텔레비전을 보는 중인가 보다. 그렇지 않고서야 저렇게 시원스럽게 대답을 할 녀석이 아니다. 엄마의 전화를 어서 빨리 끊게 하려면 시원스럽게 대답을 해야 한다는 것을 아는 것이다. 용우의 시원한 대답에 미숙은 마음이 놓인다. 이럴 때는 텔레비전이 고맙다.

부동산 아저씨는 초등학교 뒤쪽 후미진 골목으로 꼬불꼬불 돌아서 들어간다. 막다른 골목에 60년대식 슬라브 주택이 있다. 페인트칠이 반이나 벗겨진 철 대문엔 '하숙'이라고 코팅이 된 빨간 글씨가 철사에 꿰인 채 붙어 있다. 80년대 신촌 로터리 뒤편으로 많았던 하숙집들이 생각난다. 골목마다 붙어 있는 것은 하숙이라는 팻말이었다. 소문 난 하숙집은 버드나무 집이었다. 밥통엔 언제나 밥이 있었고, 국솥엔 부드럽게 넘어가는 시래깃국이 있었으며 김치는 식탁의 탁상용 항아리 안에 상비되어 있었다. 하루 다섯 번까지 밥을 먹어도 좋았던 집이었다. 대학시절을 생각하니 기분이 울컥해진다. 결혼을 하면 버젓한 내 집이 당연히 있으련? 했는데 결혼 십 년이 넘도록 내 집 하나 없어서 이 추운 겨울에 집 보러 다니는 것이 처량하다.

좁은 마당을 들어서니 집은 비어 있고 녹슨 철제 현관문은 굳게 잠겨 있다. 부동산 아저씨는 마당에 죽 놓여있는 얼어 죽은 화초뿐인 화분들 중에 가장 묵직하게 생긴 화분을 들춰 감추어 놓은 열쇠를 꺼냈다. 녹슨 열쇠를 삐걱대는 열쇠구멍에 넣고 돌린다. 열쇠는 잘 돌아가지 않는다. 몇 번의 시도 끝에 겨우 문을 땄다. 불을 켜니 냉랭한 한기로 가득 찬 거실이 휑덩그렁하다. 이리저리 그어 댄 볼펜자국이 선명한 낡은 노란 장판은 들떠 있었지만 싱크대는 새로 맞춘 듯 깨끗하다. 방은 부동산 아저씨 말대로 널찍널찍한 것이 오륙 평도 더 되어 보인다. 거실도 널찍하고 두 개의 방엔 아이들 책상과 침대를 놓아도 될 것 같았다. 지금 살고 있는 십오 평 빌라보다 넓은 것이 맘에 든다. 여기저기 볼펜 자국으로 지저분한 벽이며 장판만 주인이 개비해준다면 더 바랄 것 없겠다.

"어때요. 집이 넓지? 겨울이라 방한이 잘 안 되는 것 때문에 집이 안 나갔지 이제 봄이 되면 없어서 못 놓아. 혼자만 사는 단독주택인 데다 초등학교가 가깝고 아이들이 찻길 안 건너도 되니 학교 보낼 아이가 있다면 괜찮은 집이여."

"도배장판을 해주면 좋겠어요."

"아, 그거? 일억만 받아주면 도배장판은 해준다고 했어. 그렇지만 이천만 원이나 싼데 안 해 줄 것 같은데? 그래도 알아봐야지. 못 해준다고 하면 도배든 장판이든 하나라도 해달라고 사정해 봐야지."

"주인이 어디 사는 대요?"

"부산에 산다나. 직장이 거기라. 내가 아버지 때부터 방을 놔주고 있는 줄 알고 나한테 다 맡기고 있거든. 예전에는 할머니가 지하 창고방에 살면서 대학생들 하숙을 쳤어. 골목 끝 집이지만 할머니 음식솜씨가 좋고 인심이 후해서 하숙생이 빌 날이 없었어."

"아, 예."

집을 돌아보는 미숙은 내심 만족했다. 팔천에 준다면 더 이상 고민할 것도 없겠다. 주인이 안 산다니 개구쟁이 두 아들이 훨씬 자유로울 것 같아서다. 이 추운 계절에 이사를 결심하게 된 것도 장난이 심한 두 아들 때문이 아닌가.

"아저씨 팔천만 원에 어떻게 잘 해 보세요. 지금 사는 집은 오천만 원이라 삼천만 원이나 전세대출을 받아서 가려는 거예요. 이사는 이월 말쯤 할 수 있어요. 아니 그 전에라도 하게 되면 할게요."

"내 맘 같으면 얼른 주겠지만 주인하고 상의하여 알려주지. 지금은 퇴근 전이라 통화가 어려워."

부동산 아저씨는 미숙의 전화번호와 이사 가능 날짜 등을 상세하게 적어갔다. 집으로 돌아오는 미숙의 발걸음은 가벼웠다. 이 집이야말로 찾고 있는 집이라는 믿음이 왔다. 그동안 아래층에서 여자가 올라올 때마다 가슴이 조마조마 콩닥콩닥했는데 아래층과의 지긋지긋한 다툼도 끝낼 것 같았다.

다음 날 조반을 마치고 설거지를 하고 있는데 삼성 부동산에서 계약하자는 전화가 왔다. 미숙은 얏호!를 했다. 팔천만 원에 도배장판까지 해주기로 했단다. 너무나 좋은 조건이었다. 미숙은 설거지를 마치자마자 한달음에 달려가 계약서를 썼다. 이제 포악을 떠는 아래층 여자와 고릴라 같은 남자를 안 보아도 된다고 생각하니 날아갈 듯이 기뻤다. 이사는 도배장판이 끝나는 대로 하기로 했다. 아래층이 쿵쿵댄다고 행패를 부린다며 고충을 설명해도 무심하기만 하던 젊은 집주인은 나갈 집을 얻었다고 하니까 월세 세입자를 들인다며 나가는 날 보증금 전액을 줄 수 있다고 통쾌하게 약속한다. 일이 잘 되려고 하니 모든 것이 일사천리로 수월하게 풀어진다. 미숙은 이삿날이 15일이나 남았건만 이삿짐을 챙기기 시작했다. 하루라도 빨리 이 집을 벗어나고 싶은 마음이 조급증을 내게 했다. 그동안 얼마나 애정을 갖고 산 집인가. 본동 지하 단칸방에서 살던 신혼시절을 빼면 십 년 동안 줄곧 이 집에서 살았다. 두 아이도 이 집에서 출산했다. 강남에서 노점식당을 한다는 아래층 부부가 오기 6개월 전까지는 이 집에서 아무런 걱정 없이 잘 살았다. 할머니 부부의 사랑까지 받으며 내 집처럼 편하게 살았다. 할아버지가 폐암으로 돌아가시고 할머니마저 치매로 요양원에 들어가자 집주인이 된 아들은 1층을 50대 초반의 중년 부부에게 사글세를 주었다. 매일 신경전이 벌어지기 시작한 것은 이때부터였다.

아이들 학교 보내는 시간이면 아래층에서 전화가 왔다.

"여보세요! 조용히 좀 해주세요! 우리 아저씨 주무시는데 너무 쿵쿵거려서 잠을 못 자겠어요!"

인사말을 생략한 첫 전화부터 불쾌했다. 여자의 목소리는 짜증이 다닥다닥 붙은 쇳소리였다. 그것은 부탁하는 것도 아니고 목소리 톤으로 보아 명령에 가까웠다. 학창시절 반장을 많이 한 미숙은 부당한 대우를 받는 것 같아 그냥 넘어가지 않고 따졌다.

"무슨 부탁을 그리 불쾌하게 하세요? 우리 아이들이 학교 갈 준비를 하느라 내 집에서 걷는 것이지 시끄럽게 한 적 없어요."

사실이 그랬다. 아이들 학교 보내는 시간이면 분주할 수 밖에 없다. 발걸음이 자연 빨라지고 아이들 깨우고 목욕시켜서 밥 먹여 보내려면 급한 발걸음으로도 부족하여 뛰듯이 걷게 되는 것을 어쩔 수가 없다. 학생이 있는 집이라면 어느 집이나 있을 수 있는 아침 상황이었다. 그것을 이해하지 못하고 신경질적으로 짜증을 부리니 불쾌하다. 이렇게 시작된 언쟁은 첫날부터 싸움으로 바뀌었다.

"시끄럽게 한 적 없다니, 아래층에 내려와서 한 번 들어 보세요. 이 소음에 사람이 잠을 잘 수 있는지."

아래층 여자는 바로 맞서왔다. 미숙은 가만있지 못했다.

"예전에 살던 할아버지 할머니는 쿵쿵댄다는 말 한 번도 한 적 없는데 유독 당신네만 그러세요? 신경이 너무 예민한 것 아녀요?"

"우리가 예민한 것이 아니고 당신네 식구들이 유난한 거지요."

"우린 이 집에서 십 년이나 살았지만 아직까지 쿵쿵댄단 말 들어 본 적이 없었거든요? 내 돈 내고 사는 집에서 발걸음조차 조심해야 한다면 누가 이층에서 살겠어요? 영 거슬리면 댁께서 귀마개라도 하면 될 거 아닌가요?"

미숙은 전화를 탁 놓아버렸다. 아이 등교 시간에 맞추려면 언제까지고 언쟁을 할 수도 없었다. 그 날 두 아이를 앞세우고 나가는데 현관 앞에 웬 남자가 험악한 표정으로 서 있다. 시커먼 얼굴에 눈이 부리부리한 것이 고릴라 같았다. 아니 막노동판에서 으시대는 십장쯤 되어 보였다.

"누구세요?"

미숙은 험악한 인상에 졸아서 목소리가 떨려 나왔다.

"조용히 좀 해달라는데 웬 말이 많아? 그냥 조용히 하면 되지. 매일 잠을 방해하는데 내가 또 이런 말 하러 올라오는 일 없게 해요. 다시 올라오는 날은 좋지 못할 줄 알아요."

남자는 미간을 좁혔다 폈다 하며 탁 가라앉은 탁한 저음으로 말하고는 유유히 계단을 내려갔다. 산처럼 큰 남자가 내려가는 계단 끝에 여자가 서 있다. 미숙이를 째려본다. 미숙은 조폭과 같은 아래층 부부에 대한 횡포를 남편에게 말할 수가 없었다. 가뜩이나 약체에 출판사 한 귀퉁이에 앉아 소설을 쓴다는 백면서생인 남편인데 아래층 남자와 붙기라도 하면 케이오 당할 것이 뻔했기 때문이다. 불량기 넘치는 남자를 본 뒤로 미숙은 발걸음을 여간 조심하지 않았다. 아이들한테도 발뒤꿈치를 들고 걸어 다니게 했다. 그러나 조심하는 것도 한계가 있었다. 한창 뛰어노는 아이들이라 주의사항을 잊어버리고 뛰고 달리는 일이 일상이었다. 더구나 검도를 시작한 오 학년짜리 큰 아이는 걸핏하면 동생을 데리고 검도 연습에 열중했다. 아래층에선 그때마다 현관문을 부술 듯이 두드리곤 했다.

"조용히 좀 해욧! 잠 좀 잡시다!"

여자의 악쓰는 소리에 미숙은 심장병이 생길 지경이었다. 아이들도 눈을 크게 뜨고 제 방으로 들어가 숨었다.

"우리한테 조용히 하라고 하면 돼요? 집을 잘 못 지어 그런걸. 어떻게 조용하라는 겁니까? 가진 돈이 적어서 방음 안 된 집으로 이사 왔구나 하고 참고 살아야지요."

참다못한 어느 날 미숙은 여자에게 하소연을 했다.

"우리도 그러려고 했어요. 쿵쿵대는 소리가 웬만해야지요. 새벽까지 일하고 와서 이제 겨우 잠을 자는데 위층에서 쿵쿵거리니 우린 언제 잡니까. 한참 곤히 잘 시간에 뛰고 달리니 도저히 잘 수가 없다고요. 우리도 당신네 처지를 배려해서 귀마개도 해보았는데 해도 해도 너무하고 있다고요. 아예 운동장 달리듯 달리기를 안 하나, 아침마다 믹서는 왜 그리 돌리고 있어요? 정말 시끄러워서 잘 수가 없다고요."

"믹서라니요? 우리 집엔 믹서 쓰지 않아요."

"믹서는 쓰지 않는지 몰라도 비슷한 것이라도 쓰니까 그런 소리가 나는 거지 전혀 안 쓰는데 소리가 절로 나나요?"

"비슷한 것도 쓰지 않아요. 들어와서 확인하고 가세요. 우리 집에 믹서 쓰나 안 쓰나. 믹서 고장 난 지가 일 년도 넘었다고요. 정말 별걸 다 갖고 트집을 잡고 예민도 하시네."

"우리가 예민하다고 자꾸 그러시는데 한 번 내려와서 잠 좀 자 봐요. 그런 소리가 나는지 안 나는지."

"내가 왜 그런 것까지 해봐야 해요? 말씀드리지만 당신이 나한테 이래라저래라 할 권리는 없다고요. 여러 번 말하지만 난 내 집에서 내 맘대로 살 권한이 있어요. 당신네한테 피해줄 생각은 추호도 없다고요. 이 문제는 주인과 해결할 문제니까 주인과 따지던가. 이 집을 나가시든가 그래야 할 것 같네요."

"듣자 듣자 하니 말 참 많네! 지금 누굴 가르치는 거요? 당장 잠 좀 자게 해달라는데 잔말이 많아?! 우리 집에 와서 들어 봐! 와서 들어 보라고!"

화가 머리끝까지 난 아래층 여자는 미숙의 팔을 잡아끌었다.

"왜 이래요. 애들 학교 보낼 바쁜 시간에."

미숙은 여자를 밀치며 팔을 빼내려 했다. 여자는 쉽게 놓아주지 않는다. 오히려 더욱 세게 잡아당기며 납치하듯이 끌고 내려가려 한다.

"같이 내려가 보자니까. 우리 남편은 매일 잠도 못 자서 병이 도졌다니까."

아래층 남자가 아프다는 말은 처음 듣는다. 보기보다 병골인가 보다. 무슨 병인지는 모르지만 위층 탓인 양 말하는 것이 신경 거슬린다.

"당신네 남편 병난 것하고 우린 아무 상관 없으니까 이 팔 놓아요."

미숙은 여자를 힘껏 밀쳤다. 여자가 잠시 떨어지자 미숙은 얼른 출입문을 닫으려 했다. 그러나 아래층 여자가 더 빨리 출입문을 붙잡으며 미숙의 가슴팍을 잡았다. 그 힘이 대단하여 미숙이 끌려서 내려갈 지경이 되었다. 미숙은 여자에게 힘으로 당하는 것이 겁이 났다. 여자의 뒤로 묶은 머리채를 잡고 버티었다. 결국 그날 둘이는 머리칼을 한 주먹씩 뜯어내는 육탄전을 치르고야 끝이 났다. 두 아이는 학교를 결석해야 했다. 그런 일이 있은 후론 미숙은 아래층만 생각하면 머리가 지끈거리고 경기가 날 것 같았다. 아래층 사람을 보기도 싫고 만나기도 싫었다. 아래층에서 올라오는 일이 없도록 만반의 준비를 했다. 안방과 거실바닥에 두꺼운 매트를 깔고 뛰지 못하도록 아이들 단속을 수시로 했다. 이 정도면 위 아래층의 문제는 해결되는 줄 알았다. 그러나 천만에 만만에 말씀이었다. 어느 날 남편 출근을 시키고 돌아서는데 아래층에서 전화가 왔다.

"우리 식구 잠 못 자게 방해하려고 작정한 겁니까? 이제는 나도 안 참겠어요. 당신네 집으로 쳐들어갈 겁니다."

"무슨 말씀을 그렇게 하세요? 그동안 우리가 얼마나 조심하는지 잘 알면서 그런 말씀을 하세요? 애들이 집에서 놀지 못할 만큼 조심한 것 알기나 하세요?"

거의 까무러칠 듯 놀란 미숙은 같이 고함을 쳤다.

"조심을 했다고요? 그동안 우리가 가만있었던 것은 당신네가 조용해서인 줄 아는 모양인데 천만에요. 우리 아저씨가 끝내 병원에 입원했었거든요. 그런데 집에 오니 또 쿵쿵대서 잠을 잘 수가 없다고요. 정말 신경쇠약에 걸리겠다고요."

미숙은 기가 막혔다. 대책이 없는 아래층이었다. 그동안 아이들 기를 죽이며 놀지 못하게 한 것이 억울했다.

"저도 방법이 없네요. 우리가 이사를 가든지 당신네가 이사를 가기 전에는 말예요. 우리 애들이 떠든다고 해서 놀지 못하게 하고 깨금발로 걷게 했지만 이젠 저도 포기했어요. 우리가 이사 갈 테니까 방 얻어 나갈 때까지만 참아 주세요. 그 대신 아이들 떠든다고 쳐들어올 생각은 마세요."

미숙은 전화를 끊었다. 정말 아래층 때문에 이사를 가야 할 것 같았다. 나간다고 큰소리는 쳤지만 아직은 추운 겨울이었다. 이사철은 아니었다. 새 학기인 봄까지 기다려야 했다. 이사도 못 한 채 전화로 실랑이를 하며 지옥 같은 생활은 계속됐다. 그때마다 똑같은 언쟁을 해야 했지만 아래층 여자는 주기적으로 화풀이를 하며 전화하는 것을 그치지 않는다. 정말 지긋지긋한 입씨름이었다. 미숙은 전화벨 소리만 들어도 심장이 뛰고 숨이 막혔다. 설상가상으로 겨울방학이다. 방학을 하니 아이들이 집에 있는 시간이 많아졌다. 학교에 돌봄 교실이 있지만 열 시부터다. 아이들은 일어나면 뛰고 놀았다. 학교 다닐 때는 아침에 깨우기가 안쓰러웠는데 방학을 하니까 깨우지 않아도 일찍 일어나 논다. 아이들이 학교에 가는 여덟 시 반까지는 죽을힘을 다하여 참고 있겠다던 아래층 여자는 더 이상 참지 못한다며 다시 전화를 했다.

"우리 장사 안 할 겁니다. 그 대신 당신이 우리 먹고 살길 만들어 주어야 해요. 우리도 밤에 자고 낮에 일하게 해주어요."

여자는 많이 참았다면서 억장을 부렸다. 새로운 방법으로 협박했다. 잠을 한잠도 못 잤는데 어떻게 일을 할 수 있느냐는 것이다. 미숙은 따질 가치도 없어 곧바로 전화를 끊었다. 방학을 했는데 아이들이 집에서도 맘껏 놀지 못하게 하는 부모가 어디 있을까 싶어서 침대에서 뛰며 뒹굴고 노는 두 아이를 말릴 생각도 안 했다. 오 분쯤 되었을까 딩동~ 초인종이 울린다. 아래층 여자가 쫓아왔다. 미숙은 내다보지 않기로 했다. 문을 부수려면 부수라는 배짱이 생겼다. 여차하면 경찰을 부를 준비까지 했다.

"제발 잠 좀 잡시다. 시팔 좆도! 잠 좀 자자고요!"

첫날 온 뒤로 한 번도 안 오던 남자가 온 것이다. 출입구를 발로 걷어차며 소리치는 목소리가 포효하는 호랑이 같았다. 그 으르렁거림이 집안을 뒤흔들었다. 미숙은 아이들이 노는 것을 곧바로 정지시켰다. 문제는 그날 남편이 동계휴가로 집에 있었다는 점이다. 아래층 남자와 싸움이 붙으면 큰일이었다. 미숙은 이게 무슨 소리냐며 텔레비전을 보다 말고 휘둥그레한 남편에게 아무것도 아니라며 일어서는 남편을 두 팔로 제지했다. 출입문을 잡고 입술에 손가락을 붙이고 눈을 껌벅이었다. 두 번째로 문짝을 걷어차는 소리는 건물 전체를 흔들었다.

"무슨 일인데 그래? 우리가 뭐 잘 못 했어?"

남편은 벌떡 일어났다. 제지하는 미숙을 밀치고 출입문을 향해 돌진한다.

"나가지 말아요! 우리 집에서 쿵쿵거려서 잠을 못 잔다고 날마다 저래요. 애들이 뛰기만 하면 저러니 내가 이사 가자고 하는 거 아녀요!"

미숙은 문을 못 열게 가로막고 섰다.

"맨날 와서 저런다는 거야!"

"저 남자는 처음에 와서 겁만 주고 오늘 또 온 것이어요. 무지 불량한 남자니 당신은 나가지 말아요. 내가 나가서 달래 볼게요."

미숙은 출입문 구멍으로 밖을 내다보았다. 남자는 현관을 노려보며 횡설수설하고 있는 것이 술에 취한 것 같았다. 아프다는 남자가 술을 먹고 오다니 아프다는 것도 거짓인가.

미숙은 가까스로 남편을 만류한 후 문을 열고 혼자서 밖으로 나갔다.

"죄송합니다. 아이들이 지금 방학 중이라서 아무리 제지해도 어쩔 수가 없네요. 10시까지만 참아주세요. 애들이 돌봄 교실에 가니까요. 죄송합니다."

미숙은 깐깐하게 따지지 않고 저자세를 취했다. 남편이 집에 있으니 특별히 신경을 써야 했는데 이사한다고 큰소리를 한 터라 그때까지는 참아주련 하는 마음에 방심을 했다.

"이젠 도저히 못 참아요. 시팔 좆도! 그동안 죽기 살기로 참아 줬는데 오늘은 나도 못 참는다고요. 비켜요! 내 집에서 못 자겠으니 당신네 집에서 자야겠어요."

남자는 미숙이를 밀치며 문을 열고 들어가려 한다. 술 냄새가 확 났다.

"왜 이러세요. 약주를 많이 한 것 같은데 조금만 참으세요. 우리 아이들을 빨리 학교로 보내겠습니다. 지금이 8시니까 9시까지는 보내겠습니다. 죄송합니다."

미숙은 문을 가로막으며 버티었다. 당장 내려오라는 아래층 여자의 악을 쓰는 소리가 들려왔다.

"당신 많이 배웠다고 우릴 깔보는 것 같은데 배웠으면 얼마나 배웠고 똑똑하면 얼마나 똑똑하다고 우리네를 무시하고 잠도 못 자게 하는 거야! 이젠 나도 못 참아 시팔! 좆도! 문 열라고! 문을.”

남자는 엉뚱하게 생떼까지 썼다. 우악스럽게 미숙을 밀치며 현관문을 활짝 열어젖힌다. 시커멓고 부리부리한 남자는 안에서 나오려는 남편과 맞닥뜨리고 섰다. 허여멀쑥하기만 한 남편의 얼굴은 웬 불한당 같은 침입자를 보더니 두려움과 노여움으로 백지장처럼 희었다.

“무슨 일인가요?”

남편의 목소리가 떨렸다.

“어라. 남자가 있었고만. 잘 만났수다. 당신네 발소리 땜에 잠을 못 자겠으니 여기서 잠 좀 자려고 올라왔수다. 내가 잘 못 생각한 건가?”

남자는 피식피식 웃으며 말했다. 순간 남편의 주먹이 남자의 면상으로 바람처럼 떨어졌다. 남자는 남편의 주먹 한 방에 꼬꾸라져서 일어나지도 못했다.

“두 번 다시 이러면 그땐 죽는 줄 알아요.”

남편은 짧게 말하고는 문을 잠가버린다. 아래층 여자가 악을 쓰는 소리가 몇 번 더 나고 아래층은 잠잠해졌다. 미숙은 남편의 주먹이 이렇게 센 줄은 몰랐다. 한순간에 모든 문제가 해결된 것이 마음 든든해졌다. 남편과 아래층 남자가 붙으면 남편이 케이오로 나가떨어질 줄 알았는데 남편이 더 셀 줄이야. 그동안 남편을 너무 과소평가한 것 같았다. 머리 써서 소설만 쓸 줄 알지 힘으로는 자기 앞도 못 가리는 남자라고 생각했는데 의외로 뭔가를 보여 주었다.

그날 자초지종을 들은 남편은 무조건 이사를 가자고 했다. 모자라는 돈은 대출을 받고 그래도 모자라면 월세로 하면 된다고 했다. 늘 생활비도 모자라는 미숙은 월세는 절대 안 된다고 못을 박으며 이사 갈 집을 찾았다. 방한이 안 된다는 것만 빼면 최고의 조건을 갖춘 골목의 낡은 집을 찾은 것은 집을 보기 시작한 지 사흘 만이었다. 같은 동네서 찾았으니 애들 전학을 시키지 않아도 됐고 무엇보다 학교가 가까워서 요양사 일을 하면서도 애들을 돌볼 수 있어서 좋았다. 출판사에 다니는 남편의 수입으로는 겨우 먹고 사는 수준이니 미숙이 조금이라도 생활비를 보태지 않으면 안 되었다. 남편은 대박이 날 소설을 날마다 쓴다지만 돈까지 들여 찍어 낸 소설은 백 권도 안 팔린단다. 쥐꼬리만 한 봉급으로 네 식구 겨우 살아갈 뿐이었다. 미숙은 지금 꼬리뼈를 다쳐서 앉아만 있는 70대 할머니의 수발을 들어 주고 점심과 저녁밥을 차려 주는 일을 하고 있다. 오전 중으로 한 곳을 더 뛸 수 있기를 기대하며 적당한 일자리를 찾는 중이다.

남편의 주먹맛을 본 이후로 아래층은 조용해졌다. 이틀이 멀다하고 해대던 전화도 안 했다. 이사 갈 집을 얻은 미숙은 비로소 마음이 편해졌다. 아이들을 방학 내내 밖으로 내보내야 하는 어려움이 있었지만 이사 갈 때까지만 참자며 아이들을 달래었다. 햇살이 따뜻한 날은 아이들을 데리고 이사 갈 집 빈 마당에서 놀다가 오기도 했다. 이삿짐도 쌀 수 있는 것은 모두 미리 꾸렸다. 이사 가는 날엔 장롱 등 큰 것만 들어내면 되었다.

이사를 하루 앞둔 날이었다. 남편과 같이 부엌에서 그릇을 신문지에 싸는 등 짐을 꾸리고 있는데 벨이 울렸다. 아이들은 아직 자고 있는 토요일 오전이었다. 미숙이 구멍으로 내다보니 아래층 남자가 씩씩거리며 올라와 있다. 남편에게 말하자 남편은 형편없이 나가떨어지던 지난번을 생각해서인지 피식 웃더니 목장갑을 벗으며 현관으로 나갔다. 남편이 문을 열었다. 순간 남자가 남편에게 달려들었다.

"당신네 땜에 우린 밤새 한잠도 못 잤다. 난 안정하지 않으면 안 되는 병인데 잠을 못 자서 죽기 직전이란 말이야. 이젠 더는 못 참아. 우리를 무시하는 당신네를 모두 죽일 거다."

으르렁거리는 남자의 손에는 진짜로 과도가 쥐어져 있었다.

"왜 이러십니까. 내일이면 우린 이사 갑니다. 우리가 이사를 가도 이 집에 사는 한 쿵쿵거리며 걷는 소음은 들릴 것인데 차라리 방음 잘 된 집으로 형씨도 이사를 가십시오. 이렇게 잠 못 잔다고 위층과 싸우려 하지 마시고요."

남편은 뒤로 두어 발짝 물러서며 침착하게 말했다. 그동안 전후 사정을 이해한 남편은 아래층을 설득하려 했다.

"이사 간다고? 나를 이 지경으로 병들게 하고 이사 간다고? 이사만 가면 장땡이야? 나를 병들게 했으니 보상을 해주고 나가야지."

남자는 들고 있는 칼을 앞으로 들이대며 으르렁댔다. 잠을 못 잔 눈이 피고름처럼 찐득해 보였다.

"보상이라니요. 우린 이 집에서 십 년을 살았지만 시끄럽단 소리는 안 들었어요. 그동안 아주 잘 살았거든요. 그렇지만 당신들이 시끄럽다고 하여 이사를 가는 것이니 오히려 피해라면 우리가 피해를 당한 것인데 보상이라니요. 가당찮은 시비하지 마시고 조용히 내려가 주세요. 우린 내일이면 이사를 하니까 내일까지만 참아주세요. 부탁입니다."

"못 참는다면 어쩔래?"

남자는 칼끝을 남편의 가슴 앞으로 겨누며 눈을 부릅떴다. 남편이 몸을 획 돌리며 남자의 팔목을 꺾어서 칼을 뺏으려고 한 것은 순간적이었다. 한 사람은 칼을 뺏으려 하고 한 사람은 안 뺏기려고 실랑이를 하는 것이 겁이 났다. 고릴라 같은 남자의 칼에 찔리면 큰일이다. 미숙은 주변을 둘러보았다. 신발장 옆에 아들의 연습용 나무 검이 걸려 있다. 나무 검을 두 손에 꽉 쥐었다. 과도를 움켜쥔 아래층 남자의 입에 거품이 부글거린다. 미숙은 아래층 남자를 향해 검을 내려쳤다. 돌아보는 남자의 면상을 향해 거푸 또 내리쳤다. 겁을 먹고 마구 내리쳤다.

"용우 엄마, 정신 차려! 사람 죽겠어."

남편의 제지를 받고서야 미숙은 자신이 무엇을 하고 있는지 알 것 같았다. 아래층 남자는 피범벅으로 바닥에 누워있고 아래층 여자는 소리쳐 울면서 경찰서로 전화를 하고 있었다.

"사람이 죽었어요."

아래층 여자의 울부짖음을 들으며 미숙은 그대로 주저앉는다.

백합향을 찾아서

한 아름 피어있는 수국 향내를 큼큼 맡는다. 향이 거의 느껴지지 않는다. 붉은 장미 앞으로 가서 코를 디민다. 진한 향이 코를 찌른다. 머리를 흔들며 뒤로 물러선다. 허리를 쭉 펴고 화단을 휘둘러본다. 계단을 오르내리는 내내 코끝에 맴돌던 그윽한 향의 정체는 무엇일까. 화단 뒤쪽에 하얀 백합이 수줍게 고개를 내밀고 있다. 백합 앞으로 가서 숨을 들이마신다. 몸속 깊이 파고드는 황홀함, 때 묻지 않은 고혹의 향기, 감동이다. 허리를 굽혀 오랫동안 코를 디밀고 앉아 있다. 하얀 피부에 눈매가 고운 찬양대 반주자가 생각난다.

대걸레 네 개를 들고 건물 안으로 들어간다. 한 개를 1층 벽에 세워두고 계단을 올라간다. 3층에다 또 하나를 놓는다. 5층에도 하나를 세워둔다. 7층부터 닦으며 내려간다. 한 주에 한 번 닦는 대리석 계단은 얼핏 깨끗하게 보이지만 눈여겨보면 더럽다. 계단을 꼼꼼하게 닦는다. 대걸레 하나로 두 개 층을 닦는다. 하나로 전 층을 닦아도 된다는데 나의 결벽증은 대충하는 청소를 용납하지 못한다. 나의 그런 결벽증 덕에 청소 잘한다고 인정은 받은 것 같다. 소개가 꾸준히 들어와 쉴 날이 없다. 다 닦은 네 개의 대걸레를 물통에 치대며 빤다. 맑은 물이 날 때까지 빨고 나니 얼굴엔 땀범벅이 된다.

거리는 어느새 전깃불로 환하다. 돌아오는 차 안에서 CD를 듣는다. 박인수가 가고파를 부른다. 노래를 따라 한다. 나는 내 목소리에 반한다. 고등학교 삼학년 때 사고만 치지 않았어도 나는 성악을 했을 것이다. 넌 성악해도 되겠다. 합창단 선생님은 내 목소리를 인정했다. 그때부터 목소리에 자신을 가졌다. 내가 변화산 교회의 찬양대에 자청하여 들어간 것도 노래를 하고 싶은 열망에서다. 대중가요가 판을 치는 세상이라 클래식 듣기가 흔하지 않지만 교회 찬양은 내 심장을 뛰게 했다. 찬양대 가입을 신청했다. 세례교인이어야 한다고 해서 일 년간 성경공부를 하고 세례도 받았다. 지휘자는 내 건장한 키와 반듯한 얼굴을 보더니 오디션은 생략했다. 목소리에 자신이 있는 나는 많이 실망했지만 지휘자가 하라는 대로 테너 파트에 들어갔다. 화음을 맞춰야 하기 때문에 목소리를 맘껏 낼 수는 없었지만 다시 노래를 하게 되어 행복했다. 나는 가끔 무대에서 노래하는 나를 그려보곤 한다. 그러나 곧 어두운 마음으로 고개를 흔들고 만다. 평생 따라 다닐 호적의 빨간 줄을 어찌 없앤단 말인가. 고교시절의 그날을 세탁기에 넣어서 빨 수 있다면 빨아버리고 싶다.

"영화 보자. 내가 표 살게."

학기말고사가 끝나던 날 교문을 나가는데 동네 친구 진만이가 불렀다. 영화는 나도 좋아한다. 진만이를 따라가 영화를 봤다. 미 서부 영화로 황야의 무법자란 영화였다. 영화를 보고 나오니 전깃불이 들어와 있다. 집으로 가는데 북초등학교 앞에서 모자를 삐딱하게 쓴 진만이 친구들과 만났다.

"진만아, 잘 만났다. 너도 가자. D상고의 축구부들이 우릴 기다리고 있어."

진만이의 축구부 친구들이 진만이를 데리고 갔다. 축구부원들은 술을 먹은 듯 술 냄새가 났다.

"잠깐이면 돼. 너도 같이 가자."

진만이는 내 가방을 잡고 사정했다. 할 수 없이 영화 값까지 내준 진만이를 따라 북초등학교 운동장으로 갔다. D상고 애들은 운동복을 입은 채 몰려 있다가 진만이 친구들이 가자 축구장이야기로 다투는 듯하더니 금방 치고받는 육탄전을 벌였다. 싸움을 피해 떨어져 있으려는데 누군가가 넌 뭐야! 하며 내 면상을 주먹으로 친다. 깡마른 애건만 운동을 많이 한 듯 주먹이 맵다. 미처 방어하지 못하여 비틀거리자 삼단 옆차기로 가슴팍을 걷어찬다. 나가떨어진 얼굴 위로 발길질이 쏟아졌다. 겨우 일어났을 땐 입술은 풍선처럼 부풀었고 이빨이 혀 밑에서 굴러 나왔다. 키가 큰 나는 또다시 주먹을 휘두르며 달려드는 상대를 붙잡아 힘껏 밀쳤다. 상대 녀석이 운동장에 뒹구는 몽둥이를 들고 다시 달려든다. 나는 상대를 잡아 다시 밀어붙였다. 생각보다 쉽게 나가떨어졌다. 야 죽었어. 숨을 안 쉬어. 하늘을 향해 반듯이 누워있는 녀석의 멱살을 잡은 진만이가 교문 뒤로 도망치며 소리쳤다. 장난치는 줄 알았다. 나는 상대의 얼굴을 살폈다. 주먹과 발길질을 하며 길길이 뛰던 녀석은 눈을 뜬 채 큰 대자로 누워 있었다. 눈동자가 멍하다. 용기가 죽었어. 우르르 몰려온 싸움

패들이 이구동성으로 소리치며 흩어졌다.

물방울이 통통 튀는 듯한 실로폰 소리가 난다. 큰형의 전화다. 시계는 이십 분 전 일곱 시다. 부지런히 가도 학교에 늦겠다. 택시를 타야 수업시간에 맞추겠다. 옷을 갈아입고 집을 나선다. 어느 순간 잠이 들었던가 보다. 택시를 타고 가면서 큰형한테 전화를 한다.

“형님, 전화했지요? 학교가 늦어서 이제야 전화해요. 지금 택시 타고 학교 가는 중이니 말씀하세요.”

“공부 같지도 않은 공불 한다고 택시까지 타고 다니면 청소해서 남는 게 뭐 있냐?”

“늦었잖아요. 할 말이나 하세요.”

내가 신학공부 하는 게 불만스러운 큰형이다. 무심히 말하고 후회하던 참인데 역시 잔소리다.

“아버지 기일이 다음 주 토욜이다. 네가 어머니 모시고 와라 이만 전화 끊는다.”

“저 형! 형!”

이미 끊긴 것을 알면서도 전화기에 대고 형을 내쳐 불러본다. 자기 말만 하고 전화를 끊는 큰형이 얄밉다. 잠깐 열받은 마음을 가라앉히며 토요일에 할 일을 점검한다. 변화산 교회 청소가 있다. 대지가 천 평에 유치원 건물 빼고 3층 건물 두 동에 지하 대예배실을 비롯해 소예배실이 일곱 개나 되는 변화산 교회 청소는 셋이 해도 꼬박 여섯 시간이 걸린다. 어머니를 모시러 갈 시간이 없다. 작은형한테 전화를 한다.

"나다. 그러잖아도 너한테 전화하려던 참이다."

작은형은 언제나 전화하려던 참이라고 말하는 것으로 전화를 받는다.

"왜?"

"너도 장가를 가야지. 그래서 말인데 베트남 여자 어떠냐? 베트남 여자들 부모한테 순종 잘 한다더라. 네가 장가만 가겠다면 베트남 여자 소개소에 연락해서 중매 서달라고 하면 된단다."

대단한 이야기를 할 줄 알았는데 기껏 베트남 여자와 결혼하라고 한다. 전화기를 오른손에서 왼손으로 바꿔 쥔다.

"형, 다음 주 토욜이 아버지 기일인 것 알지? 그날 일이 많아서인데 형님이 어머니 모시고 목동에 가주셨으면 해요. 전화 끊을게요."

어머니 생전에 나를 결혼시키는 것이 작은형의 바람이라

지만 베트남 여자라니 황당하다. 어머니 거처문제를 논할 때면 두 형수가 땡전 한 푼 부모덕 보지 않았다는 말을 앞세우는 위세에 눌린 형들은 어머니를 두고 나만 바라봤다. 부모님의 빌라가 내 옥바라지로 인해 날아갔으니 내가 어머니를 모셔야 한다고 암암리에 조이는 거다. 어머니는 재래시장 입구에서 두부와 야채를 팔고 있다. 그런 어머니가 형들에겐 부담인가보다. 나의 결혼은 그래서 서두를 필요가 있는 것 같았다. 경제적으로 조금 넉넉한 작은형이 더 적극적이다.

"필기시험엔 합격했지만 번번이 면접에서 떨어졌어요. 우리 윤서 아빠가 키가 작아요, 인물이 모자라요. 경찰관시험에 떨어질 사람이 아닌데 두 번씩이나 면접에서만 떨어지는 이유를 모르겠더라고요. 나중에 알았는데 아직도 우리나라는 경찰이 되려면 가족의 전과 경력이나 사상을 알아본다네요."

큰형수는 경찰공무원 시험에서 몇 번이나 떨어진 큰형의 억울함이 수형을 산 나 때문임을 은연중 말하곤 했다. 큰형이 형수의 옆구리를 쿡쿡 찔러대건만 모른 척 할 말을 다 하는 큰형수는 자기 남편이 야채장사밖에 못하는 억울한 이유를 모두가 알아야 한다는 투였다. 자동차수리점으로 성공한 작은형도 피해자인 것은 마찬가지란다. 제대를 했지만 집안이 어수선하니 복학을 할 수 있어야지. 모든 것 포기하고 기술학원에 들어갔다. 어찌 됐든 나는 두 형이나 어머니한테 피해만 준 몹쓸 놈이었다. 출옥하니 주변의 시선이 하나같이 싸늘했다. 운명이겠지만 내 인생을 바꾼 사고의 원인자라고 할 진만이 까지 서운케 했다.

진만이와 통화하는 데 일주일이 걸렸다. 진만이는 깜짝 반기며 대번에 만나자고 했다.

"얼굴 좋네. 몸은 건강해? 반갑다. 너가 없으니 한쪽 팔이 없어진 것 같이 허전했는데 이렇게 다시 만나니 정말 반갑다."

진만이는 나의 어깨를 끌어안고 등을 툭툭 치며 여러 번 포옹을 했다. 힘들 땐 그래도 친구밖에 없다는 말이 실감이 났다. 소주잔을 기울이며 밤늦도록 그간의 회포를 풀었다.

"앞으로 뭐 하고 살 거야?"

바닥난 소주병을 기울이면서 진만이가 묻는다.

"내가 뜨건 밥 찬밥 가리게 생겼어? 너 관리 과장이라고 했지? 너희 회사에 제일 낮은 자리라도 소개해줘 봐라. 열심히 일할게."

나는 친근하게 대하는 진만이가 희망이 됐다.

"좋아, 우리 관리과에 일자리 나면 일 번 널 부르지. 그런 거야 내가 얼마든지 할 수 있으니까 염려마."

잘 나간다는 중소기업체에서 일한다는 진만이는 마른 멸치를 씹으며 내 손을 잡았다. 꽉 잡아주는 진만이가 더없이 믿음직했다. 출옥하자마자 진만이부터 찾지 않은 것이 후회될 정도였다. 하루가 가고 일주일이 지나도 진만이는 소식이 없었다. 전화를 했다. 진만이는 반기던 전과 달리 바쁘다면서 나중에 전화하겠다며 다급하게 끊는다. 그러나 해가 지도록 전화는 오지 않았다. 다시 전화를 했다. 이번에는 아예 전화를 받지 않는다. 일주일 만에 겨우 전화가 연결되었는데 진만이의 첫 마디는 의외였다. 너 아직도 일자리 안 구했어? 일자리를 구해주겠다던 진만이는 자기만 믿고 있는 것이 부담되었던지 의외의 태도를 보였다. 청소일은 생각지 않은 데서 구했다. 허구한 날 컴퓨터 앞에 앉아있는 것이 한심하게 느껴지던 날 누가 시키지도 않았는데 PC방 타일바닥을 닦았다. 화장실 앞과 현관 앞이 지저분해서 대걸레를 가져와 닦았다. 누가 걸레질하라고 했어요? 언제 왔는지 총무가 불쾌한 표정으로 대걸레를 채어갔다. 여기가 더러운 것 같아서. 젊은 총무에게 사과하듯 변명을 했다. 제 밥줄을 끊는 짓이에요. 청소일 하고 싶으면 여기로 전화 한 번 해보세요. 주인이 안 보이면 출입문 앞의 등 높은 의자에 앉아만 있던 안경잽이 총무는 전단지 하나를 내밀었다. 건물청소원을 찾는 광고였다. 나이가 몇인가요? 전화를 하자 첫 질문은 나이였다. 서른일곱 살입니다. 와 보세요. 육십 중반쯤 보이는 김 씨는 이력서 같은 것은 요구하지도 않았다. 청소가 뭔지 알아요? 더러운 것을 깨끗이 닦는 것 아닌가요? 맞아요. 그러나 몸으로 돈 버는 것이라 체력이 좋아야 하고 인내심이 필요해요. 쉬운 것 같아도 중노동이어요. 몸 다치지 않게 요령껏 하세요. 남자는 나의 건장한 체격을 위아래로 바라보면서 만족한 표정으로 고개를 끄덕인다. 나는 감옥살이 할 때를 생각했다. 얼마나 감방 안을 쓸고 닦았던가. 닦은 걸레는 깨끗하게 빨아서 햇볕에 말리곤 했다. 하루에도 수십 번씩 걸레의 냄새를 맡아가며 감방 청소를 했다. 세제도 없으니 빨고 말리는 것이 전부였다. 언제부턴가 마른걸레에서 썩은 냄새가 사라졌다. 그때 이후로 햇빛의 가치를 알았다.

육십 대 후반의 김 씨는 나를 흔쾌히 받아주었다. 청소원이라는 일자리가 있는 줄도 몰랐는데 세상이 참 많이 변했다. 나는 타고난 깔끔함 때문인지 청소가 싫지 않았다. 더러운 곳이 깨끗하게 닦이는 것을 보면 재미가 나고 마음도 상쾌해졌다. 청소에 익숙해지면서 나의 청소 스타일도 많이 진보했다. 빨리하면서도 깨끗하게 하는 것이 청소업의 성공전략이라는 것을 터득한 나는 청소도구 사는 것에 투자를 아끼지 않았다. 등에 메고 다니며 먼지를 흡입하는 먼지 흡입기를 구입하고 바닥의 껌딱지나 본드를 긁어내는 도구와 세제를 구입했다. 세제를 잘 쓰면 일의 능률이 확 오른다. 찌든 때를 원상복구 하려면 세제가 꼭 필요하다. 빛나도록 타일바닥을 닦는 노하우도 터득했다. 그러나 무엇보다 중요한 것은 성실함이었다. 아무리 일에 쫓겨도 눈에 안 띄는 곳까지 구석구석 찾아서 청소하는 성실함이야말로 신뢰의 근원이었다. 주인들은 청소하는 현장을 지키지는 않지만 청소한 뒤를 본능적으로 구석구석 살핀다.

"민구 씨, 이것들 모두 인수해 가지 않겠나? 허리가 부러졌다고 일하지 말고 쉬라네. 앞으론 청소업의 전망이 밝다니까 한번 해보라고."

어느 날 김 씨는 작은 운반차까지 모든 것을 나한테 인계

했다. 청소업에 뛰어든 지 삼 년 만에 나는 김 씨의 사업을 인수했다. 조선족 아주머니 한 분을 고용해야 했다. 수입이 두 배 이상 늘었다. 나는 김 씨에게서 넘겨받은 일 외에도 사업을 적극적으로 따냈다. 변화산 교회 같은 큰 건물청소를 따낸 것이 증거다.

장로교 총회 신학교라고 간판이 붙은 건물 5층으로 올라간다. 은혜받은 중년 여자가 대부분인 강의실에 들어가 책상에 앉으니 휴대폰을 두드리고 있던 여교수님이 자리에서 일어나 교단에 선다. 칠판에 〈신학을 하게 된 동기와 신앙간증〉이라고 크게 쓴다.

"누구부터 말할까요? 앉은 순으로 말씀하시지요."

간증은 사십오 분 이상 계속됐다. 하나같이 불신의 죄를 회개하고 은혜받은 이야기를 했다. 마지막 간증자로 나온 여자는 남편의 외도와 태중 아기를 지운 이야기를 한다.

"우리 남편은 자기 아이를 임신한 젊은 여자를 데리고 와서 나한테 아기를 잘 낳을 수 있게 도와달라고 했어요. 너무나 기가 막혔지요. 전 여자를 잘 설득해서 눈 코 입이 또렷하게 생겼다는 아기를 병원에 데려가서 지워버렸지요. 그리고 젊은 여자를 집으로 돌려보냈어요. 우리 가정의 행복과 앞길이 구만리 같은 여자의 행복을 위해 어린 생명을 지워 버린 것이라고 생각했는데 어느 날 기도를 하는데 비몽사몽 간에 들리는 소리가 제가 살인죄를 저질렀다며 회개하라는 거예요. 살인죄라니 전 살인한 적이 없는데 무슨 소린가 제 귀를 의심하는데 태중의 아기를 죽인 생각에 이르렀어요. 얼마나 무서웠는지 몰라요. 아무도 모르는 줄 알았는데 하나님이 알고 있다니. 그때부터 전 제가 살인자인 것을 고백하며 회개기도를 했지요. 천하보다도 한 생명을 귀히 여긴다는 하나님의 말씀을 진즉에 알았더라면 태중의 아기를 지우는 죄를 저지르진 않았을 텐데 그때는 깨닫지 못했답니다.

집으로 돌아오면서 나는 마지막 간증을 한 남영자 씨를 따라간다. 태아살인을 회개한 중년 여인이다. 세상에 태어나기 전의 아기는 법적인 보호가 없으니 죄가 아닌 줄 알았는데 하나님은 회개를 하게 했다고 말했던 여인이다. 태중의 아기까지 지켜보고 계신 하나님을 두려워하는 분이다. 남영자 씨는 회개기도를 한 후 자유를 얻었다고 했다. 그 증거라도 되듯 얼굴에 고통의 그림자라곤 없었다. 세상 사람들도 그녀를 살인자라고 손가락질하지 않는다. 수년 동안 수형을 산 나하고는 엄청난 차이였다. 나는 10년간 감옥살이를 하고도 지금도 여전히 보이지 않는 감옥에 살고 있는데 남영자 집사는 일상이 자유롭다.

"아까 성찰시간에 잘 들었습니다. 태아살인은 법적으로 살인죄가 아니어서 다행이군요. 다시 남편이 임신한 여자를 데려온다면 이번엔 아기를 지우지 않고 낳을까요?"

전철을 타고 가며 남영자 씨의 옆자리에 앉았다. 마침 가는 방향이 같았다.

"지우면 살인죄를 저지르는 것인데 이제는 낳게 할 것 같아요. 내 십자가라 생각하고 여자만 돌려보낼 것 같아요."

"아기 때문에 남편이 안 보낼지도 모르지요. 여자도 아기 때문에 못 떠난다고 할지도 모르고요. 그래도 낳게 할까요?"

"맞네요. 그러나 그런 일은 안 일어날 겁니다. 만일 일어난다면 자신 없네요."

남영자 씨는 픽 웃고 만다.

"다시 그런 일이 일어난다면 이혼할 것 같아요."

한참 동안 생각에 골똘하던 남영자 씨는 자신 있게 말했다.

목동 큰형 집에 도착했을 땐 아직 저녁식사 전이었다.

"밥 먹기 전에 와서 고맙다."

어머니는 당신의 옆에 앉으라며 자리를 만들어 준다. 제사상 앞에 가족이 모두 모였다.

"민구까지 다 온 것 같으니 제 올립니다."

재색 계량한복으로 갈아입은 큰형은 제사상 앞에 무릎을 꿇고 잔을 올린 후 재배를 한다. 이어서 작은형이 잔을 올리고 재배를 한다. 나는 일어나서 묵념을 한다.

"어서 절하지 않고 뭐하냐?"

큰형이 재촉한다.

"……"

"제사상 앞에서 기도했냐? 부정 타게."

"모처럼 모였는데 그만해라. 어서 저녁이나 먹자. 어머니의 깡마른 손이 큰형의 등을 세게 친다. 어머니가 앉자 모두가 상 앞에 앉아 음식을 먹는다. 늦은 저녁인지라 한동안 수저 소리만 난다. 작은형이 입을 뗐다.

"엄마, 중이 제 머리 못 깎는다고 민구를 언제까지 저렇게 혼자 둘 거예요? 나이가 마흔인데 장가를 보내야지요. 아직 사귀는 여자가 없다니 하는 말인데 베트남 여자들 부지런하고 아이 잘 낳는다니 한번 알아봅시다."

큰형은 묵묵히 밥만 먹는다.

"삼촌 모르는 소리 마세요. 다문화 여자들 보통내기들이 아니라고요. 돈밖에 모른대요. 돈이 생기면 다 친정으로 보내고 나중에는 애까지 데리고 도망친다는 소리도 있어요. 우리나라도 노처녀가 많은데 동남아 여자가 뭐예요. 말이 안 통해서 못 살아요."

큰형이 침묵하자 큰형수가 대신 거든다.

"민구한테 온다는 여자가 없으니 하는 말이지요."

"그래도 한국 여자를 찾아봐야지요. 참, 삼촌 교회 다닌다고 했지요? 교회 가면 여자들 많다는데 좀 안 이뻐도 맘씨 고운 여자 있으면 데리고 와요. 아무려면 동남아 여자보다야 낫겠지요."

"형수님이 모르는 소리지요. 한국으로 시집오는 동남아 여자들 학력이 고졸 이상이래요. 그 여자들 깔보지 말아요. 대학 나오고도 취직 못 하는 세상인데 그 애들은 원어민 영어 교사로 다 뛰고 있다고요."

작은형의 목소리가 커진다.

"이것은 민구 일이다. 민구가 알아서 할 문제지 우리가 콩 놔라 대추 놔라 할 자격 없다. 민구는 얼라가 아니다. 그리고 난 말도 안 통하는 며느리는 싫다. 우리 민구가 어디가 못나서 그런 말도 안 통하는 여자하고 결혼을 하냐? 우리 민구는 요조숙녀하고 결혼해도 안 빠진다. 민구는 꼭 요조숙녀하고 결혼할 끼다."

묵묵히 밥알만 씹고 있던 어머니가 수저를 탁 놓으며 모두의 말을 삭둑 끊어버리듯 단호하게 말했다.

"가볼게요."

밥을 다 먹은 나는 서둘러 자리에서 일어난다.

"장가가려면 돈 많이 벌어야 한다. 택시나 타면서 허비하지 말고."

큰형은 택시 탄 것을 아직도 잊지 않았다.

"오 년만 기다려주세요."

나는 현관을 나서며 한마디 한다. 무슨 통뼈로 오 년을 기다려 달라고 했는지 모르겠다. 돌아오는 자동차 안에서 요조숙녀에 대해 찾아본다. 어학사전에는 기품이 있고 정숙한 여자라고 쓰여 있다. 변화산 교회의 반주자가 떠오른다.

"최민구 씨 차례지요? 나와서 말씀하세요."

여교수는 칠판에다 글씨를 쓰다 말고 돌아다보며 말한다.

가방에서 공책을 꺼내 들고 앞으로 나간다. 이십여 명의 눈이 일제히 주목한다. 호기심 반 기대 반의 눈동자다. 나는 공책을 펼친다. 〈신학을 하게 된 동기〉 옆에 화살표를 하고 붉은 글씨로 〈출구〉라고 쓰여 있다.

"제가 이곳에 온 것은 유일의 출구였기 때문입니다."

나는 출구라는 글씨를 보고 있다가 밑도 끝도 없는 말로 서두를 시작한다.

"계속하세요."

교수는 자리로 가서 똑바른 자세로 다리를 꼬며 앉는다. 나는 벽돌을 움켜쥐고 교회를 향해 달려가던 때를 떠올린다. 골목의 지하빌라는 모든 문을 닫아도 밖의 소음을 막아주지 못했다. 걸핏하면 야채장사, 생선장사의 확성기 소리가 귀를 찢곤 했다. 그러나 이 모든 소음은 잠시 후면 사라졌지만 지속적으로 들리는 교회의 찬양소음은 시작했다 하면 한 시간 이상 계속되었다. 일요일도 아닌데 박수치며 찬송하는 소리가 그치지 않던 날, 컴퓨터의 자판을 두들기다 말고 발딱 일어났다. 공사장에 쌓인 벽돌을 집어 들고 달려갔다. 예배당 창문이라도 깨부수겠다는 노기를 품고 달렸다. 심령 대부흥회라는 현수막을 전면에 내 걸은 교회로 사람들이 들어가고 있었다. 어른들뿐인 줄 알았는데 아이도 들어가고 단정한 옷차림의 젊은 여자도 있고, 청년들도 있었다. 사람들이 몰려드는 예배당 안이 궁금해졌다. 도대체 무엇을 하는지 들어가 보고 싶어졌다. 벽돌을 슬그머니 버리고 사람들을 따라가니 유니폼을 입은 안내원이 앞자리로 데리고 가서 빈자리가 있는 사이드에 앉혔다. 찬양대석 앞이었다. 예배가 시작되자 찬양대가 일어나 찬양을 한다. 웅장한 코러스였다. 그날 목사님은 인생의 목적에 대해서 설교했다. 먹든지 마시든지 창조주 하나님께 영광을 돌려야 한다고 했다. 잘 살기 위한 것도 아니고 집을 사기 위한 것도 아니고 창조주한테 영광을 돌려야 한다니, 처음 듣는 파격적인 말이었다. 그날 이후로 일요일이면 교회에 갔다. 평소에 왜 사느냐가 의문이었는데 목사가 그 의문을 주제로 말하지 않는가. 좀 더 들어 봐야 할 것 같았다.

"전 여러분들처럼 하나님의 부름을 받고 온 것은 아닙니다. 저는 아직 하나님이 사랑이라는 믿음도 없습니다. 다만 공부하고 싶어 하는 나를 따지지 않고 받아주니 온 것입니다. 그런 면에서 확신을 갖고 공부하는 여러분들이 정말 부럽습니다."

"최민구 씨는 사람을 낚는 어부가 꼭 될 겁니다. 아직 젊어서 고생도 많이 하지 않았을 테니 간절하게 기도나 했겠어요? 교회에 다니는 것도 은혜고 신학공부를 하는 것도 하나님의 은혜에요. 가족들도 예수를 믿나요?"

집으로 오는 전철에서 나에 대해서 거의 모르는 남영자 씨가 다가와 옆자리에 앉으며 묻는다. 반갑지 않은 질문이다. 나에 대해 질문하는 것이라면 피하고 싶다. 내가 머뭇거리고 있는데 때마침 핸드폰이 울린다. 나는 자리에서 일어나 미안하다는 표시로 고개를 숙여 보인 후 재빨리 옆 칸으로 가서 전화를 받는다.

"야, 너 여권 있냐?"

작은형이다.

"그런 게 어디 있어."

"그래서 말인데 당장 여권 하나 만들어라. 다음 주 월요일에 베트남으로 한국 남자들이 색시 선보러 간다더라. 너도 같이 가려면 여권이 급하다."

"형, 그게 무슨 말이야. 오 년만 기다려 줘. 그땐 장가간다고 했잖아."

"잔말 말고 당장 여권이나 만들어라. 비용 천만 원은 내가 빌려준다. 넌 고등학교 졸업도 못 했는데 고등교육을 마친 여자 데려오면 좋지 뭐냐? 이참에 가서 하나 물어와. 알았지? 전화 끊는다."

나는 고개를 절레절레 흔든다.

"결혼했어요?"

자리로 돌아오자 남영자 씨가 묻는다.

"아— 아직요."

"어마! 왜요? 집 때문에? 요즘 젊은이들이 뭘 몰라요. 결혼 조건이 집이라는데 그냥 결혼하세요. 단칸방에서 아이 낳고 고생하면서 살림 장만하는 재미가 진짜 행복이어요."

나는 고개를 끄덕이며 남영자 씨의 말을 경청한다. 집에 돌아온 나는 매트에 누워 오늘 발표한 것을 되새겨 본다. 살인자로 감옥살이한 것을 말하지 않으려고 딴소리만 한 것 같았다. 그래도 자신에게 있어 교회는 확실히 출구였던 것 같았다.

인력시장에서 데려온 두 명의 아주머니한테 대예배실 청소를 맡긴다. 대예배실 청소를 마친 후엔 소예배실 청소를 하라고 분배시킨다. 변화산 교회에서 내가 맡은 청소구역은 찬양대실과 당회장실 그리고 앞뒤 마당이다. 복도를 걸어가는데 피아노 소리가 난다. 나는 먼지 흡입기를 등에 매고 찬양대실로 간다. 반주자가 피아노를 치고 있다. 반주자는 내가 오면 으레 피아노 뚜껑을 덮고 자리를 비켜줬다. 오늘은 피아노 뚜껑을 닫지 않는다. 피아노에 맞춰 노래만 하고 있다. 문 앞에 서서 반주자의 노래를 듣는다. 가늘고 연약한 것이 목소리는 좋은데 성량이 풍부한 편은 아니다. 고음에선 나일론 천이 찢어지는 것 같다. 반주자는 그 노래를 숙지하려는지 반복해서 부르고 있다. 청소하러 온 것을 알겠지만 문 쪽은 바라보지도 않는다. 노래 연습을 그칠 기미가 없어 보여 평소 때처럼 청소를 시작한다. 창문을 모두 열어 놓고 의자를 책상 위에 올려놓는다.

"제가 노래 연습하는 것 안 보이세요?"

무슨 소리가 난 것 같아서 돌아보니 반주자였다. 반주자는 정면으로 서 있었다.

"나한테 말했어요?"

"여기에 다른 사람 또 있어요? 3시까지 연습해야 하니 양보해 주세요."

의외로 목소리가 깐깐하다.

"지금 안 하면 안 되는데요."

나는 벽시계를 손으로 가리킨다.

"미안하지만 30분만 기다려 줘요."

"일의 순서가 있기 때문에 지금 해야 하는데요. 그쪽에서 30분 후에 연습하면 안 되나요?"

나는 양보해도 상관없었지만 어깃장을 부려본다.

"어머, 저보고 양보하라는 거예요? 30분도 양보 못 해요?"

반주자는 좀 놀란 듯 샐쭉하게 말한다. 표정으로 보아 자존심이 상한 것 같았다.

"알겠습니다. 30분 후에 오겠습니다."

나는 구령하듯 말하고는 그 자리를 나오고 만다. 생각 밖의 오기가 발동한 것은 그녀에 대한 나의 호감에 비해 하수인 대하듯 말하는 반주자의 태도에 자존심이 상해서였다. 정면으로 본 반주자의 얼굴은 측면보다 더 고왔다. 크고 맑은 눈이 사슴처럼 순해 보이면서도 영리하게 빛났다.

통에 있는 걸레를 세탁기에 넣는다. 세탁실까지 반주자의 노랫소리가 들린다. 고음에서 영 불안정하다. 목이 시원하게 터지려면 많이 연습해야 할 것 같았다. 더구나 유레이즈 미 업 같이 까다로운 노래는 연습이 많이 필요하다. 당회장실로 간다. 책으로 가득 차 있는 당회장실에 오면 마음이 편안해진다. 나도 이런 집무실을 갖고 싶다. 청소기를 돌려 먼지를 제거한 홀을 눈처럼 하얀 걸레로 닦는다. 반주자가 부르는 유레이즈 미 업을 흥얼댄다. 허밍으로 하다가 소리를 내어 부른다. 유튜브에 들어가 열심히 배운 노래였다. 이 노래는 원어로 할 때 감정이입이 잘 된다. 후렴 부분이 특히 그렇다.

you raise me up, so I can stand on mountains
you raise me up, to walk on stormy seas
I am strong, when I am on your shoulders
you raise me up, to more than I can be

짝짝짝 박수소리에 돌아보니 목사님이 서 계신다. 나는 입을 손으로 막는다.

"최 선생, 그 노래 어려운데 잘 부르네요.

목사는 나를 최 선생이라고 호칭한다. 다음 주에 우리 딸하고 듀엣으로 특송 해도 되겠네요. 지금 우리 딸 찬양대실에서 그 노래 연습하고 있는데 같이 불러 봐요. 우리 딸 피아노는 잘 쳐도 노래는 별로에요."

반주자가 목사님의 딸이었던가? 금시초문이다.

"아닙니다. 제가 노래를 좋아해서 그냥 불러본 겁니다."

나는 사양한다.

"사양할 것 없어요. 좋은 달란트를 썩히면 안 돼요. 지금 찬양대실로 와 봐요."

목사는 앞장서서 복도를 지나 찬양대실로 간다.

"야야, 노래 다시 해보자. 최 선생이 노래를 참 잘하는구나. 유 레이즈 미 업이 어려운데 정말 잘해. 최 선생, 이리 와 노래해 봐요."

목사는 피아노 뚜껑을 덮으려는 것을 제지한다.

"레슨 가야 해요."

반주자는 악보를 옆구리에 낀다.

"아까 그 노래 쳐 봐라. 최 선생과 같이하면 좋을 것 같구나."

목사의 채근에 반주자는 피아노 앞에 앉는다. 내가 목을 가다듬고 반주에 맞춰 노래를 하자 반주자가 피아노를 치면서 슬쩍 바라보는데 조금 놀라는 표정이다. 나는 그 표정의 의미를 알 것 같았다. 내가 노래를 하면 사람들은 의외라는 듯 바라본다. 배에 힘을 넣어 호흡을 안정하고 소리를 낸다.

반주자의 손도 처음보다 정성이 들어가는 것 같았다. 흐르는 물처럼 움직이는 손길이 내 노래와 호흡이 잘 맞는다.

노래가 끝나자 목사는 감동했다는 듯 다시 박수를 친다.

"우리 교회에 남성 솔로 하나 잘 들어왔네. 너도 인사해라. 늦깎이 신학교에 다니는 분이다. 우리 교회 청소도 맡아 하고. 신학교 간다고 해서 내가 추천서를 써 주었는데 노래를 잘 하시는구나."

반주자는 반응이 없다. 몸을 옆으로 돌려서 나의 검은 운동복 차림의 옷을 훑어볼 뿐이다.

"특송 하려면 양복을 입어야 하는데 양복 있지요?"

눈치 빠른 목사가 물었다.

"양복도 없는데 그만두지요."

나는 사양하고 단상을 내려간다. 수백 명의 회중이 지켜보는 앞에서 노래할 자신도 없었다. 생각만 해도 가슴이 떨렸다. 그러나 목사는 물러서지 않고 내 팔을 잡았다.

"양복은 내 것도 있으니까. 키가 나하고 비슷해서 잘 맞겠어."

목사는 옆으로 붙어서며 키를 재본다.

나는 집으로 돌아오는 차 안에서 유 레이즈 미 업을 연습

한다. 교회 솔로팀에 들어오세요. 파바로니의 목소리를 듣는 것 같았어요. 나가면서 반주자가 엄지를 내밀어 보였다. 파바로니 같다고? 웬만큼 얼굴을 익힌 사람이 아니면 말도 안 할 만큼 조용한 반주자가 칭찬의 말을 하다니. 두고 봐라 우리 민구는 요조숙녀하고 결혼할 끼다. 요조숙녀하고 결혼해도 안 빠진다며 숟가락을 탁 소리가 나게 놓던 어머니가 생각난다. 어머니를 기쁘게 해드리고 싶다. 어디선가 백합 향이 날아와 코끝을 간지럽힌다. 나는 핸드폰을 꺼내어 전화를 한다.

"형, 난 공부에 전념하고 싶어. 그때까지 기다려 줘."

나는 공부를 마치기까지 오 년이 필요함을 머릿속으로 헤아린다. 차창을 열고 숨을 크게 들이쉰다. 등에 날개를 단 듯 힘이 솟는다.

비밀번호

핸드폰을 켜서 시계를 본다. 두 시 사십오 분이다. 겨우 한 시간 잤다. 속이 쓰려 잘 수가 없다. 속이 뒤집어진 듯 구토가 올라온다. 화장실로 달려간다. 벌써 세 번째이다. 물처럼 쏟아지는 토사물을 내리며 화장실 바닥에 주저앉고 만다. 으으으 너무 아파! 얘가 또 이러네. 다 토한 거야? 딸의 신음소리에 잠이 깬 엄마가 달려와 걱정을 한다. 그러게 왜 술을 먹고 다녀. 엄마는 이럴 때마다 입에 붙어버린 불평을 하며 딸의 등을 토닥거린다. 이렇게 아픈 것은 처음이야. 유미는 가까스로 일어나 입안을 물로 헹군다. 방으로 들어가 침대에 엎드린다. 이것이라도 좀 먹어봐라. 우선 속이라도 가라앉혀라. 엄마가 내민 것은 물 한 컵과 하얀 알약이다. 먹고 싶지가 않다. 고개를 저으며 그대로 누워있다. 위장이 뒤

틀리며 통증이 또 밀려온다. 천근만근 지친 몸으로 엎드려 있다가 또 화장실로 달려간다. 변기를 잡고 욱욱한다. 시집도 안 간 년이 걸핏하면 애 밴 년처럼 토악질이냐! 안방에서 아빠가 참지 못 하고 큰 소리로 역정을 낸다. 무슨 병인지 병원에 가보라고 호통을 친다. 좀 기다려 봐요. 야야 이거 먹어봐. 소화제야. 엄마는 목소리를 죽이며 약을 다시 유미 앞으로 내민다. 다 토했는데 소화시킬 것이 어디 있다고. 유미는 짜증하며 엄마의 손을 밀쳐버린다. 눈물 콧물까지 범벅이 된 얼굴을 씻고 다시 침대에 쓰러져 버린다. 기운이 하나도 없다. 약 안 먹어도 괜찮겠어? 엄마는 애가 탄다. 유미는 이마를 찡그리고 고개만 끄덕인다. 괜찮으면 밤도 깊었는데 어서 자거라. 엄마는 역정을 내는 아빠를 신경 쓰느라 얼른 불을 끄고 문을 닫는다. 이어 안 방문 닫히는 소리가 난다. 엄마 아빠가 언쟁하는 소리가 조금 나다가 조용해진다. 십 분이나 잤을까. 다시 속이 뒤집어진다. 유미는 급하게 방문을 열고 화장실로 달려가 변기 앞에 엎드린다. 이번엔 아빠가 달려 나온다. 야가 큰 병 났나 보네. 안 되겠다. 응급실에 가야겠다. 입원하게 준비해서 유미 데리고 내려와. 아빠는 엄마한테 명령하고 외출복으로 갈아입더니 차 키를 갖고 나간다. 약 먹을게요. 유미는 응급실이라는 말에 벌떡 일어난다. 엄마가 준 약을 찾는다. 식탁 위에 물 컵과 약이 그대로 있다. 알약을 입에 넣고 물을 마신다. 느 아빠가 벌써 내려가 차 시동 걸고 기다리는데 일단 병원에 가보자. 벌써 몇 번째냐? 일주일이 멀다하고 밤마다 이 무슨 난린지 모르겠다. 엄마는 체념한 듯 가방을 찾아 들고 서 있다

내가 아플 시간이 어딨어. 밥 먹을 시간도 없는데. 직장에 할 일이 태산같이 밀렸다고. 유미는 분홍 실내복을 옆으로 치우며 다시 침대로 가서 눕는다. 아프다면서 병원 안 갈 거야? 야가 속 썩이네. 오래 서 있지 못하는 엄마는 비대한 몸을 부리며 침대 위에 걸터앉는다. 침대가 휘청거린다. 엄마가 앉아 있는 쪽으로 몸이 기운다. 엄마처럼 살이 찔까 봐 걱정이다. 쓰리고 아파도 살만 안 찐다면 좋겠다. 먹은 것을 다 토한 것은 나쁘지 않다고 생각한다. 어제 편의점 삼각 김밥에 치킨 두 마리, 생맥주 500CC를 셋이서 늦도록 먹었는데 다 토한 것 같다. 나 자야 해. 병원에 가면 전 나오지 못해요. 아마 한 달은 입원하라고 할지도 몰라요. 말을 그렇게 하고 나니 정말로 그럴 것만 같다. 속이 뒤집어지듯 아프고 쓰릴 때면 혹시 암이 아닌가 걱정하곤 했었다. 병원에 가는 것이

겁이 난다. 정말로 자신의 몸에 뭔가 이상 징후가 나타난 것만 같다. 지난번에도 괜찮다고 하더니 괜찮긴 뭐가 괜찮아? 오늘은 입원을 하든 안 하든 병원에 가서 진찰이라도 받아보자. 시집도 못 가보고 죽을까 겁난다. 엄마는 기어이 딸의 충장을 건드린다. 그동안 많이 참은 것이다. 시집이란 말만 나오면 팔딱 튀는 딸의 기세에 눌려 말은 안 하지만 엄마의 마음속엔 시집 안 간 딸이 늘 애물단지다. 기운이 없어서 짜증부리기도 싫다. 엄마가 입히는 대로 억지로 실내복은 입었지만 베게 속에 얼굴을 묻고 만다. 뱃속은 여전히 쓰리고 아프다. 끊임없이 밀려오는 통증이 가라앉을 기미가 없다. 저절로 신음소리가 나온다. 안 내려오고 뭐 하는 거야? 재 고집대로 놔두면 병나서 죽어. 밖에 나갔던 아빠는 되돌아와서 소리친다. 아빠는 다짜고짜 늘어져 있는 딸을 일으켜 세운다. 몸을 움직이니 속이 또 뒤집어진다. 토가 나오기 전에 변기 앞으로 기어가 변기를 붙잡고 엎드린다. 조금 전에 먹은 약을 다 토해 낸다. 밤새 이럴 거야? 이건 큰 병도 아주 큰 병이다. 일 초라도 빨리 병원에 가야겠다. 아빠는 커다란 딸을 들쳐 업는다.

응급실 바닥에 한 차례 더 토악질을 하고서야 의사가 왔다. 우리 딸이 왜 이런대요? 밤새 잠도 못 자고 토했어요. 매사에 걱정이 많고 꼼꼼한 아빠답게 아직 진찰도 안 했건만 질문을 하기 시작한다. 의사는 아빠를 한 번 흘끗 바라만 본다. 야가 매일 술을 먹는 것 같은데 그래서 그런가요? 이런 증상이 오늘뿐 아니어요. 한 달에 한 번은 식구들 잠도 못 자게 해요. 물밖에 없는 토사물을 대걸레로 닦아내고 온 엄마도 설명을 거든다. 젊은 의사는 무뚝뚝한 표정으로 알았다는 듯 고개를 끄떡인다. 이 환자 검사 들어가요. 부모님의 애타는 마음과는 달리 의사는 무심한 표정으로 간호사한테 말하고 가버린다. 조금 후 간호사가 휠체어를 밀고 와서 앉으라고 한다. 아빠가 의자에 엎드려 있는 딸을 안아다 의자에 앉힌다. 간호사도 같이 부축해 준다. 안 하면 안 되나요? 소화제 먹으면 낫는 병이에요. 휠체어에 실려 가면서 유미는 떨구고 있던 고개를 쳐들며 검사실로 가기 싫어한다. 지금 몇 살인가요? 간호사가 묻는다. 서른아홉. 유미는 실제보다 두 살은 빼고 말한다. 그럼 이것저것 검사 할 때가 되었어요. 서른이 넘으면 안 아파도 해 보는 것이 좋아요. 조금 고통스럽지만 견딜만합니다. 유미는 고개를 가슴으로 떨구고 만다. 기운이 너무 없어서 간호사를 바라보는 것조차 힘이

든다. 눈을 감고 기다리기로 한다. 십여 년 넘게 술과 담배를 즐긴 결과가 좋을 수는 없을 것이다. 지금까지 사랑을 한 번도 해보지 않은 것과 여자로서 예쁘다는 소리를 한 번도 못 듣는 것이 억울할 뿐이다. 내시경에, 초음파 검사, 가슴 엑스레이, 피 검사까지 마친 후에야 입원 허락이 떨어졌다.

입원실이 정해지자 유미는 링거에 의지한 채 잠만 잤다. 점심으로 흰죽이 나왔다. 암이 아니라니 우선 안심이 된다. 흰죽을 손도 대지 않고 내보낸다. 저녁에도 흰죽이 나왔다. 약을 먹기 위해 몇 숟가락 겨우 삼킨다. 회진 온 의사는 규칙적인 식사를 권했다. 초코파이나 치킨 같은 것으로 끼니를 때우는 것은 피해야 합니다. 아무리 바빠도 끼니를 거르지 말고 조금이라도 밥을 먹고 과음하지 말아야 합니다. 커피도 한두 잔 정도로 줄이시고요. 지금 강유미 님은 영양실조입니다. 한꺼번에 폭식하고는 모두 토해 내는 것은 아주 나쁜 다이어트입니다. 젊은 사람들이 다이어트 한다고 먹은 것을 토하는 것이 유행이라는데 영양실조에 걸립니다. 커트머리가 세련된 여의사는 심각한 표정으로 말했다. 살찔까 봐 전전긍긍하는 유미의 식습관을 꿰뚫어 본 것 같았다. 주중엔 일에 쫓기느라 제때 밥을 못 먹어요. 그 대신 주말이나 휴일이면 맘껏 밥을 먹어요. 그만 먹으려 해도 절제가 안 돼요. 이번엔 밤늦게까지 술을 먹어서 병이 난 것 같아요. 유미는 의사한테 식습관에 대해 솔직히 말했다. 폭식증입니다. 그동안 못 먹은 밥을 휴일에 다 먹는 거지요. 아주 위험합니다. 당분간 술은 드시지 마세요. 빨리 치료해야지 오래가면 만성위장병으로 발전하고 암이 되기도 합니다. 여의사는 단호하게 경고했다. 죽을병이 아니라니 천만다행이구나. 이참에 술 담배를 끊고 건강을 챙기자. 엄마와 아빠는 놀란 가슴을 훑어내린다. 걱정이 사라진 아빠가 직장에 간다며 먼저 나간다.

칫솔질을 한다. 여자가 거품을 입안 가득히 물고 이를 북북 닦으며 거울 속 여자를 마주 보고 있다. 여자는 지쳐 있고 눈에는 눈물이 그렁거린다. 혀 깊숙한 곳까지 꼼꼼하게 닦아낸 후 입안을 여러 번 부셔내고 세수를 한다. 거울 속의 여자는 키가 크고 안면 골격이 굵직하다. 각진 이마는 튀어나와 있고 광대에서 턱으로 뻗어있는 선이 가파르다. 진한 쌍꺼풀은 성형한 흔적이 뚜렷하고 짧은 목에 어깨가 단단히 올려 붙었다. 아무리 안 먹고 토해내도 날씬해지지 않는 이유이다. 실제보다 체격이 커 보이는 것이 속상하다. 옷을 입는 것만 해도 그렇다. 55사이즈를 날씬하게 입어도 될 것 같은데 어깨선이 넓어서 77사이즈를 입어야 편하다. 유미는 거울 속 어글어글한 여자를 바라보고 있다가 엄지와 검지로 둥글넓적한 코를 들어 올린다. 얼굴이 조금 짧아 보인다. 귀엽고 여성스럽게 하려면 턱과 광대를 깎는 외에 코도 오뚝하게 세워야 할 것 같다. 양악수술은 비싸고 위험하다지만 방법이 없다. 예뻐질 수 있다면 수술밖에 없다. 어디를 가나 외모지상주의여서 못생기고 미운 여자가 성공한 것을 보지 못했다. 권력이나 재력을 갖고 태어났다면 몰라도 회사에서 인정받고 승진하려면 외모가 필요했다. 이왕이면 다홍치마라고 외모가 반듯하면 능력이 조금 부족해도 앞자리에 앉히고 단상에 세워준다. 외모지상주의는 자연보호하며 살겠다는 순수한 마음을 흔든다. 여자는 외모 때문에 어디서나 차별을 받는다. 심지어 기저귀차고 아장거리는 아기까지도 미인을 오래 바라보고 더 마음을 준다는 통계가 있다. 언제부턴가 성형을 하기 위해 따로 돈을 모으고 있다. 쌍꺼풀이 짙은 강한 눈도 재수술을 하여 고운 눈으로 바꿀 계획이다. 비싸더라도 여배우들이 성형한다는 Y성형외과에서 할 것이다. 유 부장이 언제나 당당하고 자신이 넘치는 이유도 미모 때문일 거다. 유 부장은 살만 빠지면 예쁠 것 같다. 조그만 입과 통통한 입술, 약 오른 매실처럼 단단하고 오뚝한 코를 보면 유 부장의 원래 미모를 짐작할 수 있다. 비만에다 이혼녀임에도 불구하고 자신감이 넘치는 것은 언제든지 예뻐질 수 있다는 숨겨진 미모를 기억하는 때문이리라. 그날 밤 유 부장이 경문이와 함께 택시를 타고 간 것이 신경 쓰인다. 유 부장의 오피스텔은 얼마나 아기자기하던가. 은은한 향내가 배어 있는 오피스텔의 창가에는 작은 화분이 있고 레이스가 달린 커튼이며 장미꽃무늬로 뜨개질 된 식탁보의 치렁거림은 여자가 봐도 에로틱했다. 그런 집에 경문이를 끌고 들어가면 안 될 것 같았다. 용산에서 유미가 먼저 내리자 경문이는 술 취한 유 부장의 안전을 위해 사당동까지 가기로 했다. 경문이한테 풍만한 몸을 맡기고 택시를 타던 유 부장이 눈에 선하다. 그때 경문이한테 조심하라고 말하고 싶었다. 다행히도 목구멍까지 밀려 나온 말을 삼키었지만 웃기는 일이다. 경쟁자가 고작 이혼녀 유 부장이라니. 그것도 경문이를 사이에 두고 말이다. 경문이는 이제 삼십도 안 된 젊은 청년이다. 말로는 애인이 없다지만 유 부장보다 훨씬 젊고 아름다운 여친을 두고 있는지도 모른다. 경문이한테 너무 헛물을 켠 것 같다. 냉수 먹고 정신 차려야겠다. 경문이가 병문안 온다고 전화가 왔다. 왜 이렇게 설렐까. 다른 사람 두 몫의 일을 해내는 여자가 결근했으니 오늘 무척 바빴을 것인데 의리가 있다. 일어나 세수를 하고 침대를 정리하고 환자복을 갈아입고 얼굴에 로션을 바른다. 경문이한테 아프고 추한 모습을 보이기 싫다. 경문이를 사랑하는가? 말도 안 된다. 열한 살이나 어린 남자다. 동생이 돼도 한참 아래 동생이 될 것이다. 경문이가 병문안 오는 것은 전혀 설렐 일이 아니다. 후배직원이 입원한 선배직원을 병문안하는 것은 당연한 것 아닌가. 회사 일은 걱정 마시고 푹 쉬세요. 제가 컴퓨터 처리는 모두 하고 있습니다. 저녁에 병원에 들르겠습니다. 경문이의 전화는 사무적이었다. 그런데 왜 이렇게 안절부절못하는지 모르겠다. 유 부장도 아닌 경문이가 오다니. 기획부 유부장의 전화에 의하면 지금 한국마트는 전 품목 가을 세일에 들어가기 위해 준비하느라 눈코 뜰 새 없게 바쁘다는데. 역시 경문이는 인사치레에 밝다. 경문이한테 수척한 꼴을 보이고 싶지 않은 것뿐이야. 난 원래 까다로운 여자잖아. 유미는 스스로를 변명한다. 자신의 설렘에도 그럴만한 당위성을 부여한다. 혼자 온다고 했지만 경문이는 유 부장과 같이 올지도 모른다. 일거수일투족 경문이를 옆에 끼고 움직이는 유 부장이 아닌가. 유 부장한테도 초라한 모습을 보일 필요는 없다. 유 부장의 다이어트치료가 시작되었는지도 궁금하다.

경문이가 온 것은 아홉 시도 넘은 늦은 시간이었다. 예상했던 유 부장은 같이 오지 않았다. 강 총무님이 안 계시니 유 부장님도 술맛 없다며 술을 안 하세요. 오늘 같이 오려고 했는데 이번 세일에 서비스 차원에서 입점하기로 한 화장품 매장 건 때문에 안양에 출장을 갔어요. 이 꽃다발은 유 부장님이 아무 걱정 말고 편히 쉬다가 나오라며 보낸 겁니다. 경문이는 들고 온 빨강 노랑 파랑의 꽃을 촘촘히 박아 놓은 화사한 꽃다발을 탁자 위에 놓는다. 꽃다발에서 유 부장의 취향과 향기가 배어난다. 유 부장한테 고맙다고 전해줘. 사흘 동안 죽만 먹었는데 이젠 밥도 먹기 시작했어. 내일이나 모레쯤 퇴원할 수 있대. 그동안 내 대신 고생했네. 세일기간 전에 퇴원할 것 같아. 퇴원하면 모두 갚아 줄게. 이거 마셔. 유미는 냉장고에서 포도주스 두 개를 꺼내어 놓는다.

큰 병이 아니어서 다행입니다. 앞으론 술 마시지 마세요. 유 부장님도 며칠째 술 끊고 있어요. 비만 치료사도 술부터 끊으라고 했대요. 술은 간이나 위장에 나쁜 것으로 아는데 이참에 두 분이 같이 끊으세요. 그 대신 취미를 살리면 좋을 것 같아요. 총무님이 하고 싶은 것은 무엇이에요? 부장님은 네일아트를 배우고 싶다는데. 경문이는 포도주스 뚜껑을 따서 유미한테 하나를 건네주고 자신도 따서 마신다. 난 꿈도 없어. 소원이 있다면 시골에 가서 농사지으며 살고 싶어. 유미는 포도주스를 한참 동안 바라보고 있다가 한 모금을 천천히 삼킨다. 퇴직한 사람처럼 왜 이러세요. 팔팔한 꿈을 꾸셔야지요. 한때는 핑크빛 꿈이 있었지. 좋은 남자 만나 아들딸 둘만 낳아서 알콩달콩 잘 사는 스위트 홈, 뭐 그런 꿈이지만. 그러나 나이 사십 넘고 보니 쉬고 싶어. 정원이 있는 집에서 나무 심고 채소를 가꾸면서 살고 싶네. 핑크빛 꿈이 초록의 꿈으로 바뀐 거지. 호호. 총무님은 그동안 너무 열심히 일했어요. 직장에서 그렇게까지 안 해도 되는데. 그랬으니까 총무까지 올라간 거야. 나의 무기는 오직 하나 열심히 사는 것, 남보다 두 배 세 배 일하는 것, 다행히도 사장은 일 잘하고 힘센 날 인정했어. 그건 그런 것 같아요. 까마득한 후배인 제가 이렇게 말해도 되는지 모르지만 총무님의 일에 대한 열정은 아무도 못 따라가지요. 입원해서 쉬고 계시니 총무님 얼굴도 한층 보기 좋습니다. 피부가 고와졌어요. 이것은 사장님이 보낸 것입니다. 모두들 총무님의 쾌유를 빌고 있습니다.

경문이는 사장이 보냈다는 하얀 봉투를 놓고 갔다. 경문이가 돌아간 뒤 거울 앞으로 달려가 얼굴을 바라본다. 뾰루지 하나 없는 하얗고 맑은 피부가 자신이 봐도 좋다. 저절로 빙그레 미소가 지어진다. 큰 입이 벌쭉하게 벌어진다. 피부가 좋아졌어요. 경문이 말을 되새겨 본다. 며칠 푹 쉬니까 오늘은 내가 예뻤는가? 제 짝이 되려면 곰보자국도 볼우물로 보인다잖아. 부질없게도 자꾸만 입술 끝이 귀밑으로 올라간다. 문득 자신이 처량하게 느껴진다. 경문이가 이쁘다고 말한 것도 아니건만 보기 좋다는 말에 이토록 감격하다니. 얼마나 이쁘다는 소리에 목말랐으면 이럴까 싶은 것이 슬프기까지 하다. 앞으론 피부 관리에 신경을 써야겠다고 생각한다. 눈코 뜰 새 없게 바쁜 나날이 생각난다.

출근 버스는 항상 만원이었다. 중간에서 타는지라 의자에 앉아 본 적이 거의 없다. 이리 부딪히고 저리 밀치면서 목적지에 당도하였을 땐 언제나 녹초가 됐다. 지친 몸을 추스르기 위해 출근하자마자 진한 블랙커피 한 잔을 마신다. 비로소 흐리멍덩한 눈이 떠지고 컴퓨터의 글자들이 제대로 보인다. 걸려오는 전화를 받으며 컴퓨터 액정 속의 무수한 숫자들을 살핀다. 출전하는 군인이 무장하듯 그날 일 할 준비를 마치고 나면 비로소 배가 고프다. 이때 빈속에 밥을 먹어줘야 했다. 그러나 식사를 하러 나간다는 것은 언감생심 꿈도 못 꾼다. 조그만 배터리서부터 야채와 잡곡에 이르기까지 수백 가지의 상품이 제 위치에 놓여 있는지 매장마다 확인해야 했다. 매장 물건 위치를 확인하고 나면 열 시가 넘는다. 아침을 거르고 이른 점심을 먹으러 내려온 오피스 직원들이 물건을 사러 마트로 몰려온다. 지하식당에서 올라오기 시작하는 음식냄새는 마트 안에 차오르고 뱃속은 배고픔으로 허기에 찬다. 서랍 속에 있는 초코파이나 오징어채로 허기를 달래다 보면 정작 점심을 먹어야 할 시간엔 더 이상 배고프지도 않고 먹고 싶지도 않다. 거리 분식집에 들러 오뎅꼬치나 떡볶이 한 접시, 김밥 한 줄로 점심을 때우기 일쑤였다. 아침도 안 먹었는데 초코파이나 떡볶이로 채운 뱃속은 저녁식사를 거부한다. 퇴근하면 집에 일찍 들어갈 필요가 없는 이혼녀 유 부장이 기다리고 있다. 집에 가서 미루고 있는 독서도 하고 음악 감상도 하면서 정서적으로 살고 싶은데 유 부장만 만나면 마음이 느긋하고 자유롭다. 충무로나 종로로 돌아다니며 술을 마신다. 오징어채와 땅콩을 안주 삼아 맥주를 마시고 라이브 쇼를 보러 가기도 한다. 직장인들이 많이 찾는 라이브 쇼가 있는 호프집은 자유롭고 소란해서 좋다. 운이 좋으면 남자와 동석을 하여 술을 마시기도 한다. 늘 괜찮은 남자를 만나는 행운을 기대하지만 그런 남자는 제 짝이 다 있어서 찾을 수가 없다. 볼살이 늘어진 황혼의 늙은이거나 대머리가 슬슬 작업을 해오는 정도이다. 남자의 정에 목마른 유 부장은 그런 늙은이라도 만나는 것을 좋아하지만 유미는 형편없는 가격에 명품이 낙찰된 듯 기분이 나빠진다. 아직은 처녀인데 늙은이를 상대 하고 싶지는 않다. 때문에 그녀는 언제나 땡감 씹은 얼굴로 혼자서 술을 들이킨다. 뱃살 그득한 노인들 사이에 끼어 앉은 유 부장이 깔깔거리며 웃는 옆에서 무표정하게 앉아 땅콩을 먹고 오징어를 씹는다. 값싸게 노는 유 부장이 못마땅해서 견딜 수가 없다. 유 부장을 이해하지 못한다. 그래서인지 유미는 지금까지 괜찮은 남자를 만나본 적이 없다. 열이면 열 다 남자를 배척하고 싫어했다. 남자 쪽에서도 유미를 좋아해 주지 않았다. 모든 남자들은 저도 못생겼으면서 주제파악도 못 하고 실속 없이 예쁜 여자만 좋아한다고 생각했다. 외모에 자신이 없지만 모든 남자를 못마땅해하고 미워했다. 잘난 놈은 잘나서 싫고 못생긴 놈은 못생겨서 싫고 늙은 남자는 늙어서 싫고 어린 영계는 풋내나서 싫어했다. 여자보다 남자 사귀는 것에 더 익숙한 유 부장 때문에 술좌석에서 남자를 만나는 경우가 있어도 일회성으로 끝날 뿐 인연으로 이어지지 못했다. 술집에서 만나는 남자치고 쓸 만한 남자가 있을 리 없다고 단정했다. 유 부장은 아니었다. 모든 남자가 다 맘에 든다는 듯 가는 곳마다 신이 난다. 방긋방긋 웃음 짓고 깔깔깔 소리 내어 웃는다. 에너지가 넘치는 유 부장이 어째서 이혼을 했는지가 의문스럽다.

경문이는 처음 본 순간부터 마음이 설레었다. 큰 키에 부리부리하게 생긴 눈과 굵직한 선의 이목구비가 남자다웠다. 이마에 주름이 살짝 잡혀 있는 것이 흠이라면 흠이었다. 또 그때문에 나이가 십 년은 더 먹어 보이기도 했던 것 같다. 경문이가 십이 년이나 아래인 것을 처음부터 알았다면 경문이를 어린애 이상으로 보지는 않았을 것이다. 그저 까마득한 동생쯤으로 생각했을 것이다. 경문이가 스물아홉 살 아직 한참 어린 청년인 것을 안 것은 수개월이나 지난 최근의 일이다. 3차까지 따라 온 경문이는 자신에 대해 처음으로 털어 놓았다. 저는 지방대학을 나와 공무원이 되려고 노량진 고시원에서 이 년 동안 공부를 했습니다. 매번 낙방만 했어요. 나 자신이 원망스럽더군요. 농사를 지으며 힘들게 벌어서 학원비며 생활비를 보내는 부모님을 생각하면 잠이 오지 않았어요. 시험에 합격할 때까지 공부만 하고 있을 형편도 아니었지요. 그래서 공무원 시험을 때려치우고 대기업마다 응시를 했지요. 저는 저 자신을 꽤 괜찮은 놈이라고 자부했는데 대기업마다 저를 받아주는 곳이 없더군요. 죄송합니다만 엘리트 직장과는 먼 한국마트 영업직 사원 모집에 응모했을 때는 자포자기 상태였지요. 될 대로 되라는 식이었지요. 면접원이 영업직이 어떤 곳인지 아느냐고 물었을 때 모른다고 대답했습니다. 모르는데 왜 왔느냐고 하더군요. 그때 울화가 치밀더군요. 나도 모르게 항의를 했어요. 어차피 제가 아는 것은 필요 없잖아요. 입사시켜주면 하나서 열까지 회사가 가르쳐 주는 대로 새로 배우며 머슴처럼 일하겠습니다. 큰 소리로 말하고는 자리에서 일어나 엎드려 무릎을 꿇고 큰절을 올렸지요. 정말 간절한 마음으로 큰절을 올렸습니다. 돌출행동은 금물입니다. 면접관 중의 한 사람이 냉엄하게 말했을 때 여기서도 낙방이구나 생각했지요. 이경문 넌 안 돼. 저는 저를 미워했습니다. 돌출 행동을 한 나 자신이 싫었습니다. 열심히 노력하며 살고자 했지만, 부모님한테 효도하고 싶었지만, 이 사회가 저를 받아주지 않는다 생각하니 자포자기가 됐습니다. 고시텔로 오자마자 집으로 돌아갈 짐을 쌌습니다. 농사꾼이 될 작정을 하고 내려갔습니다. 과수원 하는 아버지를 도와 농사일을 하는데 합격 전화를 받았습니다. 얼마나 감사한지요. 부모님이 저한테 바라는 것은 농사꾼이 아닌 회사원이나 공무원이었으니까요. 경문이는 입이 말랐는지 못 마신다며 앞에 놓고만 있던 소주를 홀짝 마셨다. 머슴처럼 일하겠다고 했으니 맘에 든 거야. 유 부장은 들고 있던 명태포를 경문이한테 주며 혀 꼬부라진 소리로 말했다. 경문이는 머리를 긁적이며 고개를 갸웃거린다. 너무 길게 말한 것이 민망스럽다는 듯 얼굴을 붉히고 있다.

언제부턴가 사는 것도 재미가 없고 직장에 다니는 것도 시시해졌다. 이십여 년 가까이 열심히 앞만 보고 달려온 것도 허무하기만 했다. 이십 대 초에 창구점원으로 입사해서 일 잘한다고 총무부로 와서 이십여 년째 일하였지만 회사 일이 끝나면 데이트할 남자친구도 없다는 것이 슬프고 부끄러웠다. 친구들도 하나둘 시집을 가버린 지 오래됐다. 몇 년 전부터 이혼녀인 유 부장이 유일의 말동무고 술친구다. 유 부장도 주 중에 만나는 친구는 유미뿐이라고 했다. 시집가서 잘 사는 친구들은 만나고 싶지 않다고 했다. 시집간 친구들을 만나봤자 남편자랑에 자녀들 이야기만 하여서 대화가 짜증 나고 힘들다. 입사 초부터 저녁 회식의 일원이었을 뿐 전혀 친하지도 않고 말도 하지 않던 유 부장하고 어울리게 된 것은 유 부장이 이혼한 뒤였다. 혼자 남은 그녀의 벗이 되고자 이혼한 듯 유 부장과 유미는 부서는 다르지만 급속하게 친해졌다. 유 부장은 유미가 없으면 기운이 빠졌고, 유미는 유 부장이 없으면 뭔가 놓고 온 듯 허전했다. 최근 경문이가 오기 전까지만 해도 유 부장과 유미는 실과 바늘처럼 붙어 다녔다. 퇴근만 하면 같이 시내로 나가 쏘다녔다. 경문이의 출현은 미묘한 기류를 형성했다. 유미는 유 부장이 어린 경문이를 자기보다 친하게 옆에 끼고 도는 것이 거슬렸다, 유 부장은 술자리를 빨리 끝내려는 유미를 못마땅해했다. 그날도 유미는 파전에 낙지볶음과 함께 막걸리 몇 사발을 들이켠 것으로 끝내자고 했었다. 그러나 유 부장은 막무가내로 경문이의 팔을 잡고 호프집으로 돌진해 갔다. 500CC 맥주 하나씩을 앞에 놓고 마시는 동안 경문이 앞의 맥주까지 먹어 치운 유 부장은 이미 몸을 휘청였다. 화장실도 간신히 다녀왔다. 그런데도 3차를 고집했다. 콩나물과 참치를 넣은 김치찌개를 시켜놓고 소주를 깠다. 너가 안 먹는 술 내가 대신 먹었으니까 우리 오피스텔까지 데려다줘야 하는 거야. 유 부장은 경문이에게 협박하듯 데려다줄 것을 요청해 놓고 맘껏 술에 취했다. 자정이 다 되도록 일어서지 않았다. 유미도 유 부장 못지않게 취했다. 셋이서 택시를 타고 오다가 용산에서 유미가 내리고 유 부장과 경문이는 계속 타고 갔다. 유 부장은 잘 가라는 인사도 못 할 만큼 곯아떨어졌다. 경문이가 유 부장과 함께 유 부장네 오피스텔까지 아니 갈 수가 없게 된 것이다. 잘 모셔다 줘야 해. 말은 그렇게 했지만 유 부장한테 잡은 고기를 내준 기분이었다. 유 부장한테 끌려 다니는 경문이가 바보 같았다.

어디가 아파서 입원까지 했어? 술을 마셔도 내가 더 마셨잖아. 강 총무는 보기보다 허약하네. 모두가 소심한 탓이어요. 나처럼 호탕하게 사세요. 까짓, 잠시 왔다가는 세상 화끈하게 스트레스 날리며 사세요. 우리같이 힘들게 일하는 사람은 그때그때 기분을 풀어주며 사는 게 건강을 지키는 비

결이어요. 어차피 입원했으니 병원에서 나가라고 할 때까지 푹 쉬었다 나와요. 유 부장과 유미는 반말하다 존댓말 하다 한다. 직장 동료에 대한 예의와 술친구라는 편안함이 뒤섞인 때문일 거다. 다행히도 경문이가 컴퓨터를 잘 하네요. 경문이는 총무부에서 일해도 되겠어요. 경문이가 왔다 간 다음날 유 부장한테서 전화가 왔다. 목소리가 카랑카랑한 것이 힘이 넘쳐 보인다. 그날의 폭식에도 끄떡없단다. 유 부장 말대로 스트레스를 그때그때 잘 풀기 때문인가 보다. 세일에 들어가기 전에 퇴원할 것 같아요. 오늘은 훨씬 거동하기가 좋네요. 아프던 것도 사라지고 입맛도 돌아와 김치도 먹었어요. 그런데 유 부장님, 혹 자유분방한 낚시에 노리고 있는 고기는 걸렸나요? 유미는 튜브 링거가 걸린 거치대를 밀고 복도로 나간다. 간호사들이 일하는 사무실을 지나 휴게소로 간다. 유 부장은 얼른 대답하지 않는다. 휴게소에는 환자복을 입은 사람들이 텔레비전을 보고 있다. 그 고기라니? 경문이? 호호호 걘 틀렸어. 애인 있대. 그동안 없다더니 그날 말하데. 물 한 잔 마시고 가라고 해도 애인한테 간다며 승강기 안에 날 짐짝처럼 놔두고 가버렸어. 친절하게 내가 내릴 11층을 눌러 놓고 문 열리면 내리라고 말하고는. 내가 잡아먹기라도 할까 봐 줄행랑쳤다니까. 귀엽더라. 그렇게 남자를 골려주는 것도 스트레스를 푸는 방법이지. 호호. 사랑 없는 장난질은 나도 싫어. 들었지? 나 살 빼기로 작정했어. 원래 내 몸무게가 48킬로니까 32킬로를 빼야 한대. 비만 클리닉에 진짜 등록했어. 세일기간 끝나는 대로 시작할 거야. 내가 보낸 꽃다발 잘 받았지? 오늘도 화장품 코너 설치 문제로 안양에 가봐야 해. 세일에 들어가기도 전에 눈코 뜰 새 없이 바쁘네. 죄송해요, 유 부장님 이야기가 재미있어서 꽃다발 받은 이야길 미처 못 했네요. 감사해요. 퇴원하면 제가 술 한 잔 살게요. 아니 술 끊기로 했다고 했지요? 그러면 밥 살게요. 아냐, 강 총무하고는 술이 더 좋지. 우린 술친구잖아. 호호. 그래서 살 뺀다는 말도 믿어지지 않는 거지요. 호호호.

병원 창가에 서서 숲이 우거진 공원을 내려다본다. 휠체어를 탄 환자들이 여기저기 앉아 있다. 아이들도 자전거를 타거나 씽씽이를 타고 놀고 있다. 풍선을 든 아이들이 뛰어다닌다. 잔디밭에는 젊은 남녀가 앉아 있다. 벤치에도 남녀 한 쌍이 붙어 있다. 아직 걸음걸이가 서툰 아기를 부모가 양쪽에서 잡고 걸어간다. 아기는 자빠질 듯 넘어질 듯 걸어가고 젊은 부모는 아기가 한 발 한 발 뗄 때마다 환하게 웃고 있다. 부러움으로 마음이 쓸쓸해진다. 유미는 눈을 들어 하늘을 본다. 새털구름이 깃털처럼 흘러가고 있다. 파란 하늘 위로 기러기들이 날아간다. V자를 그리며 날아가고 있다. 그런데 한 마리가 뒤처져 날아간다. 어쩌다 뒤처졌는지 뒤처진 것이 안타깝다. 유미는 뒤처진 기러기를 응원한다. 어서 빨리 날아가 무리와 줄을 맞춰가길 바란다. 계속 바라보자니 자꾸만 틈이 더 벌어지는 것 같다. 자신을 보는 듯하다. 친구들이 모두 결혼했건만 아직도 결혼하지 못 하고 뒤처져 있는 자신을 보는 것 같다. 미래가 안 보인다. 자꾸만 뒤처지는 것이 불안하다. 이제 경문이 또래도 결혼을 할 것이다. 그러면 더욱 뒤처지는 거다. 경문이를 붙잡으면 그나마 따라붙을 것 같다. 무슨 수로 경문이를 붙잡을 것인가. 경문이는 애인이 있다지 않은가. 처음으로 설레는 남자를 찾았는데 조건이 너무 안 맞다. 혹 경문이와 잘 된다고 해도 대부분의 사람들은 능력 있는 여자라고 하기보다 어린 경문이를 꼬인 나쁜 여자라고 욕을 할 것 같다. 그녀의 행운을 기뻐해 줄 사람은 없을 것 같았다. 가혹한 인연을 동정하며 경문이를 아까워 할 것이다.

“화장실 간 줄 알았더니 여기 있었네. 퇴원수속 다 끝났으니 가자. 보험회사에 서류 제출하는 것은 아무 때고 해도 된다니까 오늘은 집으로 가자. 입원비가 생각보다 비싸서 카드로 결제했다.”

이 생각 저 생각에 잠겨서 창가에 기대어 서 있는데 퇴원수속을 마치고 엄마가 왔다. 엄마는 입원실로 가서 침대 위에 올려놓은 가방을 끌고 앞서 나간다. 남편이 있으면 이런 일은 남편이 다 해줄 텐데. 바쁜 엄마가 꼭 와야 하니. 엘리베이터를 기다리면서 엄마가 투덜거린다. 내가 해도 된다니까 와서 딴소리해. 유미는 짜증이 난다. 그럼 너가 서둘러 수속을 했어야지. 왜 날 기다렸어. 시집 못간 것도 서러운데 엄마조차 바라보지 않는다고 서러워 할까 봐 만사 제치고 왔더니 되레 큰소리네. 알았다 이제부턴 너가 다 해라. 난 상관 안 할란다. 엄마는 짜증이 나서 뽀로통해 있다. 등을 돌리고 서서 승강기를 탄다. 유미도 엄마를 등지고 서 있다. 깐깐한 아버지 비위를 맞추며 사느라 맘고생이 많은 엄마인데 속상하게 한 것이 죄송하다. 너무 오랫동안 엄마를 힘들게 했다. 엄마를 해방시켜야 한다. 그러면 엄마와 충돌할 일이 없을 거다. 시집 안 간 것이 큰 죄고 불효다. 아무래도 유 부장이 사는 독신자 오피스텔을 알아봐야 겠다. 통장의 돈을 셈해 본다. 코를 세우고 광대와 턱을 깎고 잘못된 쌍꺼풀도 재수술하려고 모아 둔 돈을 합해보니 오천만 원은 된다. 이십 년 직장생활을 했건만 일억도 못 모았다. 모두 먹고 입고 여행하고 부모, 형제들한테 다 써버렸다. 장가간 오빠나 여동생도 걸핏하면 손을 벌린다. 여동생은 언니의 돈은 아까운 줄도 모른다. 제 것인 양 걸핏하면 손을 벌린다. 해외여행 갈 때도 제 남편 돈은 한 푼도 안 쓰고 언니 돈으로 용돈을 해결했다. 아빠 엄마도 마찬가지다. 딸이 벌어 오는 돈으로 살면서 오빠 집 살 때 이천만 원을 빌려주라고 하여 빌려줬건만 지금까지 이자 한 푼 안 받아 준다. 나중에 결혼하게 되면 챙겨 준다고 하지만 오빠는 사업을 한다며 아파트를 팔아먹었다. 갚아주고 싶어도 물 건너간 돈이 되고 말았다. 나 아직은 환자예요. 택시 타고 가요. 가방을 끌고 버스 정류장으로 가는 엄마한테 소리친다. 택시를 잡는다. 5분마다 버스가 오는데 택시는 무슨 택시냐? 엄마는 택시를 타면서도 투덜거린다. 딸이 번 돈을 쓰면서 딸을 위해 쓰는 것이 아까운 것이다. 엄마의 마음을 이해하면서도 심통이 난다.

한 잔 따라줘 봐. 하얗고 통통한 손이 경문이 앞에 있는 빈 잔에 소주를 채운다. 유 부장은 소주병을 경문이 앞에 놓으며 자기의 빈 잔을 내민다. 많이 취한 것 같은데 그만하시지요. 총무님 병원에서 나온 지 얼마나 된다고 벌써 술을 먹어요. 경문이는 소주병을 들고 망설인다. 너가 안 먹으니 내가 마시는 거야. 유 부장의 하얗고 통통한 손이 물러가지 않는다. 그럼 너가 마셔줄래? 술에 취한 유 부장의 커다란 눈망울이 위아래로 느리게 움직인다. 경문이는 할 수 없다는 듯 유 부장의 잔을 채워준다. 유미가 내미는 잔에도 가득히 채워준다. 소주를 들이킨 후 식어 빠진 동태탕에서 건진 김치며 콩나물을 우적우적 씹어 먹는다. 하얀 밥이 있지만 살이 찔까 봐 김치찌개만 떠먹는다. 막걸릿집에서 시작한 술판은 맥주가 있는 노래방을 거쳐서 참새 포차의 소주로 막을 내린다. 경문이가 탁자에 엎드려 있는 유 부장과 유미를 부축해서 나와야 했다. 택시를 타는데 유 부장이 경문이를 잡아끈다. 우리 취했어. 같이 가야지. 노량진 고시텔에 산다는 경문이는 두 여자를 뒤에 태우고 택시 앞자리에 앉는다.

총무님, 용산 다 왔어요. 안 내려요? 경문이가 택시를 세우며 문을 열어 준다. 나도 사당동으로 가야 해. 오피스텔 하나 얻었어. 유미는 그대로 눈을 감는다. 강 총무 정말이야?

언제 얻었어? 등받이에 상체를 맡기고 있던 유 부장이 깜짝 놀라서 허리를 일으킨다. 유 부장 사는 오피스텔 15층이야. 비밀번호가 18꼬꼬2 경문아, 외워 둬. 유미는 눈을 감은 채 말한다. 두 분 상사님, 능력 있으십니다. 젓가락 층과 15층 눌러 놓겠습니다. 다음부턴 저 없어도 두 분이 같이 다니면 되겠습니다. 승강기에 올라타자 경문 이는 11층과 15층을 눌러 놓고 허리를 굽혀 인사를 한다. 좋다! 솔로끼리 같이 다니자. 유 부장은 유미를 한참 노려보더니 깔깔 웃는다. 진즉에 오지 이제 왔어. 내일부터 비만 치료할 거야. 강 총무도 같이 다니자. 거기는 건강을 위해 운동하는 곳이야. 그런 의미에서 마지막으로 우리 집 가서 딱 한 잔만 더 하자. 유 부장은 11층에서 유미의 팔을 잡아끈다. 아니 우리 집에서 해요. 유미도 지지 않고 유 부장의 팔을 잡아끈다. 15층에서 유 부장과 함께 내린다. 현관에서 번호판 뚜껑을 열었는데 비밀번호가 생각나지 않는다. 아까 비밀번호 말했잖아. 말하고도 기억이 안 나면 어떡해? 유 부장은 투덜거린다. 술 때문인가 봐요. 경문이한테 물어봐야겠어. 유미는 경문이한테 전화를 한다. 우리 오피스 비밀번호를 모르겠어. 18꼬꼬2라고 안 했나요? 저도 정확히는 모르겠는데 한 번 해보세요.

다시 한번 말해 봐요. 아까 내가 알려줬잖아. 18꼬꼬2라고?
번호판을 힘차게 누른다. 번호판의 파란빛이 반짝 뜬다. 손잡이를 돌리니 문이 열린다.

하모니카

초판 1쇄인쇄 2018년 5월 7일
초판 1쇄발행 2018년 5월 11일

저 자 안은순
발행인 박지연
발행처 도서출판 도화
등 록 2013년 11월 19일 제2013- 000124호

주 소 서울시 송파구 중대로34길 9- 3
전 화 02) 3012-1030
팩 스 02) 3012-1031
전자우편 dohwa1030@daum.net
인 쇄 (주)상현디앤피

ISBN I 979- 11- 86644-56-0*03810
정가 13,000원

도화道化, fool는
고정적인 질서에 대한 익살맞은 비판자,
고정화된 사고의 틀을 해체한다는 뜻입니다.